ullstein

Das Buch

Merle ist zweiunddreißig und wohnt noch immer in einer Berliner WG. Nicht gerade erwachsen. Dabei hatte sie sich das immer anders erträumt: spätestens mit dreißig einen festen Job, einen Mann und eine eigene Wohnung. Das mit dem Job hat geklappt, sie ist Konrektorin an einer Grundschule. Das mit dem Mann – na ja. David ist zwar ihr fester Freund, blockt aber jeden Vorschlag, gemeinsam in eine eigene Wohnung zu ziehen, ab. Und weil Merle Lehrerin ist, bleiben natürlich sämtliche organisatorischen Belange der WG an ihr hängen. Zu allem Überfluss hat die WG auch noch einen neuen Nachbarn: Philipp aus der Wohnung über ihnen. Der sieht auf den ersten Blick wie eine Bereicherung für die Nachbarschaft aus (attraktive Erscheinung, nettes Lächeln, angenehme Stimme), erweist sich aber leider als spießiger Snob, der bei jedem Mucks vor der Wohnungstür aufschlägt, um sich über die Lärmbelästigung zu beschweren. Aber als klar wird, dass die Hausbewohner aus ihren Wohnungen verdrängt werden sollen, ist er der Erste, der Merle und ihrer Truppe zur Seite steht. Manchmal ist ein vermeintlicher Snob eben doch der Traummann …

Die Autorin

Pia Kühn, geboren 1983 in Essen, ist Schriftstellerin, Hörspiel- und Drehbuchautorin. Sie lebt und arbeitet in Berlin, wo sie ihrer früheren Studenten-WG hin und wieder nachtrauert.

PIA KÜHN

Liebe ist die halbe Miete

ROMAN

Ullstein

Besuchen Sie uns im Internet:
www.ullstein-taschenbuch.de

MIX
Papier aus verantwortungsvollen Quellen
FSC® C083411
www.fsc.org

Originalausgabe im Ullstein Taschenbuch
1. Auflage April 2018

Umschlaggestaltung: bürosüd° GmbH, München
Titelabbildung: © www.buerosued.de
Satz: Pinkuin Satz und Datentechnik, Berlin
Gesetzt aus der Dante
Druck und Bindearbeiten: CPI books GmbH, Leck
ISBN 978-3-548-28971-7

1. *Kapitel*

Der Toast hüpfte aus dem Toaster. Merle fing ihn auf und legte ihn in den Brotkorb. Sie drehte sich zum gedeckten Tisch um. Es war alles da: Aufschnitt, Butter, Marmelade. Sie sah auf die Uhr. Wo blieben die anderen denn? Merle trank einen Schluck Kaffee, stellte ihre Tasse ab und steckte ihren Kopf aus der Küche.

»Hey!«, rief sie in den Flur. »Wir hatten sieben Uhr gesagt, ihr Schlafmützen!«

Simons Tür öffnete sich. Mit finsterem Blick sah er sie an. »Ich hasse dich.«

»Du hasst alles«, entgegnete Merle ihrem Mitbewohner lächelnd. »Die Welt, das Wetter, deinen Job, uns.«

»Nein, meistens seid ihr in Ordnung«, widersprach er. Seine Haare waren bereits frisiert, sein Hemd war gebügelt und auch die beige Chino zeigte keine Falte. Wie immer sah er mehr nach München aus als nach Berlin. Seine Fingernägel waren gepflegter als die seiner weiblichen Mitbewohner zusammen, und das, obwohl er Florist war. Sein Blick blieb finster. »Aber heute kann ich dich wirklich nicht leiden, Merle.«

»Jetzt komm frühstücken.«

Während Simon an ihr vorbeischlurfte und sich keine

Mühe machte, der einen furchtbar quietschenden Diele des Holzbodens auszuweichen, klopfte Merle an die Zimmertüren ihrer restlichen Mitbewohner. »Aufstehen. WG-Frühstück.«

Simon sank auf seinen Stuhl am Fenster und seufzte schwer. Er sah nicht halb so verschlafen aus, wie er es gern gehabt hätte.

Merle drückte auf den Startknopf der Kaffeemaschine, der Duft von frisch gebrühtem Kaffee erfüllte die Küche. Sie hatten eine Padmaschine und eine alte Filterkaffeemaschine, aber Letztere benutzte nur einer von ihnen.

Aus dem Augenwinkel sah Merle, wie Simons Miene sich angesichts des Dufts aufhellte. Es war nur kurz, er merkte, dass sie ihn beobachtete, und ließ seine Mundwinkel wieder nach unten sinken. Sie stellte ihm die Tasse hin, er griff danach, aber sie ließ nicht los und sah ihn abwartend an.

»Vielen Dank«, brummte er.

Sie gab die Tasse frei. »Bitte, gern.«

»Ja, du machst alles *gern*. Immer gut gelaunt, immer wach …«

»Trink deinen Kaffee.«

»Ja, Mama.«

Sie grinste ihn an. »Trink ihn schweigend, wenn du nichts Nettes zu sagen hast.«

»Ich sag was Nettes, sobald die Welt auch nur ein einziges Mal nett zu mir war.«

Merle verdrehte die Augen, während sich draußen im Flur eine Tür öffnete. Dann fiel die Wohnungstür ins Schloss, das alte Treppenhaus knarzte unter Schritten, die man bis in die Wohnung hören konnte. Überhaupt konnte man in diesem alten Haus eigentlich alles hören.

Merle setzte sich und nahm eine Scheibe Toast, sie bestrich sie mit Frischkäse und sah auf die Uhr. In einer Viertelstunde musste sie los. Die Wohnungstür öffnete sich wieder, die laute Diele knarzte – und dann stand Dose in der Küche.

Eigentlich hieß er Daniel, aber seit seiner frühen Jugend nannte man ihn Dose. Er war Punk gewesen, was seine Spuren hinterlassen hatte. Er trug ein T-Shirt mit Löchern und eine alte, schwarze Lederhose. Seine Haare waren schwarz gefärbt und standen in alle Richtungen ab. Von Natur aus war er eher dunkelblond, zumindest vermutete Merle das. Sie hatte seine echten Haare noch nie gesehen. Vielleicht waren sie auch schon grau, Dose war Mitte vierzig. Das Schwarz jedenfalls machte ihn sehr blass. Ein Effekt, den Dose aber natürlich erzielen wollte.

»Sie haben sie mitgenommen«, schimpfte er und riss die Packung Kaffeefilter aus dem Schrank. Er stopfte einen Filter in die Maschine und bewarf ihn mit Kaffeepulver, dann schlug er mehr auf die Maschine ein, als dass er den Knopf drückte. »Schon wieder.«

»Das tut mir leid«, sagte Merle und biss in ihren Toast.

»Das waren die konservativen Säcke aus der vierten Etage.«

»Was sollen die denn mit deiner linken Zeitung anfangen, Dose?«

»Sie verbrennen.«

»Ich glaube nicht, dass die beiden Manager aus der fünften Etage mitten in der Nacht runter zum Briefkasten schleichen, um dein linkes Kommunistenblatt zu klauen und es dann oben auf ihrem Balkon zu verbrennen.«

»Oder dieser Schnöselarzt. Die haben einen Kamin in ihren Scheißkapitalismuswohnungen. Die haben alles da oben.«

»Aber doch nicht deine Zeitung. So eine Mühe machen die sich im Leben nicht, Dose«, sagte Merle und sah wieder auf die Uhr. »Sie wissen bestimmt nicht mal, dass der *Rote Anzeiger* existiert.«

»*Niemand* weiß, dass der *Rote Anzeiger* existiert«, sagte Simon.

Dose baute sich vor ihm auf. »Das ist ein sehr wichtiges Blatt mit großer Reichweite.«

Simon hob die Schultern und nippte an seinem Kaffee. »Trotzdem sinnlos. Als würde eine Zeitung was ändern.« Er schnaubte. »Als könnten Politiker was ändern.«

»Wie bitte?«, fragte Dose empört und atmete tief ein. Bevor er zu einem seiner Vorträge über die Macht und Verantwortung jedes Bürgers ansetzen konnte, stand Merle auf und sagte schnell: »Das könnt ihr später alles in Ruhe besprechen. Der Neue kommt heute.« Sie drehte den Kopf und sah in den Flur. »Ich wünschte wirklich, dass Tinia aufstehen würde.«

»Und ich wünschte, ich hätte ausgeschlafen«, sagte Simon. »Oder dass ich Tinias Schlaf hätte.«

»Das ist nur eine Frage der richtigen Pillen. In der richtigen Dosierung«, sagte Dose.

»So oder so«, Simon seufzte, »ich hab die falsche Dosierung.«

»Ja, ja. Genug gejammert jetzt.«

»Ich jammere nicht«, widersprach Dose. »Ich kämpfe.«

Merle verdrehte die Augen. »Aber nicht beim Frühstück.«

»Doch immer.«

Merle rieb sich die Augen und sah erschrocken auf ihre Finger. Sie hatte ihre Wimperntusche verschmiert. »Verdammt, jetzt muss ich mich noch mal neu schminken. Ihr macht mich fertig.«

»Und wenn du schon dabei bist, kannst du die Frisur auch noch mal überdenken«, sagte Simon und belegte ein Brot mit Käse.

Dose schlürfte Kaffee. »Du solltest dich eh nicht schminken. Ich sag nur: Tierversuche.«

»Nur?« Simon lachte. »Wann hast du je *nur* ein einziges Wort gesagt?«

Dose stützte sich auf den Tisch und zeigte mit ausgestrecktem Finger auf Simon. »Wenn du deinem Leben endlich eine politische Richtung geben würdest, dann wärst du auch nicht immer so schlecht gelaunt.«

»Ich bin schwul. Ich bin eine Minderheit. Das ist genug Politik für mein Leben.«

»Papperlapapp. Du bist eine faule Sau.«

Merle sank gegen den Türrahmen und stieß mit ihrem Kopf leicht gegen das alte Holz, an dem der Lack absplitterte. Eigentlich müssten sie streichen. Und zwar alle Tür- und Fensterrahmen in dieser heruntergekommenen Altbauwohnung, aber keiner von ihnen konnte sich dazu aufraffen.

Und eigentlich wollte Merle auch besprechen, wann

der neue Mitbewohner kam und was zu tun war. Sie hatte Pläne für heute Abend, die sie ungern verschieben wollte. Aber Dose und Simon diskutierten über den Sinn des Lebens und zeigten wenig Interesse an akuten Fragen.

Es klingelte.

»Wer ist das denn?«, fragte Simon.

Dose hob die Schultern und goss sich Kaffee nach. Merle ging zur Tür. Sie öffnete und sah eine große Umzugskiste. Jemand lugte darüber und sah sie fröhlich an.

»Hi. Merle? Richtig?«

»Ja«, sagte sie und starrte den jungen Typen an. Er hatte einen albernen Undercut, genau so, wie sie ihn in Erinnerung hatte. Er sah betont hip und extra stylish aus, was sie ebenfalls so abgespeichert hatte. Woran sie sich nicht erinnerte, war dieses wahnsinnig attraktive Lachen. Das war ihr beim Mitbewohnercasting irgendwie entgangen.

»Ich bin Fridolin. Der Neue«, erklärte er. Wohl, weil sie ihn verständnislos ansah. »Ich ziehe heute ein.«

»Jetzt schon?«

»Klar, das habe ich Dose doch gesagt. Und er meinte, das sei gar kein Problem, ihr wärt alle früh wach und könntet mir beim Reintragen helfen.«

»Meinte er das?«

Fridolin nickte.

»Dose!«, rief Merle den Flur entlang.

Er kam angelaufen, Simon folgte ihm langsam und gähnend, seine Kaffeetasse noch in der Hand.

»Hast du Fridolin gesagt, dass er um sieben Uhr kommen kann und wir ihm beim Reintragen helfen?«

»Dafür bin ich nicht passend angezogen«, murmelte Simon.

»Wahrscheinlich. Ich weiß nicht mehr«, sagte Dose leichthin. Er hob die Schultern. »Ist doch alles kein Problem.« Er nahm Fridolin die Kiste ab, ging über den Flur und stellte sie in das leere Zimmer. »So. Siehst du, Merle. Kein Grund, großes Aufheben darum zu machen. Wir gehen da jetzt alle runter und räumen sein Auto leer.«

»Nein, ich fahre in die Schule. Heute ist der Erste, schon vergessen?«

»Ach ja. Du bist ab heute ja Konrektorin.« Simon hob seine Kaffeetasse prostend an. »Glückwunsch.«

»Danke.«

»Heißt das, du kannst nicht helfen?«, fragte Dose.

»Ganz genau. Ich muss in die Schule. Ich muss an jedem Werktag in die Schule. Der Unterricht beginnt um 8:05. Das weißt du doch.«

»Zu früh.« Dose schüttelte missbilligend den Kopf. »Es ist nicht gut für die Kinder, wenn man sie zum Lernen zwingt. Schulen dürfen keine Institutionen mit militärischer Disziplin sein. Du weißt, ich halte gar nichts davon. Auch diese Diktatur des frühen Aufstehens ist die reine Qual für die freie Entfaltung der Kleinen. Jedes Kind sollte zur Schule kommen, wenn ihm danach ist.«

Merle sah ihn fassungslos an.

»Und die Lehrer auch«, schob Dose nach.

»Du hast da immer noch ganz viel Wimperntusche.« Simon zeigte auf ihr Gesicht. »Das machst du aber weg, bevor du losfährst, oder? Könnte sonst peinlich werden.«

»Und mach dir keinen Kopf um den Einzug«, sagte Dose. »Ist ja schon halb erledigt.«

»Na ja …« Fridolin räusperte sich. »Also, einen Helfer hab ich noch unten …«

Merle setzte ein Lächeln auf. »Fein. Das klingt nach sehr guter Organisation. Viel Spaß.« Sie eilte ins Bad und warf die Tür hinter sich zu. Nachdem sie abgeschlossen hatte, atmete sie erst mal tief durch. Sie hatte es kommen sehen, genau das. Deshalb hatte sie das frühe Frühstück angesetzt und alles besprechen wollen. Dose hatte gestern Abend wie immer im Roten Piraten gekellnert, und Simon hatte seit drei Wochen Spätschicht. Heute Morgen war der einzige Zeitpunkt gewesen, um alles zu besprechen. Es *wäre* der einzige Zeitpunkt gewesen, verbesserte sie sich in Gedanken. Denn genutzt hatten sie ihn ja nun nicht gerade. Abgesehen davon, dass Tinia mal wieder schlief, bis alles erledigt war. Aber das war eine andere Baustelle …

»Ich muss doch auch zur Arbeit«, rief Simon draußen auf dem Flur, aber Merle hörte nicht mehr, ob jemand antwortete und was. »Du hast alles getan, was in deinen Möglichkeiten liegt«, sagte sie sich zwei Mal halblaut vor und sah in den Spiegel.

Ihre dunkelblonden Haare waren locker am Hinterkopf zusammengesteckt, die Frisur saß noch immer. Simon konnte sagen, was er wollte.

Sie nahm einen Wattepad und schminkte sich schnell ab. In Windeseile trug sie neuen Lidschatten und neue Wimperntusche auf. Dann noch ein Lidstrich, dann rumste es draußen laut, als wäre etwas umgefallen, und dann entschied Merle, dass es genug war.

Alles war genug. Die Wohnung und diese Lebenssituation.

Sie war zu alt für diesen spontanen Kinderkram. Sie war zweiunddreißig. Welche vernünftige Zweiunddreißigjährige lebte denn noch in einer WG mit einem Dauerdepressiven, einem Kommunisten und einer Partymaus, die die Sonne wahrscheinlich das letzte Mal gesehen hatte, als sie vierzehn war?

Und der Neue? Allein schon Fridolins alberne Frisur ging ihr auf die Nerven. Und der war noch der Erwachsenste von all den Kandidaten gewesen, die sie sich angesehen hatten. Wenn David heute Abend wieder davon anfangen würde, dass sie doch zusammenziehen könnten, dann würde Merle Ja sagen. Sie würde jubeln.

Sie eilte aus dem Bad und wich den Kisten tragenden Umzugshelfern aus. Sie griff ihre Handtasche von der Kommode und eilte die zwei Stockwerke nach unten auf die Straße. Dort wäre sie fast mit Fridolin zusammengestoßen. Er lächelte sie an.

»Hey, ein Kumpel von mir arbeitet an einer super Zeitersparnis-App. Wenn du magst, kann er dich in die Liste der Testuser eintragen, dann kriegst du die Betaversion.«

»Beta … User … Was?« Sie verstand nur Bahnhof. Sie keuchte ein wenig und strich sich eine Haarsträhne zurück.

»Ja, die App ist der Hammer. Wenn du die einmal hast, dann rennst du nie wieder. Du bist dann einfach nicht mehr zu spät.«

»Ah«, antwortete Merle. »Ich muss jetzt wirklich los.« Sie zwängte sich zwischen ihm, ein paar Umzugskisten und dem Sprinter hindurch und lief bis zur Kreuzung, wo ihr Auto stand.

Mit jedem Meter, den sie sich von ihrer Chaos-WG entfernte, fühlte sie sich besser, kontrollierter. Sie unterrichtete an einer Grundschule am Stadtrand und war Klassenlehrerin einer Dritten. Und die Kinder dort waren nichts gegen den Trubel bei ihr zu Hause.

Sie dachte an David und musste unwillkürlich lächeln. Es würde sich viel besser anfühlen, den Kollegen in der Schule zu sagen, dass sie mit ihrem Freund zusammenwohnte, als immer von ihrer WG zu sprechen wie eine Studentin. Ja, es war wirklich Zeit.

***

Zwei Dutzend Fäuste klopften artig auf die Tische. Tinia nahm ihre Tasche vom Boden, ließ den Block darin verschwinden und bahnte sich einen Weg zwischen ihren Kommilitonen hindurch zur Tür. Sie strich ihre pinken Haarsträhnen zurück und schlüpfte in den Gang hinaus. Ihr Magen knurrte, sie hatte nicht gefrühstückt. Sie war bis zur letzten Sekunde liegen geblieben, hatte dann einfach ein Kleid von ihrem Schreibtischstuhl gezogen, war hineingeschlüpft und ins Bad geeilt. Sie hatte ihre Zähne geputzt, die Wimpern getuscht und war zur Uni gerannt.

Das Seminar war überstanden. Sie ging durch lange, hohe Gänge mit Linoleumboden und Treppengeländern aus den Siebzigern. Sie zog ihr Handy aus dem Jutebeutel. Eine SMS von Merle, dass man sie heute Morgen vermisst habe. Tinia verdrehte die Augen. Sie würde nicht um sechs Uhr aufstehen, nur weil Merle jetzt gefühlte achtzig Stunden die Woche arbeitete. Sie liebte Merle über alles, aber Tinia brauchte ihren Schlaf. Was auch immer zu klären war, musste nach zehn Uhr morgens geklärt werden.

Merle wollte das nicht wahrhaben und setzte hin und wieder solche WG-Treffen an, aber Tinia ignorierte sie einfach. Irgendwann würde Merle schon begreifen, wann mit Tinia zu rechnen war. Sie sah auf die Uhr auf dem Handydisplay. Kurz nach zwölf, die Mensa hatte schon auf. Sie ließ das Handy verschwinden und hüpfte leichtfüßig die Treppe hinunter.

Sie hielt sich am Handlauf fest und schwang auf halber Treppe um die Ecke – und blieb abrupt stehen. Am Fuß des nächsten Treppenabsatzes stand er. Elias. Er war unfassbar lässig mit seinen halblangen Haaren und den breiten Schultern. Er trug irgendein Band-T-Shirt, ganz ähnlich dem, was Tinia ihm neulich ausgezogen hatte …

Sie ließ den Handlauf los und ging betont lässig die letzten Stufen hinunter. Sie wollte beiläufig Hallo sagen, aber Elias redete gerade mit jemandem aus seiner Band und schien sie nicht mal im Augenwinkel wahrzunehmen.

Also blieb Tinia bei ihnen stehen und lächelte.

»Hi«, sagte sie laut und bestimmt und alles andere als beiläufig.

Der Typ aus der Band hob eine Augenbraue. »Hi?«

»Hallo«, sagte Elias. »Tina, richtig? Die pinke Tina.«

Es war ein Schlag in die Magengrube. »Tinia«, verbesserte sie und strich sich eine ihrer rosa Haarsträhnen aus dem Gesicht. »Mit zwei I. Das macht es besonders, weißt du noch?«

Er lachte. »Äh, ja, klar, ich erinnere mich dunkel.«

Sie schluckte. Dunkel? Sie sah die gemeinsame Nacht im hellsten Licht, und er erinnerte sich dunkel? Sie erinnerte sich ganz genau an seine Küsse, seine Haut und überhaupt alles. Elias hatte ihren Namen »besonders« genannt. Es waren seine Worte gewesen, nicht ihre.

Sie rang sich ein weiteres Lächeln ab. »Also, wollen wir mal einen Kaffee trinken gehen? Oder so?«

»Klar«, sagte er und klopfte ihr auf die Schulter. »Warum nicht? Aber jetzt hab ich Probe.«

Dann drehte er sich um und ging mit seinem Kollegen davon. Tinia starrte ihnen nach. Um sie herum strömten Studenten in alle Richtungen, sie lachten und plauderten. In Tinia war es still. So hatte sie sich das alles nicht vorgestellt. Wirklich nicht. Und erst als Elias verschwunden war, wurde ihr bewusst, dass er ihre Telefonnummer gar nicht hatte. Und sie seine auch nicht.

»Hey, Tinia, hier bist du.«

Sie wandte den Kopf, als wäre sie gerade aufgewacht. »Lisa?«

Lisa verschränkte die Arme vor der Brust. Auf ihrem Kopf tanzte ein sehr hoher, fransiger Pferdeschwanz in Weißblond. Sie musterte Tinia. »Wie siehst du denn aus? Hast du einen Geist gesehen?«

»Ich weiß nicht«, antwortete Tinia.

»Letztes Wochenende war super, oder?«

Ja, antwortete Tinia im Stillen. Bis eben dachte ich das auch noch.

»Hallo? Tinia?« Lisa lachte und schnipste vor ihrem Gesicht mit den Fingern. »Bist du überhaupt wach?«

»Klar. Voll.«

Lisa schüttelte den Kopf und kramte in ihrem Turnbeutel. Dann holte sie ein Plastiktütchen hervor und ließ es in Tinias Jutetasche verschwinden. »Hier. Dann geht's wieder.«

Tinia nickte.

»Mensa?«

Tinia nickte wieder. Dann folgte sie ihrer Freundin, aber eigentlich hatte sie gar keinen Hunger mehr.

***

Simon nahm eine Rose aus dem Eimer, dann Schleierkraut und dann rosa Dahlien. Er knallte sie auf den Tisch und ließ den Blick wieder über die Schnittblumen wandern. Schließlich nahm er doch noch zwei weitere Rosen. Er stellte sich hinter den Tisch und seufzte.

Die Türklingel läutete. Simon hob erwartungsvoll den Kopf und ließ ihn dann enttäuscht wieder sinken.

»Ach, du bist's.«

Tinia schlenderte an der Deko vorbei, die Simons Chefin seit Jahren zusätzlich anbot. Kerzenständer, Schalen und kleine Figurinen aus Keramik. Je nach Saison zum Beispiel Weihnachtswichtel oder putzige Sommertiere. Momentan boten sie Sommertiere an. Simon wusste nicht, was genau Sommertiere waren. Schließlich lebten Kaninchen, Füchse und Mäuse auch im Winter, aber seine Chefin nannte die kleinen Tierchen nun mal Sommertiere.

»Ich freu mich auch, dich zu sehen«, sagte Tinia. »Ich dachte, du magst Besuch auf der Arbeit.«

Simon hob die Schultern und arrangierte die drei Rosen. »Ach, ich hatte nur gehofft, dass du vielleicht ein Kunde bist, der Totenkränze bestellt.«

»Totenkränze?«

Simon legte die Dahlien um die Rosen herum. »Ich liebe Beerdigungen, und man wird ja wohl noch hoffen dürfen. Andererseits rate ich von Hoffnung dringend ab. Wird nur enttäuscht. So wie gerade.«

»Ich bin also eine Enttäuschung.«

»Ja. Außer jemand in deiner Familie ist gestorben.« Er sah auf. »Jemand, den du liebst.«

»Äh, nein.«

Er nahm das Schleierkraut und band es außen um die Dahlien. »Blöder Geburtstagsstrauß. Ich hasse Geburtstage.«

»Ja, ich weiß«, antwortete Tinia und lehnte sich an den Tresen. »Du, sag mal, erinnerst du dich an den Typen von der Party am Freitag?«

Simon schnitt die Stängel des Straußes auf eine Länge. Und ob er sich erinnerte. Er strahlte Tinia an. »Elias?«

»Ja, von der Band.«

Simon stellte den Strauß in einen Eimer neben der Kasse und zupfte noch ein paar Mal an den Blättern herum.

»Woher kommt denn deine gute Laune plötzlich?«, fragte Tinia.

Er beugte sich zu ihr über den Tresen und flüsterte verschwörerisch: »Ich bin mit ihm nach Hause gegangen.«

»Was?«, fragte sie entgeistert.

»Ja, klar. Du warst mit deiner Freundin Lisa auf dem Klo.« Er tippte sich an die Nase. »Und ich bin mit diesem schnuckeligen Typen … Er ruft bestimmt bald an.«

Simon dachte an Elias' schöne Augen, er spürte noch einmal seine Küsse und konnte seine Haut riechen. Es war eine der leidenschaftlichsten Nächte gewesen, die Simon je erlebt hatte. Er wollte Tinia gerade im Detail davon erzählen – das taten sie oft –, aber ihr Gesichtsausdruck schreckte ihn ab.

Tinia war plötzlich ganz blass um die Nase. »Simon«, sagte sie heiser, »ich bin am Samstag mit Elias nach Hause gegangen.«

»Wie bitte?«

Sie nickte. »Ich war am Samstag in der Mehlfabrik, da war er auch, und dann bin ich mit ihm mit.«

»Wie? Mit ihm mit?«

»Na, so, wie man das nach Partys halt so macht?«

Er schluckte. »Du hast mit ihm geschlafen?«

»Ja, du nicht?«

»Doch.«

Sie sahen einander schweigend an. Vor Simons innerem Auge formierten sich jetzt Bilder von Tinia mit dem süßen Elias. Simon wurde schlecht. Er griff unter den Tresen nach seinem Handy und sah auf das Display. Nichts. Hatte Elias den Zettel mit seiner Telefonnummer nicht gefunden?

»Und?«, fragte Tinia lauernd. »Hat er sich gemeldet?«

Simon schüttelte den Kopf und legte das Handy weg. »Bei dir?«

»Nein, aber wir wollen bald Kaffee trinken gehen.«

»Bald?«, fragte Simon angsterfüllt. »Wann?«

»Steht noch nicht genau fest«, sagte sie schnell und warf ihre pinken Haarsträhnen zurück, als wär sie eine Diva. »Hast du seine Nummer?«

»Nein«, brachte er durch zusammengepresste Lippen hervor. »Und wenn ich sie hätte, würde ich sie dir nicht geben.«

»Aber er meldet sich doch eh nicht bei dir.«

»Wird er schon noch.«

Sie verschränkte die Arme vor der Brust. »Und wenn nicht?«

»Dann meldet er sich vielleicht bei dir. Oder auch nicht«, antwortete Simon schnippisch und nahm den Blumenstrauß aus dem Eimer. »Und jetzt entschuldige mich. Ich hab zu tun.«

Mit diesen Worten drehte er sich um und rauschte ins Hinterzimmer. Dort stand er dann mit dem blöden Strauß in der Hand. Vorne im Verkaufsraum hörte er die Türklingel. Tinia war weg.

Simon stand verloren zwischen der Kaffeemaschine und den Mitarbeiterspinden und hielt sich an einem Blumenstrauß fest, den er nicht leiden konnte.

Elias war bi? Und stand auf Tinia? Wie um alles in der Welt konnte ein Mensch gleichzeitig auf die glitzernd pinke Chaotin Tinia und ihn abfahren? Wie war das möglich?

Dass überhaupt jemand auf Tinia stand, erschien Simon mit einem Mal auch sehr unwahrscheinlich. Plötzlich hasste er sie. Sie gingen jedes zweite Wochenende zusammen feiern oder wenigstens auf einen Drink in irgendeine Bar. Er hatte immer gedacht, dass sie seine Freundin war. Aber jetzt hatte sie ihn betrogen. Hinter seinem Rücken.

Und zu allem Übel wohnten sie auch noch zusammen.

2. *Kapitel*

Merle rieb sich vorsichtig die Augen. Sie war müde, aber sie wollte ihre Wimperntusche nicht noch mal verschmieren. Sie war ja noch verabredet. Schnell öffnete sie ihre Handtasche und suchte nach dem Schlüssel. Eigentlich sollte sie den endlich irgendwo festmachen. Es gab doch diese Handtaschen, in denen innen Karabinerhaken waren, an die man die Schlüssel haken konnte. Dann fand man sie immer sofort. Das ewige Suchen war ja auch kein Zustand. Merle fand sich furchtbar unorganisiert. Es war ein langer Tag in der Schule gewesen und jetzt stand sie vor der Haustür und suchte ihre Schlüssel seit gefühlt zehn Minuten.

Andererseits war so ein Haken wahrscheinlich spießig. Wollte sie wirklich immer alles parat haben? Na ja, vielleicht nicht alles, aber wenigstens den Schlüssel. Du könntest auch eine kleinere Handtasche nehmen, hörte sie David in ihrem Kopf sagen, aber sie war Lehrerin, sie konnte nicht nur mit Handy, Geldbeutel und Schlüssel zur Arbeit gehen. Sie würde die ersten drei Schulstunden nicht überleben. Ganz zu schweigen von ihren neuen Aufgaben als Konrektorin.

Während sie sich innerlich ein wenig über das aufregte, was David in dieser Situation wahrscheinlich sagen würde, aber gar nicht gesagt hatte, sah sie etwas silbern aufblitzen.

»Ha!«, triumphierte sie laut und griff nach dem Schlüsselbund. Sie steckte den Schlüssel erleichtert ins Schloss und wollte ihn umdrehen, als die Tür bereits nachgab und sich öffnete.

Irritiert schob Merle sie auf. Der Schlüssel ließ sich nicht drehen, der Türbolzen zeigte sich nicht. Eigentlich logisch, dass in diesem heruntergekommenen Haus schon wieder was kaputt war, aber musste es ausgerechnet die Haustür sein? Merle schob sie hinter sich zu, sie schloss natürlich nicht. Großartig, dachte sie und drehte sich zum Briefkasten.

Sie holte die Post der WG raus und fand Werbung für Tinia, zwei Schreiben von Simons Versicherung und einen Brief für Philipp Schmidt. Merle seufzte, drehte sich um und ging die Treppe hoch. Sie ging an ihrer Wohnung vorbei in den vierten Stock und klingelte bei Schmidt.

Sie hörte knarrende Dielen und Schritte, die näher kamen. Es dauerte lang und gab ihr Zeit, die beschmierten Wände zu betrachten. Fast war es gut, dass der Putz überall abblätterte, denn so verschwanden wenigstens die Zeichnungen und Schriftzüge von den Wänden. Es war nicht gerade so, dass sich hier bedeutende oder aufstrebende Künstler ausgetobt hatten. Vielmehr hatten sich alle pubertierenden Bewohner hier verewigt, die dieses Haus in den letzten vierzig Jahren beherbergt hatte. Aber nun bröckelte der Putz von den Wänden und zeigte, dass nichts für die »Ewigkeit« war, schon gar nicht in diesem Haus.

»Ja«, bellte eine tiefe Stimme und riss sie aus ihren Gedanken.

Merle zuckte zusammen und sah in Philipps grimmiges Gesicht. Er hatte dunkle Locken und dunkle Ringe unter den Augen. Ein Poloshirt spannte über seinen breiten Schultern. Merle betrachtete die Brustmuskeln und dachte unwillkürlich, dass er vielleicht eine Nummer größer tragen sollte. Aber dann sah sie seine schmalen Hüften und nahm wieder Abstand davon – und dann riss sie den Blick von seinem Körper los.

»Hi, ich wohne unter dir«, sagte sie schnell. »In der ersten Etage.«

»Und?«, kam es knapp zurück. Dann gähnte er.

»Hab ich dich geweckt?«

»Ja.«

»Okay, tut mir leid. Hier«, sie hielt ihm den Brief hin. »Der Postbote hat Dose und dich wieder durcheinandergebracht. Er heißt ja auch Schmitt, also anders geschrieben … aber jedenfalls: hier. Schon lustig, diese Verwechslungen, oder?«

»Nein.«

Sie räusperte sich verlegen. »Ja, der Postbote sollte wirklich mal lesen lernen.«

Er zeigte auf einen Zettel, der an seiner Tür klebte und auf dem stand: *Nicht vor 22 Uhr klingeln.* »Nicht nur er sollte lesen lernen. Bist du nicht Lehrerin? Wo? Auf der Sonderschule?«

Philipp nahm den Brief und schlug ihr die Tür vor der Nase zu.

Unten in ihrer WG stellte Merle seufzend die große

Handtasche in ihr Zimmer. Auf dem Weg in die Küche kam Dose ihr entgegen. Er schlürfte schwarzen Kaffee.

»Du hast einen Brief bekommen«, sagte sie und zeigte auf die Anrichte neben der Tür. »Und stell dir vor, wir hatten schon wieder Post von dem anderen Schmidt bei uns im Kasten, dem von oben. Hab ich ihm hochgebracht.«

»Wieso?«, fragte Dose und trank Kaffee.

»Wie? Wieso? Willst du seine Post aufmachen?«

»Nee, aber du kannst seinen Kram doch einfach in seinen Briefkasten werfen. Dafür sind Briefkästen doch da.«

Merle wollte etwas erwidern, aber sie wusste nicht was. Dose hatte recht. Daran, die Post einen Kasten weiter links einzuwerfen, hatte sie einfach nicht gedacht.

»Besonders, weil der ein Arschloch ist«, fügte Dose an.

»Arschloch?«

»Sag nicht, dass der zu dir freundlich war.«

»Nein, das kann man so nicht sagen«, antwortete Merle und spürte Wut im Bauch. Philipp war ein arroganter Schnösel. Sonderschule? Das war nicht mal originell.

»Er hält sich für was Besseres. Wohnt da allein auf hundert Quadratmetern, der feine Herr Doktor. Was ist der überhaupt für'n Arzt? Wahrscheinlich Schönheitschirurgie. Und wir wohnen hier zu fünft. Zu fünft!«

»Also, seine Wohnung ist in der Mitte oben, die ist doch kleiner als unsere.«

»Aber nicht viel, ich war da mal drin, bevor der eingezogen ist. Das ist ein Palast.«

Merle lachte. »Nichts in diesem Haus ist ein Palast, schon gar nicht eine einzelne Wohnung.«

»Merle, es geht mir hier um das Prinzip.«

Sie grinste. »Und wann geht es dir nicht darum?«

»Ja, du lachst. Weil du von unserem Staat gut dafür bezahlt wirst, kleine Kinder zu Gesellschaftssklaven des Kapitalismus zu machen. Dir geht es einfach zu gut. Und ein einzelner Mann auf hundert Quadratmetern, während in Marzahn die Hochhäuser überquellen, das ist politisch falsch.«

Merle machte ein ernstes Gesicht und nickte. »Ja, natürlich, Dose. Natürlich. Und wann waren du und dein Engagement das letzte Mal in Marzahn?«

Dose hob verzweifelt die Arme. »Warum verteidigst du den eitlen Fatzke da oben? Der wählt doch CDU. Oder schlimmer.«

»Du weißt doch gar nicht, was der wählt.«

»Und ich werde ihn auch nicht fragen, denn ich habe Angst vor der Antwort und davor, was ich dann mit ihm mache. Also, früher, also es gab Zeiten, da hab ich … ich will das gar nicht aussprechen.«

»Was? Dass du die Mülltonne seiner Eltern angezündet hättest?«

»Pah.« Dose schnaubte. »Von so einem Kinderkram rede ich nicht.«

Sie verdrehte die Augen. »Aber was anderes hast du nun mal nicht gemacht, Dose.«

»Was?« Seine Gesichtszüge entglitten ihm. »Für was hältst du mich?«

Merle schluckte und suchte nach Worten. Sie wollte ihm nicht sagen, dass er immer mehr ein Punk-Darsteller als ein Punk gewesen war. Sie mochte ihn und wusste, nichts würde ihn mehr verletzen.

»Ich habe sehr viel mehr angezündet. Ich habe mich geprügelt, ach was, ich war im Krieg gegen Konsum, Korruption und Kapitalismus. Ich war …« Er verstummte und sah sie nachdenklich an. »Vielleicht hätte ich wirklich mit härteren Bandagen kämpfen sollen.«

Merle lächelte und klopfte ihm auf die Schulter. »Quatsch, du hast deinen Mund aufgemacht, als viele geschwiegen haben. Machst du heute noch. Mach dich nicht verrückt, Dose. Du bist ein guter Mensch.«

Dose seufzte, nahm die Schultern zurück und nickte. »Besser als der feine Herr Doktor da oben. Überhaupt sollten wir die Post von dem auch verbrennen.«

Merle hob eine Augenbraue. »Und was soll das bringen?«

»Der muss auch lernen, dass er nicht alles haben kann. Nicht alles!«

»Ah«, machte Merle sprachlos. Sie bezweifelte das Philipp Schmidt alles hatte. Sie glaubte viel mehr, dass er unglücklich und deshalb mies drauf war. Nicht dass er ihr leidtat, dafür war er wirklich zu arrogant. Aber Merle stellte sich jemanden, der »alles hatte«, einfach glücklicher vor. Netter.

Er wohnte noch nicht lange hier und hatte nie auch nur »hallo« gesagt. Merle wartete eigentlich bis heute darauf. Nicht dass es wichtig war. Warum sie ihm die Post allerdings unbedingt persönlich hatte hochbringen müssen, war auch ihr ein Rätsel. Merle lief jedes Mal bis in den vierten Stock und überbrachte die Post persönlich.

»Was hast du heute Abend vor?«, fragte Dose. »Wollen

wir ihm eine Überraschung in den Briefkasten legen?« Er zwinkerte. »Überraschung … du verstehst?«

»Nein, nicht ganz, und ich will das auch nicht so genau wissen.«

»Dabei hätte ich Ideen, das glaubst du nicht … Bist du sicher, dass du keine Zeit hast?«

»Ja, David kommt.«

Dose gähnte. »Na, ob das die richtigen Prioritäten sind.«

Merle lachte. »Das sind sie sicher. Besonders, wenn ich bedenke, dass deine Idee wahrscheinlich irgendwas mit Fäkalien zu tun hat.«

»Mit Sicherheit hat sie das.«

»Dose, bitte tu das nicht«, sagte Merle noch, aber da war er schon sehr geschäftig in sein Zimmer gegangen. Sie atmete tief durch. Kurz befürchtete sie, Dose würde wirklich Kacke oder so was in Philipps Briefkasten werfen. Das wäre ihr entsetzlich peinlich gewesen. Außerdem war das kein politischer Protest, sondern dumm und albern. Aber das war auch Dose bewusst, er würde so etwas niemals durchziehen. Er redete viel, wenn der Tag lang war. Und sonst auch. Merle wusste das, und es tröstete sie.

Aber dennoch wollte sie einfach nicht mehr zu jemandem sagen, dass er bitte nicht in einen Briefkasten kacken solle. Wie alt waren sie denn alle? Sie wollte ihre Zeit nicht mit solchen Sätzen oder Befürchtungen verbringen.

Nein, es war schön hier in dieser WG gewesen, aber es war Zeit zu gehen. David würde sich sicher freuen, dass sie endlich so weit war.

***

»Na? Was machst du?«, fragte David und umarmte Merle von hinten. Sie erschrak leicht und drehte sich auf ihrem Schreibtischstuhl zu ihm um.

»Ich hab dich gar nicht reinkommen hören.«

»Dose hat mir aufgemacht. Deine Tür war angelehnt. Und unten war eh offen.«

»Ach ja. Das Schloss … Da muss ich auch noch bei der Hausverwaltung anrufen.«

»Du?«

»Glaubst du, das macht irgendjemand anders in dieser Wohnung?«

»Vielleicht jemand anders im Haus.«

»Hoffentlich.« Sie lächelte und küsste ihn. »Ist ziemlich chaotisch da draußen, was?«

Er hob die Schultern und ließ sich auf ihr Bett fallen. »Ich find's witzig.«

»Aber da stehen immer noch Kartons. Der Neue besitzt kaum was, aber seine paar Kartons stehen immer noch im Flur, weil Fridolin sie nicht auspacken darf, bevor Dose ihm nicht erklärt hat, was es mit unserer Mülltrennung auf sich hat.«

David lachte. »Ihr seid echt zum Schießen.« Er klopfte neben sich aufs Bett. »Komm her.«

David hatte sehr kurze Haare, was sein markantes Kinn betonte. Seine Augen blitzten, wenn er lachte, was auf Merle immer ansteckend wirkte. Aber jetzt lächelte sie bedauernd. »Gleich, ich muss das erst noch fertig machen.« Sie zeigte auf ihren Schreibtisch.

»Was du dir immer alles mit nach Hause nimmst …« Er schüttelte gespielt tadelnd den Kopf. »Man wird doch nicht Lehrer, um nach 13 Uhr noch zu arbeiten.«

Merle runzelte die Stirn. Sie wusste, dass David einen Witz machte, aber sie wusste auch, dass ein kleiner Teil von ihm wirklich so dachte.

»So ist der Lehrerberuf schon lange nicht mehr. Und ich bin jetzt Konrektorin.«

»Ja, Schatz, aber …« Er räusperte sich und setzte sich auf. Er sah sie ernst an. »Ist das wirklich, was du willst?«

»Wie meinst du das?«

»Das ist doch nur noch mehr Arbeit, ohne irgendeine Verbesserung.«

»Du meinst, dass es keine finanzielle Verbesserung mit sich bringt«, sagte sie verärgert. »Ich wollte diese Position, ich will irgendwann mal eine Schule leiten. Und ich habe jetzt schon mehr Verantwortung und mehr Macht, wenn du so willst.«

»Du sitzt um acht Uhr abends noch am Schreibtisch. Ich will doch nur, dass du dich nicht unnötig stresst.« Er lächelte. »Und ich finde, Mehrarbeit sollte bezahlt werden.«

Sie nickte. »Sag das dem Staat.«

Er beugte sich noch weiter vor, bekam ihre Hand zu fassen und zog sie aufs Bett.

Sie sank in seinen Arm und seufzte. »Ich wünschte ja auch, ich könnte mich einfach ins Bett fläzen, anstatt die blöden Vertretungspläne zu schreiben. Wir haben zwei Krankschreibungen. Zwei. Und das an meinem ersten Tag.«

Er streichelte ihre Schulter. »Das tut mir leid. Ich hab dir gesagt, dass es wahrscheinlich so kommt.«

Sie sah zu ihm auf. »Willst du jetzt hören, dass du recht hattest?«

»Nein, ich will gar nichts hören. Ich wollte damals und will heute sagen, dass du das nicht verdient hast.«

Draußen auf dem Flur quietschte die Diele, und dann rief Dose irgendwas von teuflischer Bläschenfolie, die er in Umzugskisten entdeckt habe und die er voll und ganz ablehne, woraufhin Fridolin rief, dass der Inhalt seiner Umzugskisten Dose nun wirklich gar nichts anginge.

Merle verdrehte die Augen. »Das sieht Dose sicher anders. Ihn geht alles was an. Besonders die Kartons. Schließlich hat er sie auch hier reingetragen.«

David schmunzelte.

Merle setzte sich auf und sah ihren Freund an. »Ich finde das nicht mehr so witzig wie früher … Mittlerweile nervt es mich wirklich.«

»Es hat dich immer genervt, Schatz. Du bist einfach gern genervt.«

»Was?«

»Na ja, und später lachst du dann über die Mischpoke da draußen und über dich selbst.«

»Mhm, ich glaube, das ist vorbei. Wenn du mitten in diesem Zirkus lebst, verliert er sein komödiantisches Potential.«

»Kann ich mir nicht vorstellen.«

»Doch. Ich wär mit den blöden Vertretungsplänen auch bestimmt schon weiter, wenn ich Ruhe hätte … wenn ich ein Arbeitszimmer in einer eigenen Wohnung hätte.«

Sie sah ihn an, er blickte mit seinen blitzenden Augen

zurück, streichelte ihre Wange und sagte: »Du hattest einen stressigen Tag, das geht vorbei. Spätestens am Wochenende weißt du wieder, wie sehr du sie alle liebst.«

»Ich würde sie bestimmt noch viel mehr lieben, wenn ich nicht mehr mit ihnen zusammenwohnen würde.«

»Ach, verdammt«, sagte er und zog seine Hand zurück. »Wo ist die Fernbedienung?«

»Was?«

David stand auf und drehte sich im Zimmer um. Dann eilte er zu dem kleinen Nachttisch und nahm die Fernbedienung. »Mein Kollege ist heute in diesem Regionalformat im Fernsehen. Ein Interview wegen seiner Pläne für die Philharmonie. Das muss ich sehen.«

David grinste und schaltete den Fernseher ein. Er war Architekt in einem Büro voller Workaholics, die sich alle sehr wichtig nahmen und ständig darüber redeten, wo sie Spuren in dieser Stadt hinterließen. »Er macht sich bestimmt zum Affen.«

Merle setzte sich wieder an ihren Schreibtisch und nickte. »Klar, ich muss das ja eh noch fertig machen.«

Sie brauchte noch über eine halbe Stunde, David schaute inzwischen irgendeine Cartoonsendung mit derben Sprüchen und kotzenden Charakteren. Er lachte über Witze, die sie nicht verstand. Aber andererseits versuchte sie ja auch, sich auf diesen blöden Vertretungsplan zu konzentrieren.

Als sie die kleine Lampe am Schreibtisch schließlich ausschaltete, war sie hundemüde. Sie ließ sich neben David fallen und gähnte. »Ich hoffe, dass Fridolin nicht die ganze Nacht herumräumt, sodass wir schlafen können.«

»Mhm«, antwortete David und sah auf den Fernseher.

Sie musste deutlicher werden. Aber bevor sie sich einen Lass-uns-doch-zusammenziehen-Satz zurechtgelegt hatte, klopfte es an der Tür.

»Was denn jetzt?«, zischte Merle leise.

David hingegen rief gut gelaunt: »Ja?«

Simon kam rein, schloss die Tür hinter sich und schlurfte zu ihnen. Seine Klamotten saßen noch immer tadellos. »Das Gewusel da draußen macht mich wahnsinnig.«

»Mich auch«, antwortete Merle.

»Na, Gott sei Dank, ich dachte schon, nur mich würde das stören. Da hab ich auf der Arbeit mehr Ruhe.«

»Wie war dein Tag?«, fragte David.

»Blumig«, gab Simon genervt zurück. Er drehte sich zum Fernseher. »Was gucken wir?«

»Äh, Simon …«, begann Merle, aber da saß ihr Mitbewohner schon zwischen ihnen auf dem Bett, griff nach einem Kissen und schüttelte es auf. Er legte es zwischen Davids und Merles Köpfe und sank zurück. Simon sah an die Decke, seine Stimme klang schwer und träge. »Fridolin ist erst fünfundzwanzig. Hättet ihr nicht auch gedacht, dass er älter ist?«

Merle lachte. »Nicht wirklich.«

Simon seufzte. »So jung.«

»Keine Sorge«, sagte David. »Auch er wird älter werden. Irgendwann ist auch dieser Fridolin dreißig und hat die ersten grauen Haare.«

»Graue Haare?« Panisch sah Simon zu David. »Mit dreißig? Kriegt man die so früh? Hast du schon welche?«

»David, nicht antworten«, beschwor Merle ihren Freund.

David räusperte sich. »Äh, kaum, also … Ist ja auch bei jedem anders.«

»Dreißig ist sehr jung, Simon.«

»Ja, du musst dir das einreden, Merle, um mit deinem Alter überhaupt zurechtzukommen.«

»Mein Alter?«

»Zweiunddreißig«, murmelte Simon. »Bevor ich zweiunddreißig werde, müsst ihr mich erschießen.«

»Erst mal wirst du ja bald dreißig«, sagte David. Merle machte noch Handzeichen, dass er so was in die Richtung auf keinen Fall sagen sollte, aber es war zu spät.

»Dreißig«, jammerte Simon und zog sich das Kissen über den Kopf. »Verdammte dreißig«, klang es dumpf unter dem Kissen hervor.

David schluckte. »Entschuldige, ich wollte dich nicht drauf stoßen.«

Simon zog sich das Kissen vom Kopf und sah mit Leidensmiene zur Decke. »Das hast du nicht. Ich habe schon den ganzen Abend darüber nachgedacht. Es ist so unausweichlich.«

»Es ist in Ordnung, sich komisch zu fühlen, wenn man nullt«, sagte Merle in beruhigendem Tonfall. Sie gab sich geschlagen. Heute würde es kein Gespräch über eine gemeinsame Wohnung mit David mehr geben und auch keine romantische Zeit zu zweit.

Sie legte sich ebenfalls auf den Rücken und sah die Decke an. Sie hatte den Stuck in ihrem Zimmer sorgfältig mit Spezialfarbe gestrichen, als sie vor zehn Jahren hier eingezogen war. Waren es wirklich schon zehn Jahre?

In den anderen Zimmern der alten Wohnung sah es zum Teil sehr roh aus. Dose zum Beispiel legte keinen Wert auf verputzte Wände oder Tapete oder Farbe oder Vorhänge an den Fenstern, und das obwohl sein Zimmer zur Straße rausging und diverse Nachbarn von gegenüber freien Blick in sein Zimmer hatten.

Simon hingegen hatte für sein Zimmer sogar Maler kommen lassen. Leider erstreckte sich die Vorliebe für hochwertige 1A-Restaurierung nicht über sein Zimmer hinaus. Sie endete an der Tür in den Flur. Wie es in der Küche aussah, war Simon schon wieder egal. Vielleicht war es ihm eigentlich auch egal, wie es in seinem Zimmer aussah, und die Renovierung war nur eine kurze Phase des Tatendrangs gewesen, die er längst wieder bereute.

»Es ist doch alles bloß ein langsames Sterben«, sagte er jetzt. »Mein Körper geht schon den Bach runter. Den Höhepunkt an Leistungsfähigkeit haben wir mit Anfang zwanzig, das Gehirn baut mit spätestens vierundzwanzig wieder ab. Ich bin quasi schon tot, Merle. Wir verrotten innerlich. Und äußerlich.« Er drehte den Kopf. »Hast du schon Cellulite?«

»Was?«

»Ich mach uns mal einen Tee«, sagte David, räusperte sich und stand auf. »Das wird uns allen guttun.«

»Hilft auch nicht mehr«, sagte Simon und wischte mit der Hand durch die Luft. »Alles sinnlos.«

David schloss die Tür hinter sich.

»Manche Menschen werden gern älter, Simon«, sagte Merle sanft.

»Idioten.«

»Ich glaube, sie sind das Gegenteil davon.«

»Ich bin so neidisch, dass du das wirklich glaubst«, sagte Simon. »Egal, was ich tue oder erlebe, irgendwann bin ich nichts. Dann ist alles, was ich getan habe, verschwunden. Außer ich vergesse es vorher, dann ist es schon eher verschwunden.«

»Du solltest wirklich mal in Therapie gehen.«

»Pffft.« Er schnaubte. »Das ist ja wohl –«

»Total sinnlos?«

»Genau. Und nebenan packt jemand seine Kisten aus, als würde das einen Unterschied machen.«

Merle zog die Stirn kraus. »Ich denke, es macht schon einen Unterschied, ob die eigene Unterwäsche greifbar in einer Schublade ist oder auf dem Boden irgendeiner nicht identifizierbaren Umzugskiste.«

Simon schüttelte den Kopf. »Eben nicht. Nicht, wenn man das große Ganze betrachtet.«

»Simon«, sagte Merle jetzt etwas strenger. »Du wirst deinen dreißigsten Geburtstag überleben.«

»Ja, das befürchte ich auch.«

»Und danach wird es dir auch nicht schlechter gehen als jetzt.«

»Dein Wort in Gottes Ohr.«

Sie lachte. »Du glaubst doch gar nicht an Gott. Oder an überhaupt irgendwas.«

»Ich glaube an die Liebe.«

Sie schüttelte sich vor Lachen.

»Merle«, sagte er streng und setzte sich auf. »Das war mein voller Ernst.«

»Wirklich?« Sie setzte sich auch auf und wischte sich eine Träne aus dem Augenwinkel.

»Wirklich.«

»Okay«, murmelte sie. »Entschuldigung. Ich dachte, du machst einen Witz.«

»Ich? Ich mache keine Witze. Nie.«

»Richtig«, sagte Merle nickend. Tatsächlich meinte Simon nämlich wirklich alles ernst.

»Und sollte ich jemals lustig sein, dann kannst du mich auch erschießen. Oder erschießen lassen.«

Alles war ernst und nichts sinnvoll.

3. Kapitel

Simon schleppte sich die Stufen der U-Bahn-Haltestelle hoch und seufzte. Jeder Schritt fiel ihm schwer. Regen tropfte auf die Treppe. Natürlich regnete es, denn Simon hatte keinen Schirm dabei. Aber so war das in seinem Leben nun mal, über ihm regnete es immer. Und wenn die Sonne schien, dann bekam er Rückenschmerzen von dem Schirm, den er umsonst mit sich herumtrug, und Sonnenbrand. Oder noch schlimmer: Falten. Vom in die Sonne blinzeln. Und dann sah er bald aus wie dreiunddreißig oder sogar vierunddreißig, dabei war es ja schlimm genug, auszusehen wie dreißig. Oder dreißig zu werden.

Er kam oben an der Treppe an und wollte einen prüfenden Blick in das Schaufenster werfen. Er sah hoffentlich noch so jung aus wie heute Morgen. Nur ein kurzer Blick auf sein eigenes Antlitz zur Beruhigung – aber er sah sich nicht.

Das Schaufenster der kleinen Buchhandlung war hinter einem Gerüst verschwunden. Heute Morgen war das noch nicht da gewesen. Simon runzelte die Stirn und trat näher. Unter dem Gerüst war er wenigstens vorm Regen geschützt. In dem Schaufenster hing ein handgeschriebener Zettel. Die Buchhandlung verabschiedete sich von ihren treuen Kunden, das Haus wurde saniert, die neue Miete könnten sie nicht mehr bezahlen.

Simon seufzte erneut, drehte sich um und schlurfte nach Hause. In einem weiteren, nicht verhangenen Schaufenster sah er sich schlurfen und nahm sofort die Schultern zurück. Bei jedem Schritt hob er die Füße vom Boden und bemühte sich um einen dynamischeren Gang. Er sah ja aus wie ein Sklave, der gerade ein halbes Grabmal für einen König gebaut hatte und selbst kurz davor war, in der Kloake neben der Baustelle zu verenden. Trotz allem Leid der Welt, das Simon auf den Schultern trug, musste er Haltung bewahren. Haltung war alles.

Zu Hause trocknete er sich die Haare und zog ein frisches Hemd an, dann ging er ohne Umschweife in Doses Zimmer und warf sich dort aufs Bett. Eigentlich war es gar kein Bett, sondern drei übereinandergestapelte Matratzen, aber wenigstens machte Dose es jeden Morgen, oder wann immer er aufstand. Das wusste Simon nicht so genau, denn in der Regel war er da schon im Blumenladen.

»Klar, mach's dir bequem«, sagte Dose spöttisch, als Simon schon längst in seinen Decken verschwunden war.

Dose saß im Schneidersitz auf dem Boden und las Zeitung. Er blätterte um und trank Kaffee. »Das mit Afghanistan gefällt mir nicht.«

Simon hob den Kopf. »Wem gefällt das schon?«

»Ich meine das natürlich in Bezug auf die aktuellen Entwicklungen. Die werden angesichts der politischen Gesamtlage oft übergangen. Meinst du nicht?«

»Ich meine, dass Afghanistan sehr weit weg ist.«

»Wie kann man nur so ignorant sein?«

»Ich bin nicht ignorant«, begehrte Simon auf. »Im Gegenteil, ich sehe alles. Und es macht mich fertig.«

Dose stellte seinen Kaffee ab, verschränkte die Arme vor der Brust und sah Simon halb abschätzig, halb genervt an. »Was macht dich fertig?«

»Das Haus vorne an der Haltestelle wird saniert. Es ist das dritte in der Straße.«

»Sehr gut observiert, Sherlock«, gab Dose spöttisch zurück. »Das sieht doch jeder, der dran vorbeigeht.«

Simon nickte und setzte sich auf. »Und wir sind die Nächsten, das sag ich dir.«

»Womit?«

»Mit Sanierung und Gentrifizierung. Bald fliegen wir hier raus, damit das alles Luxuswohnungen werden können.«

Dose schüttelte den Kopf. »Nein. Hör auf schwarzzumalen.«

Simons Blick glitt über Doses schwarze Lederhose, das schwarze T-Shirt und die schwarz gefärbten Haare. »Das sagt der Richtige.«

»Ganz genau, das sagt jemand, der sich auskennt mit dem Bösen in der Welt und der Politik dieser Stadt und des Kiezes.«

»Du denkst also, die Gerüstbauer und Investoren werden einfach einen Bogen um unser Haus machen?«

»Ich denke, dass du gern eine dramatische Bedrohung in deinem Umfeld heraufbeschwörst, damit du die großen Probleme der Welt ignorieren kannst.«

»Ha! Du wirst noch an meine Worte denken, wenn du 'ne neue Wohnung suchst. O Gott, wenn *ich* nur daran *denke*, irgendwo Schlange bei Massenbesichtigungen zu stehen ...« Er sank wieder aufs Bett. »Erschießt mich doch einfach.«

»Simon, wir werden nicht ausziehen, alles wird so bleiben, wie es ist. Das hier ist Berlin. Rot-grüner als in unserem Kiez geht es gar nicht mehr. Deshalb hab ich mir diese Straße doch damals ausgesucht. Weil die zu verrottet ist, um einen Investor zu interessieren. Glaub mir, ich hab ein Auge für so was.«

»Aber da sind doch schon Gerüste und alles«, murmelte Simon verzweifelt ins Kissen.

»Ja, vorne an der Kreuzung direkt an der Haltestelle. Aber doch nicht hier hinten. Das Schlimmste, was uns passieren kann, sind die Kapitalistenmieter über uns – und das ist schon passiert.«

»Das klingt naiv.«

»Nennst du mich naiv? Mich?«

»Reg dich nicht auf«, murmelte Simon erschöpft. »Es ist doch eh alles egal. Als könnten wir was machen, wenn ich recht hätte. Nix können wir. Gar nix.«

»Natürlich könnten wir«, widersprach Dose aufgebracht. »Man kann immer was machen, immer kämpfen. Wie kann man nur so lethargisch sein?«

»Ach, das ist eigentlich leicht. Man macht halt nix.«

»Du kannst einen wahnsinnig machen.«

»Aber das liegt auch daran, dass du dich gerne aufregst, Dose. Da musst du jetzt ehrlich zugeben, dass es nicht schwer ist, dich auf die Palme zu bringen.«

»Ja, was auch immer. Lass uns mal kurz bei der Sache bleiben. Du hörst jetzt auf, den Gentrifizierungsteufel an die Wand zu malen. Ich wohne hier schon so lange, mich kann man gar nicht rauswerfen. Ich bin Hauptmieter dieser Wohnung, und zwar seit über zwanzig Jahren. Außerdem bin ich mit dem Karli von der Hausverwaltung dicke, und der würde mich schon warnen. Hat er aber nicht. Der Mensch ist schlecht, Simon, aber nicht in meinem Kiez. Manchmal muss man auch das Gute sehen. Besonders, wenn es größere Probleme gibt als ein Gerüst die Straße runter. Du könntest dich zum Beispiel auch damit beschäftigen, dass es Trends in der politischen Berichterstattung gibt, die uns suggerieren, dass bestimmte Krisen abgewendet wurden. Wurden sie aber nicht, sie sind nur keine News mehr und finden deshalb in der Wahrnehmung nicht mehr statt. Aber das heißt nicht, dass die Krise nicht noch genauso brodelt wie vor zehn Jahren.«

»Jaaa …«, sagte Simon gedehnt. »Aber damit will ich mich nicht beschäftigen.« Er wuchtete sich schwerfällig herum und stand auf.

Dose schüttelte den Kopf und sah wieder auf seine Zeitung, als Tinia ins Zimmer kam. Simon musterte sie, ihre pinken Haarsträhnen, die kurzen Shorts und das schlabbrige T-Shirt.

»Die Herren«, sagte sie betont gut gelaunt und gespielt höflich, »Sie haben nicht zufällig meine Zahnpasta gesehen oder gar leer gemacht?«

»Nein, mein Fräulein«, sagte Dose.

Simon musterte sie ein weiteres Mal, hob das Kinn

und rauschte ohne ein weiteres Wort an seiner jüngsten Mitbewohnerin vorbei raus in den Flur und dann in sein Zimmer. Er knallte die Tür hinter sich zu. Zahnpasta. Sie wollte allen Ernstes mit ihm über Zahnpasta reden? Nach allem, was sie ihm angetan hatte?

***

»Hallo? Hörst du mich?«, sagte Fridolin ins Telefon, dann wurde er lauter: »Ivo? Hallo?«

Merle stand in der Tür zur Küche und betrachtete Fridolin, der in seinen Skinny Jeans jetzt auf die Küchenbank kletterte und das Handy so hoch wie möglich ans Fenster hielt, ohne es von seinem Ohr zu nehmen.

»Ivo, hörst du mich? Gerade hat's noch funktioniert.«

Merle schüttelte den Kopf und ging zum Schrank. Der Neue war so jung. Er wusste bestimmt nicht mal, wer die Backstreet Boys waren. Merle holte die Wasserkaraffe raus und angelte eine Zitrone aus der Obstschale auf dem Tisch.

»Verdammter Mist«, sagte Fridolin und ließ das Handy sinken. Er setzte sich auf die Bank, warf das Handy auf den Tisch und sah Merle an. »Gibt es einen Ort in dieser Wohnung, an dem der Empfang nicht unterirdisch ist?«

Sie schnitt ein paar Scheiben von der Zitrone ab und lachte. »Am Festnetz.«

»Was?«

»Fridolin, wir haben ein Festnetztelefon. Da im Flur.« Sie zeigte mit dem Messer in den Flur zu der Ladestation, in der das Telefon stand. »Du weißt doch, was Festnetz ist, oder?«

Er lachte nun auch. »Ich erinnere mich dunkel. Meine Eltern hatten so was, vor zehn Jahren oder so.«

»Jetzt nicht mehr?«, fragte sie.

Er grinste. »Nein, sie haben Implantate in den Zähnen, mit denen sie mich anrufen. Doch, natürlich haben sie Festnetz.«

Merle nickte und warf die Zitronenscheiben in die Wasserkaraffe. Sie holte Eiswürfel aus dem Tiefkühlschrank und gab sie klirrend dazu.

Fridolin seufzte und rieb sich die Nasenwurzel. »Dann muss ich mir ja jetzt auf der super Festnetzverbindung von Ivo sagen lassen, dass er noch nicht fertig ist. Wobei er wahrscheinlich lügen wird und sagen, dass er eigentlich quasi schon alle Vorlagen graphisch gestaltet hat.«

»Was machst du noch mal genau?«

»Ich bin Gründer. Entrepreneur.«

Sie erinnerte sich an das WG-Casting. Das hatte er damals auch schon gesagt. Aber das klang nach einer Hipster-Worthülse, und Merle hatte es nicht behalten. »Und was gründest du?«

»Ein Zendoodle-Café.«

»Wie bitte?«

»Es soll ein Franchise werden.«

»Was ist denn Zendoodle?«

»Adult Coloring.«

Merle sah ihn verständnislos an. Aus was für einer Welt kam dieser Mann? Konnte man überhaupt schon »Mann« sagen? War das nicht eher ein Junge, frisch von der Uni und den Kopf voller Ideen, die ein Erwachsener nicht verstand?

»Es geht ums Ausmalen für Erwachsene«, erklärte er jetzt bereitwillig. »Das ist ein neuer Entspannungstrend. Wer ausmalt, kann gut runterkommen und Stress vergessen.«

»Was denn ausmalen? Ein Bilderbuch?«

Er nickte und kletterte von der Küchenbank runter. Er nahm sein Handy vom Tisch, wischte darüber und zeigte ihr auf dem kleinen Bildschirm einige Seiten mit Vorlagen. Blumen, Blätter, Mandalas.

»Das ist aus Büchern«, erklärte er und wischte. »Das sind Megaseller. Da hat die Graphikerin Millionen von verkauft, aber die sind natürlich lizensiert, deshalb können wir die für unsere Cafés nicht verwenden. Richtig Geld machst du nur mit eigenen Vorlagen.«

»Das ist ein Bilderbuch«, wiederholte Merle verständnislos. »Das malen meine Kinder in den Pausen aus. Und die sind acht.«

Fridolin wog den Kopf hin und her und strich sich seine lustige Tolle zurück. »Ja, ich versteh total, was du meinst. Jeder schiebt das erst mal in die Grundschule, diese ganze Idee. Aber diese Vorlagen sind zu detailliert für Kinder.«

»Gut, vielleicht malen Kinder lieber Tiere aus und größere Felder, aber das ist doch trotzdem nix, wofür Erwachsene Geld ausgeben.«

»Müssen sie nicht. Also nicht direkt.« Er sah sie mit vor Begeisterung leuchtenden Augen an. »Sie kommen einfach zu uns ins Café und bekommen zu ihrem Flat

White ein Blatt ihrer Wahl. Außerdem ist die Tischdecke aus Papier und mit solchen Vorlagen bedruckt. Und Stifte kann man auch kaufen.«

»Aber sie könnten zum Entspannen doch auch einfach zum Yoga gehen.«

Er hob eine Augenbraue. »Machst du das?«

»Yoga? Nein.«

»Eben, verschiedene Menschen brauchen verschiedene Entspannungstechniken.«

»Ich kann das nicht ernst nehmen.«

Fridolin betrachtete sie lange. In seinen dunklen Augen lag eine überraschende Ruhe. Für einen Augenblick wirkte er nahezu reif und wissend. Und er war wirklich hübsch. Er wusste das natürlich, aber das änderte auch nichts daran, dass es so war.

»Was?«, fragte sie und merkte, wie sie errötete. Sie drehte sich zum Waschbecken und füllte schnell die Wasserkaraffe.

»Du musst es nicht ernst nehmen. Vielleicht nimmst du zu viele Dinge viel zu ernst.«

Sie drehte sich zu ihm. »Wie bitte?«

Er hob abwehrend die Hände und ging zwei Schritte zurück. »Ich mein ja nur, dass Entspannung manchmal da zu finden ist, wo wir sie nicht suchen, und dass du vielleicht ein bisschen davon gebrauchen könntest.«

»Du kennst mich doch gar nicht.«

»Stimmt. Und du kennst Zendoodle nicht. Wir haben also beide noch ein bisschen was zum Kennenlernen vor uns. Wie gut, dass wir jetzt zusammenwohnen, dann geht das sicher schneller.« Er zwinkerte ihr zu, drehte sich um und nahm das Festnetztelefon aus der Ladestation. Dann war er in seinem Zimmer verschwunden.

An Selbstbewusstsein mangelt es ihm jedenfalls nicht, dachte sie, während sie ihm nachschaute.

Aber ob Selbstbewusstsein reichte, um ein Unternehmen zu gründen? Und sei es nur ein Start-up. Jedenfalls steckte Fridolin voller Hoffnung und Plänen. Es war beinah, als würde er platzen vor großen Erwartungen. Das gab ihm Energie, aber Merle fand es auch furchtbar anstrengend. Sie selbst wollte ankommen und Ruhe finden. Dafür brauchte sie nichts zum Ausmalen, sondern eine Wohnung mit David. Dort würden sie ihr Refugium haben und vielleicht eine Familie gründen. Sie wollte nicht Zendoodlen oder dass Fridolin sie kennenlernte. Wenn sie nur daran dachte, wie viele Mitbewohner sie in den letzten zehn Jahren hier gehabt hatte. Und immer lernte man sich kennen und kam sich nah wie Freunde oder Geschwister, und dann zogen sie wieder weg.

Und diesmal musste Merle eben diejenige sein, die wegzog.

4. Kapitel

Merle ging die Treppe hinunter. Sie spürte, wie ihr blonder Pferdeschwanz am Hinterkopf im Takt ihrer Schritte wippte. Er war wahrscheinlich so gut gelaunt wie sie selbst.

Unten im Hausflur ging die Tür auf. Philipp kam rein, nickte ihr zu und ließ die Tür hinter sich zufallen, obwohl sie nur wenige Schritte entfernt war.

»Nein, danke. Ich mach mir die Tür schon selbst auf. Du musst sie nicht halten«, spottete sie.

Er blieb stehen und sah sie verwundert an. »Ich war in Gedanken.«

Sie staunte über seine Gleichgültigkeit. Nein, korrigierte sie sich innerlich. Das war keine Gleichgültigkeit, das war Kälte.

»Stört dich der Krach in eurer Wohnung eigentlich nicht?«, fragte er.

Merles Hand lag schon auf der Klinke, sie drehte sich trotzig zu ihm um. Ja, der Krach störte sie. Und die Hellhörigkeit des ganzen Hauses. Aber das würde sie diesem arroganten Spießer wohl kaum auf die Nase binden. Sie verschränkte die Arme vor der Brust.

»Wir genießen eben das Leben bei uns in der WG.«

»Und das kann man nicht leiser tun?«

»Vielleicht hätten du und deine Gedanken in einen Bunker ziehen sollen.«

»Ja«, er seufzte, »vielleicht wäre das wirklich besser gewesen.«

»Ein Bunker voller Warnschilder, dass man dich nicht stören darf.«

»Sonst löst die Selbstschussanlage aus«, ergänzte er, und ein Hauch Freude huschte über sein Gesicht, als gefalle ihm die Idee einer solchen Anlage tatsächlich.

»Magst du eigentlich gar keine Menschen oder nur mich nicht?«, fragte sie. Ihre gute Laune war weniger geworden. Philipps Art ging ihr gewaltig auf die Nerven. Und jetzt sah er sie an, als müsse er überlegen, wen er wie sehr nicht leiden konnte. Bevor er ihr eine weitere Beleidigung an den Kopf knallte, redete sie weiter: »In unserer Gesellschaft gibt es so was wie Konventionen, weißt du. Höflichkeit. Damit wir alle es miteinander aushalten und uns nicht gegenseitig …«

Sein Handy klingelte und unterbrach sie. Er nahm es blitzschnell aus der Hosentasche, sah darauf und sagte knapp: »Da muss ich ran.«

Und eh sie sich versah, schob er sich an ihr vorbei, sagte »Hallo« ins Handy und ließ die Haustür hinter sich zufallen. Sie sah ihm fassungslos nach.

Merle war nicht in der Stimmung, so behandelt zu werden. Sie stürmte hinaus auf die Straße und folgte ihm.

Philipp lief zur Haltestelle und ließ das Handy gerade wieder in der Hosentasche verschwinden. Sie lief ihm nach und stellte sich ihm in den Weg.

»Du bist ein Arsch«, sagte sie.

»Was?« Er sah sie verdattert an.

»Ist Ignoranz dein zweiter Vorname, oder was? Was glaubst du eigentlich, wer du bist? Du bedankst dich nicht, wenn ich dir deine Post bringe, und jetzt gehst du mitten in einem Gespräch einfach weg? Ganz zu schweigen davon, dass du mir die Tür nicht aufhältst, obwohl ich offensichtlich gleich raus will. Man geht doch nicht an sein Handy, ohne sich zu entschuldigen. Ganz abgesehen davon, dass Feierabend ist. Was ist denn jetzt so wichtig, dass du nicht drei Minuten später zurückrufen kannst?«

»Meine Ex-Freundin«, sagte er nüchtern. »Wir haben uns vor sechs Wochen getrennt, und ich warte seit drei Wochen darauf, dass sie sich meldet. Die Trennung beruhte nicht auf Gegenseitigkeit.«

Sie starrte ihn an. Für einen Augenblick dachte sie, er mache sich lustig, aber er war wirklich verletzt.

»Sie hat mich monatelang betrogen, wie ich vor zwei Wochen rausgefunden habe. Seitdem versuche ich, von ihr eine Stellungnahme zu bekommen. Ich halte das irgendwie für ein Thema, das wir besprechen müssen. Wir waren acht Jahre zusammen.«

Merle lächelte unsicher. Hinter all der Kälte sah sie ein gebrochenes Herz. Sie selbst war nicht halb so gefühlskalt wie er und hätte nicht annähernd so offen über ihr Herz sprechen können. Sie hatte es ja immer noch nicht geschafft, ihrem Freund zu sagen, dass sie mit ihm zusammenziehen wollte.

»Würdest du das nicht besprechen wollen? Wenn man dir das angetan hätte?«

»Doch, wahrscheinlich«, antwortete sie kleinlaut.

»Ich konnte nicht anders als rangehen, wenn sie anruft. Und zwar sofort. Es ist ein Impuls, ich denke da nicht mal drüber nach. Mein Herz diktiert meine Bewegung, nicht mein Hirn. Entschuldige.« Er sah sie aufrichtig an. »Nicht dass ich mehr von ihr bekommen hätte als ein knappes ›Entschuldigung‹, aber ich konnte nicht anders.«

Sie nickte langsam und suchte nach Worten. Sie kam sich sehr bescheuert vor.

»Ach, und um eine andere deiner vielen Fragen zu beantworten«, sagte er jetzt, »das Krankenhaus könnte mich wegen einer Notfall-OP anrufen. Ich bin Chirurg und habe jetzt Dienst – und keinen Feierabend.«

Sie schluckte und suchte weiter. Keine Worte im Kopf. Kein einziges.

Er zeigte an ihr vorbei die Straße runter. »Darf ich jetzt gehen, Merle?«

Er kannte ihren Namen? Damit hatte sie von all dem am wenigsten gerechnet. Sie machte den Weg frei und schwieg. Sie wusste noch immer nicht, was sie sagen wollte. Bestimmt war sie puterrot im Gesicht. Da behauptete man sich einmal selbst, und dann war man im Unrecht. Oder zumindest hatte Philipp nachvollziehbare Gründe für sein Verhalten. Er verschwand an der U-Bahn-Haltestelle auf der Treppe nach unten. Der Untergrund der Stadt verschluckte ihn.

Sie drehte sich um und ging zu ihrem Auto. Sie atmete ein paar Mal tief durch, um die Begegnung abzuschütteln. Es sollte doch ein schöner Abend werden!

***

Die komplette kleine Wohnung war erfüllt von dem Duft von Thymian.

»Ich bin am Herd, Schatz«, rief David, als Merle durch die angelehnte Tür hereinkam. Sie sah ihn sofort, sie hätte ihn überall in der Wohnung sofort gesehen. Er musste nicht sagen, wo er war, seine Wohnung war einfach zu klein, um sich zu verstecken.

»Es duftet herrlich«, sagte sie und zog ihre Jacke aus. Sie schlüpfte aus den Ballerinas und ließ sie mit ihrer Tasche an der Wohnungstür zurück.

David strahlte sie an, küsste sie und wandte sich sofort wieder dem Herd zu. Er schälte Birnen und verteilte sie auf einem Backblech. »Der Wein ist im Kühlschrank.«

Merle holte den Öffner aus der Schublade und nahm den Wein heraus. Dann suchte sie im Schrank nach Weißweingläsern, aber sie fand nur eins.

»Das andere ist kaputt«, sagte David gut gelaunt und schob die Birnen in den Ofen. »Ich nehm einfach eins von den Wassergläsern.«

»Aber dann können wir nicht richtig anstoßen«, sagte Merle und sah nachdenklich in den Schrank. »Außer, ich nehme auch ein Wasserglas.«

»Aber du magst Wein doch nur aus Weingläsern, Schatz.«

»Musst du mich immer Schatz nennen?«

Er lächelte sie über die Schulter an. »Nein, aber ich will. Gefällt es dir nicht?«

»Nicht so sehr, nein.« Sie lächelte zurück. »Aber ich weiß, dass du es lieb meinst.«

»Mehr als lieb. Und deshalb solltest du Wein aus meinem einzigen Weinglas trinken.«

»Alles klar, dann mach ich das.« Sie lachte. »Ich hab mich so auf den Wein gefreut. Es war ein Wahnsinnstag.« Sie sah an der Tür vorbei zu David. »Das Einzige, was mich durch den Tag gebracht hat, war die Vorfreude auf ein Glas Wein mit dir.«

David kam einen Schritt näher. »Nur das? Nicht dass das Essen beleidigt ist.«

»Darauf auch.« Sie schloss die Augen und küsste ihn.

Ihre Nasenspitzen berührten sich, als Merle die Augen wieder öffnete. Ihr war, als funkelten sie zwei Sterne an. David strahlte noch immer.

»Lass uns zusammenziehen«, sagte sie.

Er wich lachend zurück. »Was? Wo kommt das denn her?«

»Aus meinem Herzen«, sagte sie. »Stell dir vor, du und ich … Wir müssten uns nicht mehr verabreden, meine WG nicht mehr ertragen, bei mir nicht mehr so leise sein, wenn wir Sex haben. Und wir könnten mehr Platz haben als hier.«

»Ja, schon. Aber du liebst deine WG.«

»Geht so. Außerdem kann ich sie doch auch lieben, wenn wir nicht mehr zusammenwohnen.« Sie runzelte die Stirn. Hatte sie das nicht schon mal gesagt?

»Wenn du ausziehst, dann stürzt du Simon in eine tiefe Depression, Merle. Noch tiefer als sein trauriger Grundzustand.«

»Aber ich kann doch nichts dafür, dass Simon 'ne Macke hat. Die haben alle vier eine Macke.«

»Aber du willst immer, dass es ihnen gut geht.« Er stupste ihre Nase an. »Und interessanterweise schaffst du das auch immer. Du bist ihr Seelenpflaster.«

Jetzt wich auch Merle etwas zurück. »Das klingt aber nicht nach etwas, das ich gern wäre.«

»Was wärst du denn gern?«, fragte er und machte sich nun selbst an die Weinflasche. Er öffnete sie und wirkte auf Merle auf einmal ein bisschen zu beschäftigt.

»Weiß nicht. Mutter vielleicht. Von eigenen Kindern, nicht von meiner WG.«

Er schenkte ein. »Also erstens: Wenn du deine WG nicht bemuttern willst, dann bemuttere sie nicht. Das ist ganz einfach. Und zweitens: Reden wir jetzt schon über Kinder?«

»Was heißt denn jetzt schon? Wir sind seit drei Jahren zusammen.«

David verschränkte die Arme vor der Brust. »Merle, du konfrontierst mich jetzt gerade mit ganz schön viel. Ich hatte auch einen stressigen Tag und kann heute Abend keine Lebensentscheidungen mehr treffen.« Er seufzte und lächelte sie warm an. »Alles, was ich wollte, war für meine hübsche Freundin kochen, sie verwöhnen und zu verführen. Zum Wohl.«

Er reichte ihr ein Glas. Sie stießen an, aber es gefiel Merle nicht. Der Klang der Gläser war falsch. Stumpf. Außerdem hatte sie gehofft, dass sie auf das Zusammenziehen anstoßen würden. Dass sie sich dafür entscheiden und einander dann zuprosten würden. Aber vielleicht hatte sie sich da zu viel ausgemalt. Sie war ja schon fast wie Fridolin, zum Bersten mit Hoffnung gefüllt. Nein, so wollte sie nicht sein. Hoffnungen konnten ja vor allem enttäuscht werden. Sagte Simon das nicht immer? Und wie hatte sie sich das überhaupt gedacht? So eine Entscheidung schon vor dem ersten Schluck Wein, dem ersten Happen Essen?

Sie rief sich innerlich zur Ordnung. Sie durfte nicht immer schneller planen als alle anderen, und sie konnte nicht alles kontrollieren. Manchmal musste man sich in den richtigen Zeitpunkt eingrooven.

»Okay, ich weiß«, sagte sie jetzt. »Vergiss das mit den Kindern. Das plane ich ja auch gar nicht. Es hat Zeit. Mir geht es eigentlich nur ums Zusammenziehen.« Sie legte den Kopf schief. »Stell dir mal vor, wie schön das Verführen wär, wenn wir eine große Wohnung mit einem großen Bett hätten.«

Er näherte sich ihr wieder und hob eine Augenbraue. »Bett? Ich brauch kein Bett.«

»Nicht?«

Er schüttelte den Kopf und beugte sich zu ihrem Hals. Sie spürte seine Lippen auf ihrer Haut. »Ich kann dich überall lieben«, raunte er.

Sie schauderte, dann fiel ihr Blick auf die Birnen im Ofen. »David, das Essen …«

Er drehte sich um, schaltete den Herd aus und war blitzschnell wieder bei ihr. Er hob sie hoch, setzte sie auf den kleinen Tisch und legte seine Hände auf ihre Knie. »Welches Essen?«

Langsam wanderten seine Fingerspitzen unter Merles Rock, und sie schloss die Augen.

5. Kapitel

Mit hasserfülltem Blick schaltete Merle den Wecker aus und zog sich die geblümte Decke über den Kopf. Schon wieder Montag? Wie konnte das so schnell passieren?

Sie war keine Frühaufsteherin. Egal, wovon Dose überzeugt war und wie sehr er ihr an dieser Stelle widersprechen würde: Merle hasste ihren Wecker und dass er so früh klingelte. Sie brauchte jeden Morgen all ihre Kraft und Disziplin, um die Decke zurückzuschlagen, die Füße auf die Erde zu setzen und ins Bad zu gehen.

Aber sie hatte Disziplin, sie schaffte es jeden Morgen, sich zu überwinden und aufzustehen. Gut, einmal im Jahr schaffte sie es nicht und meldete sich krank, obwohl sie es nicht war, aber sonst riss sie sich zusammen. Darin unterschied sie sich von Dose oder Tinia: in ihrer Disziplin. Nicht darin, dass sie ein früher Vogel war. Früher Vogel … Was sollte das sein?!

Mit hängenden Schultern und finsterem Blick schlurfte sie über den Flur und um die knarrenden Dielen herum. Das heiße Wasser unter der Dusche aber tat ihr gut. Es weckte ihre Lebensgeister, der innere Morgenmuffel ertrank. Sie erinnerte sich wieder, dass ihr neuer Job großartig war und genau das, was sie wollte. Sie hatte viel zu tun. Der Gedanke an ihre To-do-Liste hatte sie gestern Nacht unnötig lang wach gehalten, aber sie mochte eigentlich jeden Punkt auf dieser Liste. Neues Mathelernspiel für die Kids, der Rektorin ein Computerprogramm für das Erstellen der Vertretungspläne vorschlagen, zwischen den beiden männlichen Kollegen schlichten, die sich wieder einmal verkracht hatten … Merle wollte es angehen.

Als sie sich abtrocknete, lächelte sie zum ersten Mal an diesem Tag, sie sah es verschwommen im beschlagenen Spiegel. Und nun fiel ihr auch auf, dass Sonnenlicht durch das Badezimmerfenster fiel. Es schien ein schöner Tag zu werden. Und im Sommer musste sie immerhin nicht im Dunkeln aufstehen. Ein guter Start in die Woche also.

Merle kam wenig später gut gelaunt in die Küche. Noch in der Tür blieb sie stehen. Unter ihren Füßen knisterte Papier. Sie runzelte die Stirn. Überall in der Küche lag bedrucktes Papier verteilt, einiges davon bemalt. Am Küchentisch saß Tinia über einen schwarz-weißen Dschungel gebeugt, in jeder Hand einen Buntstift. Sie malte in großen Bewegungen die Pflanzen aus – beidhändig.

»Guten Morgen.«

Tinia schreckte auf und sah sie aus großen Augen an. »Wie Morgen? Ist schon Morgen? Egal, auch gut. Die Nacht war hell, der Tag ist bunt.« Sie blinzelte und beugte sich wieder über das Papier. Ihre pinken Haarsträhnen fielen nach vorn, schienen sie aber nicht weiter zu stören.

Merle stieg über das Papier, es raschelte. Sie nahm eine Tasse aus dem Schrank und schaltete die Kaffeemaschine ein. »Wie lange sitzt du schon hier?«

»Acht Minuten«, antwortete Tinia. »Zehn maximal.«

»Ah ja«, gab Merle ungläubig zurück und betrachtete die vier komplett ausgemalten Riesenbögen Zendoodle-Quatsch, die vor ihr auf dem Fußboden und in dem Regal hinter der Tür lagen. »Hast du das alles allein ausgemalt?«

»Ja. Ich bin sehr gut.«

Merle runzelte die Stirn und sah auf Tinias Finger, die in einem Affentempo lila und neongelbe Striche auf die Dschungellandschaft schmierten. Sie schien die einzelnen Blätter ausmalen zu wollen, übermalte aber jeden Rand. Ganz zu schweigen davon, dass Grün vielleicht die bessere Farbe gewesen wäre.

»Tinia«, sagte Merle, »ich glaube nicht, dass es bei diesem Ausmalen um Qualität geht.«

»Nein, es geht um Schnelligkeit.«

»Nein, das auch nicht, hab ich mir sagen lassen.« Sie seufzte. »Es geht um Entspannung.«

Tinia hielt inne und sah wieder auf. Ihre Augen waren weit aufgerissen, sie sah Merle an und blinzelte. Dann lachte sie plötzlich sehr laut. »Entspannung? Ich?«

»Schsch. Willst du Simon wecken?«

»Ja«, antwortete Tinia und brüllte dann in den Flur. »Denn er ist ein Arsch, der keinen Schlaf verdient.«

»Okay«, sagte Merle und schloss schnell die Küchentür. »Ihr habt euch also noch nicht vertragen?«

»Ich brauch ein neues Blatt.« Tinia fegte den Bogen vor ihr vom Tisch, kletterte über die Tischplatte und angelte sich eine neue Vorlage vom Boden. Sie hielt es hoch und verschwand dahinter. »Das sind sehr große Blätter«, stellte sie fest.

»Ja, das sind Tischdecken«, erklärte Merle.

»Aha.«

Merle schüttete sich Milch in den Kaffee und stellte die Tüte zurück in den Kühlschrank, sie nahm einen Joghurt und Müsli aus ihrem Regalfach und setzte sich so an den Tisch, dass sie ein wenig Platz für ihr Frühstück hatte.

Tinia griff einen roten Stift und suchte dann offenbar nach einem zweiten. »Welche Farbe soll ich noch dazu nehmen?«

»Äh«, überlegte Merle und betrachtete die Vorlage auf dem Küchentisch. Es waren Rosen. »Grün«, sagte sie. »Das würde doch gut zu dem Rosenlaub passen.«

»Nein«, antwortete Tinia und griff mit leuchtenden Augen in die kleine Blechkiste auf der Bank neben sich. »Der soll es sein.« Sie hielt den Stift hoch, direkt vor Merles Nase, und strahlte.

Merle seufzte. »Das ist Weiß.«

Tinia nickte und malte wieder los. Dann hielt sie plötzlich wieder inne, beugte sich über den Tisch und flüsterte: »Ich habe das Geheimnis des Ausmalens gefunden.«

»Das Geheimnis des Ausmalens?«, wiederholte Merle verwundert.

Tinia hielt beide Hände hoch. »Du musst beidhändig ausmalen. Man hat uns das alles falsch beigebracht. In der Schule damals … alles Quatsch. Du musst beide Hände nehmen.«

»Ausmalen lernt man spätestens im Kindergarten, Tinia.«

»Nein, nein. Man will uns glauben machen, dass man es

uns beibringt, aber in Wahrheit wird die Wahrheit vor uns geheim gehalten. Es ist eine Verschwörung. In Wahrheit.«

»Tinia«, sagte Merle streng und stellte ihre Müslischüssel weg. »Was hast du genommen?«

Sie wich zurück und sah Merle missbilligend an. »Darum geht es doch jetzt gar nicht.«

»Doch, was hast du eingeworfen? Hast du wieder gekokst?«

»Pfft.« Tinia schnaubte, warf die Stifte weg und lehnte sich zurück. Sie verschränkte die Arme vor der Brust, der glitzernde Regenbogen auf ihrem T-Shirt verschwand. »Und wenn schon. Ich kenn mich damit doch aus. Wenn Simon 'ne Nase nimmt, dann kannst du so sorgenvoll gucken, aber bei mir … Bei mir ist das doch Routine.«

»Ja, eben, Tinia.«

Sie sah auf ihre Hände. »Scheiße, wo ist der Stift?«

»Du hast ihn weggeworfen.«

»Alles halb so wild, Merle-Perle.«

»Ich bin keine Perle.«

»Doch«, sagte Tinia gurrend und kletterte wieder halb auf den Tisch. Sie streckte die Arme aus und zog Merle an sich. »Du bist meine Merle-Perle.«

»Ich mach mir Sorgen um dich«, sagte Merle an Tinias Regenbogen gedrückt.

»Aber mir geht es voll gut.« Tinia löste sich wieder von Merle, kniete auf dem Tisch und sah sie fröhlich an. »Wenigstens bin ich kein Trauerkloß wie unser Simon-Schweine-Arsch.«

»Simon-Schweine-Arsch?«

»Ja«, Tinia kicherte. »Ein super Schimpfwort, hab ich

eben erfunden. Ich bin sehr kreativ gerade. Wir sollten das aufschreiben.« Sie sah sich suchend um. »Wo ist mein Stift? Ich bin ein Genie.«

»Nein, du bist high.«

»Gehopst wie Hose.«

»Was?«

»Genie, sag ich doch.«

»Warum bist du eigentlich so sauer auf Simon?«

»Es geht um ’nen Mann. Simon hat ihn mir weggenommen.«

»Weggenommen? Also, wenn Simon einen Mann genommen hat – was auch immer das heißt –, hat er ihn sicher nicht behalten. Wenn der einen Freund hätte, wüssten wir das. Das wüssten wir sogar, bevor die zusammen wären.«

»Ja, weil der Simon-Schweine-Arsch ein *romance loser* ist. Ich bin überhaupt viel zu gut für den als beste Freundin. Hab ich dir schon gesagt, dass ich ein Genie bin?«

»Tinia, du hast doch seit Samstagmorgen nicht mehr geschlafen, du riechst nach einem Clubmarathon und malst unsere Küche voll.«

»Ja, das ist zur Entspannung. Beim Ausmalen kann ich nach dem Feiern gut runterkommen«, erklärte sie und fiel bei dem Versuch, den Stift vom Boden zu holen, vom Tisch auf die Bank.

Merle stand auf und beugte sich über sie. »Was hältst du davon, wenn du einfach so liegen bleibst? Und ein bisschen schläfst?«

Tinia lächelte. »Ich hab dich voll lieb, Merle. Schwesternmegalieb.«

Merle seufzte und strich Tinia durch die pink-brünetten Haare. »Ich dich auch, Maus.«

Sie stellte ihre Müslischale in die Spülmaschine und ging. Was sollte sie machen? Tinia war erwachsen, und eine Standpauke würde sicher nicht dazu führen, dass sie es langsamer angehen ließ.

***

Leichtfüßig nahm Merle die letzte Stufe und öffnete die Wohnungstür. Sie hatte die Vertretungspläne mit dem neuen Programm optimiert und damit sogar die Rektorin beeindruckt.

Sie schloss auf und rief »Hallo« in den Flur.

»Hi«, kam es knapp aus der Küche zurück. Im Augenwinkel sah Merle Tinia, die inzwischen auf dem Boden lag. Unter ihr stapelten sich die bunten Tischdecken. Tinia lag auf dem Bauch und malte schon wieder. Oder noch immer.

Merle seufzte. Sie wollte das nicht sehen. Sie fühlte sich verantwortlich, hatte aber eigentlich keine Verantwortung – oder Autorität. Sie konnte nur zusehen, wie Tinia es zu weit trieb. Natürlich konnte Merle auch ein gutes Wort für Nüchternheit und ausreichend Schlaf einlegen, aber das hatte bislang ganz offensichtlich wenig gefruchtet.

Sie nahm das Telefon aus dem Ladegerät und ging in ihr Zimmer.

David brauchte nicht lange. »Hallo Merle.«

»Hi«, sagte sie. Es war schön, seine Stimme zu hören.

»Wie war dein Tag?«

»Gut«, gab sie knapp zurück, sie durfte sich nicht wieder ablenken lassen oder hoffen, dass der Vorschlag von ihm kam. »Du, ich wollte ...«

»Meiner war beschissen«, ging David dazwischen. »Ein richtiger Montag. Ich hasse meine Kollegen.«

»Das tut mir leid. Und außerdem übertreibst du. Eigentlich findest du die alle voll in Ordnung.«

»Heute nicht.«

»Aber spätestens am Mittwoch wieder. Du, ich wollte was mit dir bereden.«

»Jetzt? Ich hab echt genug von diesem Tag und will eigentlich nur ein Bier trinken und fernsehen.«

»Kannst du ja auch gleich, aber es ist wichtig. David, ich will mit dir zusammenziehen.«

Stille.

»Ja, klar. Das machen wir bestimmt irgendwann.« Er gähnte.

»Irgendwann? Nein, jetzt. Bald. Ich muss hier aus meiner Wohnung raus. Die machen mich wahnsinnig.«

»Wo kommt das denn auf einmal her?«

»Was heißt denn hier auf einmal? Das hat sich in den letzten Wochen entwickelt. Ich hab hier zehn Jahre gewohnt. Es reicht jetzt.«

»Aber du hast da doch immer gern gewohnt. Bist du sicher, dass das keine Phase ist?«

»Ja, ich muss auch mal erwachsen werden. Und zwar richtig.«

»Aber das ist doch keine Frage der Wohnung, Merle, sondern der inneren Haltung.«

»Na ja, die Wohnung beeinflusst aber doch die innere Haltung. Oder andersrum: Meine innere Haltung hat sich diesbezüglich einfach geändert.«

Er seufzte. »Können wir da wann anders drüber reden?«

»Nein, eigentlich nicht. Das ist jetzt schon mein dritter Versuch, das mit dir zu besprechen, und immer kommt was dazwischen. Du lässt mich auflaufen, hörst nicht richtig zu und ich rede ins Leere.«

»Ich bin echt kaputt.«

»Wie lange hast du denn gestern Fernsehen geguckt?«

»Was?«

»Du bist nur müde, weil du gestern nicht früh genug im Bett warst«, sagte sie so milde wie möglich. »Das machst du jeden Sonntag. Und dann bist du montags schlecht drauf, weil du nicht genug geschlafen hast. Du lernst einfach nicht, dass du dich vor zwölf aufraffen musst.«

»Vielen Dank für diesen Rat, Mama«, sagte er spöttisch.

»Ich bin nicht deine Mama. Hör auf, dich wie ein Kind zu verhalten, dann fühlst du dich auch nicht bemuttert.«

»Meinst du da jetzt mich oder deine WG?«

»Das gilt für euch alle. Ihr könntet auch mal erwachsen werden. Aber darum ging es mir doch gar nicht.« Merle schloss die Augen und atmete tief durch. Sie stellte sich ans Fenster und sah in den Hinterhof. Über den Mülltonnen waren die Wände beschmiert, am Seitenflügel bröckelte der Putz und an dem einsamen, kargen Baum inmitten dieses kleinen Asphaltquadrats hingen ausgeblichene Luftschlangen und ein alter Schuh.

»Ich will hier weg.«

»Ja, gut«, auch Davids Stimme klang jetzt milder. »Aber du könntest doch auch allein wohnen.«

»Natürlich, aber ich will mit dir zusammenwohnen. Vor ein paar Wochen hast du das doch selbst vorgeschlagen.«

»Echt?«

Sie verdrehte die Augen. »Es war die erste warme Nacht, wir waren am See …«

»Oh. Ach so. Ja, das war schön …«

»Genau, und dann hast du gesagt, wir sollten zusammenwohnen. Du und ich.«

»Aber da war ich doch schon betrunken. Von dir, vom Sex, vom Sekt …«

»Du hast das also nur so gesagt?«

»Ich denke schon. Ich kann mich wirklich nicht mehr so genau erinnern.«

»Mir hat es was bedeutet, dass du das gesagt hast«, murmelte sie und setzte sich auf ihren Schreibtisch. Sie ließ ihre Beine baumeln und schüttelte ihre Ballerinas ab.

»Die Nacht hat mir auch viel bedeutet. Alles«, beteuerte David.

»Ja, der Sex und der Alkohol. Das hat für dich immer sehr viel Bedeutung. Toll.«

»Hey, jetzt mach doch die schöne Erinnerung an einen super Abend nicht kaputt, nur weil du ein Detail anders behalten hast als ich.«

Sie wollte nichts kaputt machen, musste sie auch nicht. Denn eigentlich hatte er das schon. Sie konnte jetzt nicht mehr an die Nacht am See denken, ohne auch dieses Gespräch hier vor Augen zu haben, inklusive des Scheißgefühls, das sie jetzt verspürte.

»Und wenn ich dir jetzt vorschlage, dass wir zusammenziehen, dann willst du das auch nicht?«, fragte sie und sah aus dem Fenster. Oben über dem Hinterhaus verschwand die Sonne langsam.

»Also, jetzt ist mir die Stimmung irgendwie zu komisch, um so eine Entscheidung zu treffen.«

»Ja, und wer weiß, ob du sie nicht so oder so wieder vergessen würdest?«

»Haha.«

»Das war kein Witz, David.«

»Weißt du was, Merle? Du solltest nicht immer alles so ernst nehmen.«

»Wie bitte? Ich soll nicht ernst nehmen, was du sagst?«

»Ja, was ich sage, was Dose sagt, was Tinia macht oder was der Neue bei euch für das nächste heiße Business hält. Dir fehlt manchmal echt die Leichtigkeit.«

»Ach ja?«, fragte sie schnippisch. Sie hörte es selbst und hasste sich dafür, aber nur kurz. Sie war zu verletzt, um sich noch weiter zu kontrollieren. »Und du könntest mit dem Ernstnehmen mal anfangen. Was du tust, hat Konsequenzen, David. Wenn du nicht zeitig ins Bett gehst, bist du morgens müde. Daran sind nicht der Montag oder das Universum schuld, sondern du. Und wenn du deiner Freundin sagst, dass du gern mit ihr zusammenwohnen willst, dann hat das ebenfalls Konsequenzen. Erst recht, wenn du das gar nicht so meinst. Wie alt bist du eigentlich? Vierzehn?«

»Und was bist du? Meine Mutter?«

»Der Witz ist alt«, sagte sie erschöpft, drückte auf den roten Knopf am Telefon und warf es aufs Bett.

Merle war verwundert über sich selbst. Sie hatte noch nie einfach so aufgelegt. Aber sie war sprachlos. Es war, als habe sie keine Worte, die David verstand.

Sie blieb noch eine Weile auf dem Schreibtisch sitzen und fragte sich, was genau David in den letzten drei Jahren vielleicht noch alles »nicht so gemeint« hatte. Genau genommen verstand sie ihn ja auch nicht. Offensichtlich.

Dabei ging es nicht darum, alles bierernst zu nehmen, sondern darum, *einander* ernst zu nehmen. Sie wollte sich gehört fühlen. Hatte er das überhaupt je getan? Ihr zugehört?

Sie fragte sich, ob das vielleicht an ihr lag. Konnte sie sich kein Gehör verschaffen? Sie lachte bitter auf. Lächerlich. Sie war Lehrerin, jeden Tag hingen sechsundzwanzig Kinder an ihren Lippen, weil sie ihnen die Welt erklärte. Manchmal vermittelte sie auch zwischen den Kleinen und den Eltern. Von den beiden Kollegen heute ganz zu schweigen. In der Schule hatte sie nicht das Gefühl, nicht ernst genommen zu werden oder alles zu ernst zu nehmen. Sie tat einfach, was sie für richtig hielt, und am Ende war es das dann auch immer. Zumindest bis jetzt.

Sie schwang sich vom Schreibtisch, verließ ihr Zimmer und marschierte in die Küche.

»Tinia.«

»Merle-Perle.« Tinia strahlte sie an, aber sie sah schon erschöpfter aus als heute Morgen.

Merle hielt ihr ihre Hand hin und sah sie streng an. »Komm.«

»Was? Aber ich bin noch nicht fertig.«

»Doch«, gab Merle knapp zurück und beugte sich zu ihr hinunter. Sie nahm sie am Arm und zog sie hoch. Merle schleifte sie hinter sich her in Tinias Zimmer, setzte sie aufs Bett und hob ihre Füße hoch. Sie legte sie hin, deckte sie zu und zog die Vorhänge zu.

»Jetzt wird geschlafen.«

»Mein Bett ist sehr weich. Kuschelig«, sagte Tinia überrascht. »Es war noch nie so flauschig.«

»Gute Nacht«, sagte Merle, und Tinia hauchte noch »Ja«, dann war sie auch schon eingeschlafen.

6. *Kapitel*

»Was machst du denn da?«

Merle fuhr herum. Fridolin lehnte in der Tür, die Arme vor der Brust verschränkt und im Gesicht ein I-told-you-so-Lächeln.

»Brauchst gar nicht so zu grinsen«, sagte sie, lachte aber auch. Über sich selbst. Zum ersten Mal seit dem Gespräch mit David vor ein paar Stunden fühlte sie sich etwas leichter. Sie sah vor sich auf die sorgfältig ausgemalte, grüne Dschungel-Tischdecke und ließ den Stift fallen.

»Tinia hat immer die falschen Farben genommen, das hat mich wahnsinnig gemacht, und dann hab ich einfach angefangen.«

Fridolin nickte und seufzte. Er ging zum Kühlschrank und sah nachdenklich hinein. »Willst du auch ein Glas Wein?«

»Klar«, sagte sie. »Warum nicht.«

Sie schob die Tischdecke etwas zur Seite, und Fridolin stellte zwei Gläser auf den Tisch. Er beugte sich runter und sammelte die verstreuten Blätter vom Boden auf. Sein T-Shirt rutschte hoch, und für einen Moment konnte Merle seinen Hintern aufblitzen sehen. Nur ein kleines Stück ganz oben über den Boxershorts und nur kurz, denn sie schaute sofort weg, sprang auf und holte den Korkenzieher. Als Fridolin sich wieder aufrichtete, hielt er einen Berg Papier im Arm und seine Tolle fiel ihm ins Gesicht. Er pustete sie genervt zurück. Täuschte Merle sich, oder sah er bedrückt aus? Er erschien ihr mutlos. Es überraschte sie, denn sonst war Fridolin Mensch gewordenes Strahlen. Eigentlich hatte er das schönste Lachen, das sie seit Langem gesehen hatte. Sie musste sich das genau in dem Moment eingestehen, in dem er so niedergeschlagen wirkte.

Er stopfte das Papier in die Ecke in der Abstellkammer, wo sie das Altpapier sammelten, während Merle den Wein öffnete.

»Alles klar bei dir?«

Er lächelte wieder und setzte sich ihr gegenüber. »Ja. Sicher.«

Sie runzelte die Stirn und schenkte ein.

»Okay«, gab er zu. »Nicht alles. Ivo hat endlich seine Entwürfe gebracht.« Er zeigte auf den Dschungel, den sie ausgemalt hatte. »Wie du siehst. Aber sie sind scheiße.«

»Och … Das hier ist echt ganz hübsch«, antwortete sie und nahm den Bogen noch einmal auf. Sie betrachtete ihn. »Ich find das ganz schön, wie die Blätter sich hier überschneiden.«

Fridolin stützte den Kopf auf und sah ebenfalls auf das Blatt. »Mhm, ja. Schön ist es. Weil es geklaut ist.«

»Was?«

»Ja, Ivo ist Graphikdesigner, deshalb brauch ich ihn. Er muss eigene Entwürfe machen, sonst können wir das nie franchisen, sondern müssen selbst Lizenzen zahlen.

Aber er malt eigentlich nur ab. Das hier bekommen wir niemals als Original durch, weil es schon in diversen Bestsellerbüchern drin ist. So wie jede der Vorlagen, die er mir am Wochenende vorbeigebracht hat.«

»Das tut mir leid.« Merle hob ihr Glas und lächelte ihn aufmunternd an. »Auf bessere Vorlagen?«

Er nickte und stieß mit ihr an. »Auf bessere Vorlagen.«

Sie tranken. Fridolin stellte sein Glas ab, lehnte sich zurück und verschränkte die Arme hinter dem Kopf. Jetzt rutschte sein T-Shirt-Ärmel zurück, und Merle erkannte ein Tattoo. Fridolin hatte einen kleinen Barcode auf die untere Seite seines rechten Oberarms tätowiert. Er war muskulös, seine Arme sahen schön aus.

Er bemerkte, dass Merle hinsah, und zeigte auf das Tattoo. »Das hab ich mir stechen lassen, als ich den Master in Business hatte. Mein bester Freund und ich haben das getan, als ironischer Kommentar zum Kapitalismus.«

»Ironisch?« Merle musste lachen. »Lass Dose diesen *Kommentar* nicht sehen.«

Fridolin schmunzelte. »Ich verrat ihm nichts. Du?«

Sie lächelte ihn an. »Nein.«

Er seufzte wieder. »Es würde Dose jedenfalls freuen, dass mein kapitalistischer Investor abgesprungen ist.«

»Das auch noch?« Merle trank Wein.

Fridolin nickte und rieb sich die Nasenwurzel. »Ja, das auch noch. Ivo plagiiert, und das schlechter als ich in der Schule in Mathe abgeschrieben habe. Und keiner will uns finanzieren. Klingt alles danach, als wäre unser Megakonzept eine Kinderspinnerei, oder? Vielleicht hast du recht, und es ist alles eine Scheißidee.«

»Das hab ich doch gar nicht gesagt.«

Er hob eine Augenbraue und trank.

Sie wog mit dem Kopf hin und her. »Gut, ich war kritisch. Ich hab es einfach nicht verstanden. Aber ehrlich gesagt: Jetzt finde ich es toll.«

Er sah sie ungläubig an.

»Ja, du hattest recht«, bekräftigte Merle. »Es entspannt. Man kann dabei runterkommen, Gedanken und Gefühle sortieren. Ich hatte echt einen Scheißabend – bis ich angefangen habe auszumalen.«

»Ja, das ist ja auch erwiesen und alles. Aber heißt das, dass sich so ein ganzes Ausmalcafé lohnt?«

Sie hob die Schultern und schenkte noch Wein nach. »Ich würde hingehen.«

»Danke, es tut gut, das zu hören.«

Sie lächelte. »Gib nicht auf.«

»Es reicht halt nicht, wenn zwei oder drei Freunde von mir voll gern mal in ein Ausmalcafé gehen würden. Ich muss Geldgeber davon überzeugen, dass das viele Menschen wollen.«

»Du schaffst das, du hast mich überzeugt, und ich war wirklich skeptisch.«

»Vielleicht muss ich mich von Ivo trennen. Und dann müssen wir ein Unternehmen aufteilen, das es noch gar nicht gibt. Und er will sicher ausgezahlt werden für seine Kreativität und so.« Er nahm einen Schluck, sah auf die ausgemalte Vorlage auf dem Tisch und lachte bitter. »Haha. Kreativität.«

»Es muss schwierig sein, bevor es einfach wird. Sagt man das nicht?«

»Ja, und es sagt sich leicht, oder?«

Sie lachte. »Touché. Du hast recht, es sagt sich leicht, wenn man sicher im öffentlichen Dienst angestellt ist und nie einen Beruf wollte, der mit diesen Hürden verbunden ist. Aber andererseits, manche Menschen sind eben für Hürden gemacht. Ich denke, du bist einer davon.«

Sie sah ihn an. Sie kannte ihn kaum, aber sie wollte, dass er sich besser fühlte. Und sie konnte sich tatsächlich vorstellen, dass er es schaffte. Inzwischen fand sie die Idee witzig. Merle sagte das nicht einfach so. Ausmalen machte Spaß. Und vielleicht war es besser, sich in ein Café zu setzen und zu malen, als ständig aufs Handy zu starren. Zumindest, wenn man allein war.

»Und du?«, fragte er und schenkte ihnen erneut nach. »Warum war dein Abend scheiße?«

Sie sah ihn nachdenklich an. Sollte sie es ihm erzählen? Fridolin war ihr gegenüber offen gewesen, und sie würde wohl noch eine Weile mit ihm zusammenwohnen, so wie es aussah.

»Ich hab mich mit David gestritten.«

Ein Schatten huschte über sein Gesicht. »Deinem Freund?«

Sie nickte und stand auf, um eine neue Flasche Wein aus dem Kühlschrank zu holen. Sie öffnete die Flasche und stellte sie heftiger auf den Tisch, als es ihre Absicht gewesen war. Dann runzelte sie die Stirn. »Offensichtlich bin ich immer noch wütend.« Merle musste lachen.

Fridolin schenkte ein. »Was ist denn passiert?«

»Ich will ausziehen«, sagte sie.

»Was? Echt?«

»Ja. Ich hab das noch keinem hier in der WG erzählt.«

»Keine Sorge, ich sag es nicht weiter.«

»Danke, das müssen sie dann schon von mir hören. Jedenfalls wohn ich seit zehn Jahren hier, und es wird Zeit für mich. Ich bin zu alt für eine WG. Aber David will nicht mit mir zusammenziehen.«

»Hat er das so gesagt?«

»Ja. Zumindest nicht in naher Zukunft, und ich könne doch erst mal alleine eine Wohnung suchen.«

»Und das willst du nicht?«

»Nein, ich wollte mit meinem Freund zusammenziehen. Was heißt *wollte*, ich will … Ach, ich weiß auch nicht.«

Fridolin sah sie forschend an. »Willst du es noch oder nicht?«

»Jetzt gerade nicht, jetzt gerade bin ich stinksauer auf ihn, weil er alles auf die leichte Schulter nimmt und Dinge sagt, die er nicht so meint. Und dann lacht er darüber, dass ich seine Ideen für bare Münze nehme.«

»Er hat dich ausgelacht.«

»Ach, nein, eigentlich nicht, aber ich hab mich ein bisschen ausgelacht gefühlt.« Merle sah in ihr Weinglas. »Ich bin betrunken.«

»Ich auch.«

Plötzlich musste sie kichern. »Sehr gut. Darauf sollten wir noch mal anstoßen.«

Ihre Gläser klirrten aneinander, und nach zwei Schlucken mussten sie noch einmal nachgefüllt werden.

»Ich würde sofort mit dir zusammenziehen«, sagte Fridolin, dann hielt er inne und lachte. »Bin ich ja auch.«

»Ich würde auch mit dir zusammenziehen«, sagte Merle, sah ihm in die Augen, und sie stießen noch einmal an.

»Im Ernst«, sagte er jetzt leise. »Du gibst einem einfach ein gutes Gefühl. Es ist voll toll in deiner Nähe.«

»Ja, das ist meine Mütterlichkeit. Alle lieben meine Mütterlichkeit.« Sie verzog das Gesicht, das Wort hinterließ einen schlechten Geschmack auf ihrer Zunge.

Er schüttelte den Kopf. »Nein, das ist doch keine Mütterlichkeit. Das sagen die alle nur, weil sie kein anderes Wort dafür haben.«

Merle seufzte. »Oder, weil sie nicht erwachsen werden wollen.«

»Genau.« Er lächelte sie an. »Du bist sehr hübsch, weißt du das?«

Sie schluckte und sah ihn an. Darauf wusste sie keine Antwort. Errötete sie? Oder war das einfach der Schwips vom Wein?

Merle war plötzlich sehr heiß. Sie riss ihren Blick los und räusperte sich. »Hey«, sagte sie und stand auf, um sich aus dieser plötzlichen Nähe zu befreien. Oder war das überhaupt plötzlich gewesen? Hatte sich das nicht vielmehr die letzten Stunden aufgebaut? Stunden? Wie lange saßen sie denn schon hier zusammen?

Merle lächelte und strich sich durch die Haare. »Bist du eigentlich inzwischen gut eingerichtet?«, fragte sie betont aufgeräumt. »Ich hab dein Zimmer ja noch gar nicht gesehen. Hast du alles?«

Er stellte sein Weinglas ab und stand auf. Er nahm ihre Hand und zog sie hinter sich her. »Klar. Komm, ich zeig es dir.«

Sie spürte die Wärme seiner Hand, und ehe sie sich versah, standen sie in seinem Zimmer.

Es sah alles ordentlich aus, ein bisschen minimalistisch vielleicht. Es hatte weder Simons Designpomp noch Doses betonte Heruntergekommenheit.

»Also, der Tisch ist aus dieser Manufaktur in Kreuzberg. Die machen neue Möbel aus ausrangierten Möbeln. Also, die machen immer was komplett Neues aus ihrem Material. Die nehmen zum Beispiel von einem alten Tisch die Beine und dann von einem Schrank die Tür als Tischplatte. So in etwa … ist ja auch egal. Das Regal da vorn ist aus einer Behindertenwerksatt, und das Bett ist komplett aus Pappe. Das kann man zusammenschieben. Es ist wie eine Ziehharmonika. Es ist sehr leicht und ein echtes Umzugswunder.« Er sah sie an. »Aber voll bequem.«

Sie sah hinunter auf ihre Hände, sie hielten einander immer noch fest.

»Wie du siehst, brauch ich nix mehr«, sagte er jetzt.

Merle sah wieder auf. Fridolin war ihr jetzt noch näher. Er lächelte wieder. Sie sah in seine Augen, sie spürte seinen Atem heiß auf ihrer Wange.

»Und du? Brauchst du was?«, raunte er jetzt kaum hörbar.

Sie schüttelte den Kopf und schloss die Augen. Sie brauchte nichts, aber sie wollte alles. Sie spürte seine Lippen auf ihren, seine zweite Hand auf ihrer Taille und dann seinen ganzen Körper direkt an ihrem. Sie ließ sich umschließen und küssen – und dann öffnete sie den ersten Knopf an seinem Hemd.

***

Merle starrte auf den nackten Oberkörper neben sich. Die Sonne schien durch den Spalt des Vorhangs auf den Manufaktur-Schreibtisch, die alten Holzdielen und Merles Hand auf der Bettdecke. Sie zog sie zurück, als hätte der Streifen Sonne ihre Finger verbrannt.

Ihr Herz klopfte bis zum Hals. Was hatte sie getan? Sie wollte weinen vor Scham. Aber nicht hier. Sie glitt lautlos aus dem Bett und angelte ihre Kleider vom Boden. Mit zitternden Fingern schlüpfte sie in ihren Slip und das T-Shirt. Auf BH und Jeans verzichtete sie. Sie wollte nur raus hier, weg, weit weg von diesem Fehler.

Ihre Hand schwitzte, als sie die Klinke so leise wie möglich runterdrückte. Mit klopfendem Herzen schloss sie die Tür von draußen und biss sich verzweifelt auf die Unterlippe. Wie hatte sie das nur tun können?

Nicht heulen, beschwor sie sich. Auf keinen Fall heulen, bevor sie nicht unter der Dusche war. Oder in ihrem Zimmer.

Sie schlich über den Flur und wich allen quietschenden Dielen aus. Sie hätte es nicht ertragen können, wenn sie jetzt einen Mitbewohner traf, dem sie irgendwas erklären musste.

Ihr Blick fiel auf einen Zettel, der neben der Wohnungstür lag. Offenbar war er drunter durchgeschoben worden. Sie beugte sich hinunter und las: *Ihr treibt es aber auch wie die Karnickel. Falls ihr es noch nicht wusstet: Das Haus ist sehr hellhörig! Philipp.*

Fassungslos überflog sie die Zeilen wieder und wieder. Man hatte sie draußen im Hausflur gehört? Es gab Zeugen für letzte Nacht? Die Wohnungstür flog auf und stieß ihr gegen den Arm, schnell zerknüllte sie den Zettel in ihrer Faust und wich zurück.

Dose stand in der Tür und funkelte sie wütend an. Sein Blick tat ihr weh. Sie sah in Doses Augen sich selbst und schämte sich nur noch mehr.

»Dose, ich …«, begann sie, aber er fuhr dazwischen. Er riss den Arm hoch und hielt ihr einen Brief vor die Nase. »Hier!«

»Was?« Merle blinzelte ihn verwirrt an.

»Hier. Von der Hausverwaltung«, erklärte Dose und fuchtelte mit dem Brief herum.

»Ach, du meinst dieses Schreiben da?«, fragte sie erleichtert.

»Ja, was denn sonst?«, brüllte er. »Mieterhöhung. Wir bekommen eine saftige Mieterhöhung. Und Sanierungen. Weißt du, was das heißt?«

»Äh, höhere Wohnqualität?«

»Ha! Dass ich nicht lache. Simon hatte recht. Er hatte tatsächlich recht. Ich denke immer, dass er nur schwarzmalen will, aber diesmal muss ich ihm einfach zustimmen. Die Welt ist schwarz, der Mensch ist schlecht.«

»Langsam, Dose. Zeig mal her.«

Er drückte ihr achtlos den Brief an die Brust und marschierte auf und ab. »Nix ›langsam‹, Merle. Die wollen uns rausekeln. Und zwar schnell.«

Sie überflog das Schreiben. Eigentlich stand dort nur was von Mieterhöhung und diversen Maßnahmen drin.

»So fängt es an«, sagte Dose schnaufend. Er verschränkte die Arme vor der Brust und nickte. »Das ist Gentrifizierung, und wir sind mittendrin.«

»Na ja, also unser Treppenhaus könnte aber wirklich …«

Weiter kam sie nicht, er ging wieder dazwischen: »Nix da. Das hier ist günstiger Wohnraum, und eine Gesellschaft braucht günstigen Wohnraum. Ganz abgesehen davon, dass das erst der Anfang ist. Sie sanieren das Treppenhaus und erhöhen. Dann kriegen wir zusätzliche Balkons, und es wird teurer. Das hab ich doch schon erklärt. Hörst du mir denn gar nicht zu? Und sobald wir neue Badezimmer haben, kann sich das niemand mehr leisten, der keine sechsstellige Summe im Jahr verdient.«

Seine Augen blitzten. Merle war es, als sähe sie Schaum vor seinem Mund. »Verdienst du eine sechsstellige Summe, Frau Lehrerin?«

»Äh, nein.«

»Na also. Aber eins sag ich dir, Merle. Mit uns nicht. An uns werden die sich die Zähne ausbeißen. Ich bin wie Granit, ich habe schon ganz andere Kämpfe gewonnen. Oder nicht?«

»Doch, doch«, sagte sie und lächelte. Bloß nicht widersprechen. Sie wollte Dose mit aller Macht davon abhalten, sich auf etwas anderes zu konzentrieren als auf die Mieterhöhung. »Mit jemandem wie dir rechnet in der Hausverwaltung keiner.«

»Ja, die müssen sich warm anziehen. Und Karli auch.«

»Wer?«

»Das ist mein Kumpel in der Hausverwaltung. Ich hab

überallhin Kontakte. Und Karli hätte mir ruhig mal Bescheid sagen können.«

»Ich wusste gar nicht, dass du da jemanden besser kennst«, sagte Merle.

»Doch. Wir sind engste Freunde.«

Sie bezweifelte das, wahrscheinlich hatten Dose und dieser Karli einmal im Piraten ein paar Bier zusammen getrunken. Aber sie hielt sich immer noch an ihre Nichtwidersprechen-Devise.

Dose stemmte die Hände in die Hüften und musterte sie. »Und wie siehst du überhaupt aus? Warum bist du nur halb angezogen?«

Merle suchte fieberhaft nach einer Antwort, aber Dose schien gar keine zu erwarten. Kopfschüttelnd wandte er sich ab. »Es geht eben alles den Bach runter hier.« Er stellte sich vor Simons Tür und donnerte mit der Faust dagegen. »Aufstehen. Wir haben was zu besprechen. Notfallsitzung in der Küche. Sofort.«

Die Hose in Merles Hand erschien ihr plötzlich sehr schwer, die Faust mit Philipps Schreiben noch schwerer. Sie war nicht sicher, ob sie das alles in ihr Zimmer würde schleppen können. Als Dose bei Fridolin anklopfen wollte, wurde ihr schlecht. Sie sah auf die abgeblätterte Kassettentür, hinter der sie letzte Nacht Sex gehabt hatte, und bekam Kopfschmerzen.

Sie eilte zu Dose und hielt seine Hand fest, bevor die Faust Fridolins Tür berührte.

»Lass, es ist sehr früh. Ich muss in die Schule, und wir sollten das ausgeruht besprechen. Heute Abend. Lass die anderen schlafen.«

»Meinst du?«

»Ja«, sagte sie mit Bestimmtheit und ging ins Bad. Der Fliesenboden war kalt. Merle fröstelte am ganzen Körper. Gestern noch war ihr Streit mit David ihr einziges Problem gewesen. Heute hatte sie ihn bereits betrogen. Und nun drohte der Rauswurf aus dieser Wohnung.

Großartige Aussichten.

7. Kapitel

»Ich hab es euch gesagt«, verkündete Simon, verschränkte die Arme vor der Brust und sah sie triumphierend an. »Ich hab das kommen sehen und gesagt.«

»Und?«, fragte Tinia gähnend. »Ist das jetzt ein gutes Gefühl, oder was?«

Merle verdrehte die Augen. »Hört auf, es geht jetzt nicht um euch. Ihr müsst euer Beleidigtsein auf später verschieben.«

Dose legte Simon die Hand auf die Schulter. Er stand hinter ihm, trank schwarzen Kaffee und zog ein finsteres Gesicht. »Du hattest recht, mein Freund.«

»Danke. Ihr könnt das ja ruhig auch mal anerkennen«, sagte Simon und richtete eine zur Seite gegelte Haarsträhne, die gar nicht verrutscht war.

»Wieso? Ist doch eh alles sinnlos«, äffte Tinia ihn nach.

Merle seufzte und ließ ihren Kopf vor sich auf die Tischplatte fallen. Vor allem war es wohl sinnlos, die beiden zur Ordnung zu rufen. Sie waren keine Sekunde bereit, ihren Streit hintanzustellen. Dabei drohte die Kündigung. Davon stand zwar noch nichts in dem Schreiben, das nun vor ihnen auf dem Küchentisch lag, aber dass das der erste Schritt zum Rauswurf war – da waren sich alle einig. Sogar Tinia und Simon.

Es war ein passiv-aggressiver Rauswurf. Die Verwaltung setzte einen so hohen Preis für die zukünftige Miete an und listete so viele geplante Modernisierungen an der Wohnung und dem Haus auf, dass sie hoffentlich freiwillig gingen.

Es war sieben Uhr abends, der Brief, der inzwischen durch alle Hände gegangen war, war heute Morgen von jemandem von der Hausverwaltung persönlich eingeworfen worden. Die normale Post kam erst später. Nun saßen sie alle vom Tag erschöpft in der Küche, um die Hiobsbotschaft zu besprechen.

Merle wollte den Kopf nicht heben, er war schwer. Die Gedanken darin tobten. Fragen jagten Erinnerungen, Bilder von letzter Nacht. Sie kamen nicht zur Ruhe und erschöpften Merle. Und wenn sie den Kopf hob, dann sah sie Fridolin, der still in der Ecke auf der ehemaligen Parkbank neben Tinia saß und sich offenkundig bemühte, Merle nicht anzusehen. Eigentlich tat sie ja das Gleiche. Merle brauchte zu den leidenschaftlichen, alten Bildern von gestern nicht auch noch frische von seinem hübschen Lächeln und den coolen Haaren. Wenn es ging, sah sie ihn nicht an.

Sie hasste sich dafür. Vor allem natürlich für den Betrug an David. Aber dass sie Fridolin nicht ansehen konnte, war auch nicht viel besser. So hatte sie sich zuletzt vor zehn Jahren benommen. Nicht dass sie vorher schon mal einen Freund betrogen hatte, aber diesen kindischen Drang, auszuweichen und ein Problem nicht anzugehen, den hatte sie zuletzt im Studium gehabt. Da war es um ein Referat gegangen, das sie nicht hatte halten wollen. Auch egal.

Das hier war kein Referat, das waren zwei Männer, und sie hatte einem von ihnen sehr wehgetan. Und wenn sie dem anderen nicht bald in die Augen sah, war sie kaum besser als diese ewigen WG-Kindsköpfe, deren Welt sie eigentlich verlassen wollte. Ja, Merle hatte gedacht, sie wäre zu erwachsen für den ganzen WG-Mist hier. Dabei war sie der größte Mistkäfer von allen. Nicht nur kindisch, sondern auch gemein und untreu.

»Oder, Merle?«, fragte Dose.

Sie riss den Kopf hoch und sah ihn verwirrt an. »Was? Wovon reden wir?«

Tinia musterte sie von der Seite. »Was ist denn mit dir los, Merle-Perle?«

Auch Simon sah sie neugierig an. Fridolin senkte den Blick und studierte seine Fingerknöchel.

»Wenig geschlafen«, murmelte sie. Dann suchten ihre Finger nach Halt und fanden sie in dem zerknüllten Brief, der mitten auf dem Tisch lag. »Und vielleicht kann ich das alles noch nicht so recht glauben.«

»Man muss immer mit dem Schlimmsten rechnen«, sagte Simon.

»Mit dem dreißigsten Geburtstag zum Beispiel?«, fragte Tinia.

»Halt den Mund«, fuhr Simon sie an.

Dose verdrehte die Augen. »Dabei wollte ich niemals Kinder.«

»Dafür hattest du Ratten«, sagte Simon.

»Ich vermisse die Ratten«, sagte Tinia mit leuchtenden Augen. »Zumindest Campino. Kotze hat mich immer gebissen.«

»Kotze war klug.«

»Jaja, Simon. Wir haben alle verstanden, dass du Tinia scheiße findest. Nun zu den wirklich wichtigen Dingen«, sagte Merle und legte das Schreiben zurück. »Erst mal geht es ja nur um die Fassade und die Fenster. Die Leitungen und Badezimmer kommen später, zuletzt das Treppenhaus, aber dazu gibt es noch nicht mal einen Zeitplan. Was können wir denn dagegen machen, dass sie die Fassade sanieren?«

Dose knallte seine Kaffeetasse auf die Arbeitsfläche und riss die Kaffeekanne aus der Maschine. Kaffee schwappte auf den Boden, aber er merkte es nicht. Er trat in die schwarze Pfütze und goss sich ein, während er mit der anderen Hand wild gestikulierte.

»Wir werden auf die Barrikaden gehen und denen mal zeigen, was die Stunde geschlagen hat. Die werden unsere Fäuste spüren.«

»Willst du dich schlagen?«, fragte Simon. »Ich bin nämlich nicht so der Typ für körperliche Gewalt.«

»Das war eine Metapher«, erklärte Dose und zeigte mit dem Finger in die Runde. »Was nicht heißt, dass es nicht brutal wird. Also im übertragenen Sinne.«

»Und was heißt das *konkret*?«, fragte Tinia. Sie saß im Schneidersitz auf dem Küchenstuhl und drehte sich zu Dose um. »Was ist der brutale Plan?«

»Aussitzen«, sagte Dose. »Wir werden all diesen Sanierungsmist aussitzen.«

Stille.

Merle hob eine Augenbraue. »Das klingt wirklich sehr … brutal.«

Tinia kicherte.

Dose seufzte, setzte sich breitbeinig hin und strich seine schwarzgefärbten Haare zurück. »Jetzt ist Geduld gefragt. Was auch immer die tun werden, sie wollen nur, dass wir von selbst kündigen. Ich wohn zu lange hier, die kriegen mich nicht so schnell raus. Das wissen sie, also werden sie uns bluten lassen.«

Simon seufzte schwer. »Aber lohnt sich dieser ganze Kampf für eine Wohnung, die überall knarzt und quietscht und in der jedes Fenster undicht ist?«

Dose sah ihn fassungslos an. »Aber das ist unser Zuhause …« Seine Stimme drohte zu brechen. Er stand abrupt auf und wandte sich ab.

Zuhause, hallte es in Merles Kopf nach. Gestern hatte sie aus dieser Wohnung ausziehen wollen, heute wollte sie aus ihrem Körper ausziehen. Sie fühlte sich unwohl in dieser Haut, die Fridolin gestern Nacht berührt hatte. Ihr Blick flackerte und streifte ihn, auch er sah sie an. Wahrscheinlich tat er das schon länger. Jetzt lächelte er. Es war niedlich, aber er war ihr auch fremd. Sie dachte an David und sah wieder weg.

Merle fühlte sich wie zwischen allen Stühlen. Sie konnte sich nicht so recht aufraffen, etwas für den Erhalt der WG zu tun. Sie wollte doch noch immer ausziehen, oder nicht?

Auf dem Tisch stand ein Teller mit Keksen. Er war halb leer, Tinia griff gerade wieder zu. Merle hatte nichts davon gegessen. Sie hatte auch nicht gefrühstückt. Ihr war übel.

»Was sagst du dazu, Merle?«

Sie sah Simon wie aufwachend an. Zu was genau sollte sie jetzt noch mal was sagen? Sie bekam das Gespräch kaum mit. Sie sah durch ihre Mitbewohner hindurch, durch die zusammengewürfelten Küchenmöbel, die geklaute Parkbank und das Regal, in dem jeder von ihnen ein Regalbrett für Vorräte zur Verfügung hatte.

Fridolin kam ihr zu Hilfe. »Alles auszusitzen«, fasste er zusammen. »Was hältst du davon?«

Nun sahen alle Fridolin an, als habe er soeben sprechen gelernt, oder als hätten alle vergessen, dass er da war, dass er auch hier wohnte.

Merle schluckte. »Was denkst du?«

Fridolin hob die Schultern. »Dose hat das ganz gut zusammengefasst. Wir können ja schlecht dagegen klagen, dass das Treppenhaus saniert wird.«

Doses Zeigefinger war wieder oben. »Hier geht es um mehr als das Treppenhaus. Es geht um alles.«

»Und ums Aussitzen«, ergänzte Tinia und knabberte den letzten Keks. »Wobei ich ja lieber wirklich gekämpft hätte. In echt.«

Dose legte nun die Hand auf ihre Schulter. »Ich auch, Glitzerfurz, ich auch.« Seine Stimme war so ernst, dass Merle lächeln musste. Zwischen all dem Chaos war es dieses Bild von Dose und Tinia, das ihr ein warmes Gefühl gab. Es war nur von kurzer Dauer, aber es war ein Gefühl von Heimat.

Sie atmete auf. Es war nicht bodenlos. Sie war vielleicht ein Mistkäfer, aber sie hatte noch ein Zuhause. Um sie herum löste die Runde sich auf, sie bekam es nur am Rande mit. Als Fridolin ging, streifte sein Arm ihre Schulter. Sie drehte sich um und sah ihm nach, wie er aus der Küche ging in seinen engen Jeans und dem coolen T-Shirt.

Sie wusste, dass sie ihm nachgehen und das Gespräch suchen sollte. Aber sie fühlte sich tonnenschwer. Sie schaffte es nicht, überhaupt aufzustehen.

***

»Hast du mein T-Shirt gesehen?«, fragte Tinia. »Das mit dem glitzernden Regenbogen?«

Dose drehte sich um und sah zur Balkontür.

»Kannst du nicht einmal alle deine Sachen beisammenhalten, Fräulein Glitzerfurz?«

»Nenn mich nicht Furz«, maulte sie und strich sich eine pinke Strähne aus dem Gesicht.

»Als ob du nicht auch mal pupst«, sagte er lachend und drehte sich wieder der Sonne zu. Er trank einen Schluck Kaffee. »Und lass mich lieber nicht von dem ganzen Glitzer in deinem Leben anfangen.«

»Nur kein Neid«, sagte Tinia und setzte sich auf das Balkongeländer. »Weißt du, wann Merle zurückkommt? Sie weiß immer alles.«

»Wahrscheinlich spät. Elternabend.«

»Mist, ich will das Shirt nachher zum Feiern anziehen.«

»Hast du Simon schon gefragt?«

»Haha«, sagte sie verächtlich. »Der antwortet mir doch eh nicht. Wahrscheinlich hat er das Shirt heimlich versteckt.«

»Was ist denn eigentlich los mit euch beiden?«

Tinia schwieg und sah seitlich hinunter auf die Straße. Ihre Haare leuchteten pink in der Sonne.

In der Wohnung öffneten sich Türen, die Holzdielen knarrten, und Dose seufzte. Dann atmete er ein und brüllte. »Hey, Trauerkloß, komm mal hier raus.«

Es dauerte einen Augenblick, bis Simon auf dem Balkon erschien. Dose nickte zufrieden. Er war immerhin der Älteste in der WG, der Vernünftigste. Außerdem hatte er eine laute Stimme, das verlieh ihm Autorität. Aber es brachte eben auch eine gewisse Verantwortung mit sich. Und der würde er sich nun stellen.

»Hast du Tinias Glitzer-T-Shirt gesehen, Simon?«

Simon lachte grimmig. »Ja, das sieht ihr ähnlich. Findet ihren Kram nicht und lässt dich jetzt suchen.«

»Hey!«, protestierte Tinia.

»Nein«, sagte Simon und seufzte. »Und ich werde auch nicht danach suchen.«

Dose sah seinen Mitbewohner an, wie immer gut gekleidet, Haare ordentlich zur Seite gegelt, Hemd, Gürtel, gebügelte Hose.

»Sag ihr, dass eine gewisse Ordnung neunzig Prozent ihrer Probleme lösen würde.«

Dose runzelte die Stirn. »Simon, sie sitzt gleich hier, warum tust du so, als wär sie nicht da?«

Simon hob das Kinn und drehte sich zur Küche. »Das geht dich gar nichts an.«

»Doch, verdammt. Ich wohne mit euch zusammen, die ganze WG leidet unter eurer Eiszeit. Das hier ist keine Zweck-Gemeinschaft, es ist ein soziales System, in dem Respekt und Achtung vorherrschen. Und Interesse aneinander«, fügte er an. »Was ist denn los? Ihr wart doch mal total dicke miteinander.«

Simon schnaubte und zeigte ihnen die kalte Schulter, während er schon halb in der Küche stand.

»Das war ein Fehler«, sagte Tinia und fixierte Simon wütend. »Falsche Entscheidung.«

»Was war eine falsche Entscheidung?«, fragte Dose.

»Ihm zu vertrauen.«

»Mir zu vertrauen?« Simon fuhr herum. »Ich bin doch wohl die treueste Seele in dieser Wohnung, du kleine Schlampe.«

»Hey, hey«, sagte Dose mit beruhigenden Handbewegungen und stand auf. »Erstens bist du eigentlich nur die *traurigste* Seele in dieser Wohnung und zweitens: Niemand ist hier eine Schlampe.«

»Doch«, spuckte Simon aus und zeigte auf Tinia. »Du!«

»Na, wenigstens redet ihr wieder miteinander und nicht nur übereinander.« Dose bemühte sich um ein aufmunterndes Lächeln. »Toll, das ist echt schon ein Fortschritt. Aber solche Worte …«

»Ach, was soll's«, sagte Tinia. »Schlampig bin ich ja irgendwie schon.«

»Ha!«, triumphierte Simon.

»Nicht so, wie du denkst«, keifte sie ihn an. »Nur unordentlich.«

»Und dreckig.«

»Ich bin nicht dreckig.«

»Na ja«, sagte Dose, »also, wenn du Putzdienst hast, dann …«

»Willst du die Wogen glätten oder mich verurteilen wie so ein Vorstadtspießer sein missratenes Kind?«, fuhr Tinia dazwischen und sprang vom Geländer auf den Balkon.

»Nein. Ich will die Wogen glätten«, sagte Dose und atmete durch. »Also, geht es um den Putzplan?«

»Was?«, fragte Tinia verwirrt.

»Nein«, sagte Simon. »Es geht um mein Herz.«

»Ach, um *dein* Herz? Dass ich nicht lache. Es geht immer um dein Herz.« Tinia lachte auf. »Dein leidendes Herz. Das hat doch nichts mit mir zu tun.«

»Also, ich habe ein bisschen den Eindruck, dass es das doch hat. Also irgendwie …«, wandte Dose ein.

»Warum geht es immer um Simons Gefühle? Ich hab auch welche. Vielleicht hat er mich ja verletzt, vielleicht leidet ja zur Abwechslung mal mein Herz.«

»Dein Herz kann sich gar nichts merken, Tinia. Besonders nicht, was in der Nacht vorher passiert ist. Es weiß ja nicht mal, was du getrunken hast. Oder wie viel oder was du sonst noch eingeworfen hast.«

»Elias hat es sich gemerkt!«, schrie sie ihn an. »Ihn schon. Alles an ihm.«

»Ich hab ihn zuerst gesehen!«, brüllte Simon zurück.

»Das heißt doch nix. So beginnen doch keine Beziehungen. Sehen, markieren, meins.«

»Ja, offensichtlich beginnt eine Beziehung so nicht, denn du hast ja mit ihm geschlafen.«

»Du doch auch.«

Dose sah fassungslos von einem zum anderen. Langsam begann er zu verstehen. »Also, es geht um einen Mann?«

»Ja!«, schnappten sie beide gleichzeitig in seine Richtung. Dose wich irritiert zurück.

»Um Elias.«

»Es geht also um einen bisexuellen Typen, der mit euch beiden …?« Weiter kam er nicht.

»Ich hab ihn zuerst gesehen«, unterbrach Simon.

»Aber er wollte mich«, fügte Tinia an.

»Aber nicht besonders lange.« Simon grinste.

»Dich auch nicht«, fuhr sie ihn von der Seite an. »Oder hast du mit ihm gefrühstückt?«

»Nein, du?«

Tinia presste die Lippen aufeinander und senkte den Blick.

»Er hat sich auch bei dir nicht gemeldet«, stellte Simon zufrieden fest.

Dose kratzte sich am Kopf und suchte nach Worten. »Äh, also … das tut mir leid für euch.«

»Tinia muss dir nicht leidtun. Sie nicht. Sie musste sich nämlich nicht vorstellen, wie er eine andere küsst.«

»Und wo er mich überall geküsst hat …«, raunte sie Simon von der Seite an.

»Ich hasse dich!«

»Vielleicht können wir festhalten, dass es doch schön ist, dass ihr den gleichen Geschmack habt«, schlug Dose vor. »Mhm?«

Sie starrten ihn an.

»Na, was haltet ihr davon?«, fragte er wieder.

»Er hat mich auch geküsst«, sagte Simon statt einer Antwort zu Tinia. »Überall.«

»Ja, und weil das so überzeugend war, hat er am nächsten Abend mich ausgewählt …«

Simon verschränkte die Arme vor der Brust. »Dose, sag mal, wenn dein Freund … Nein. Wenn der Mitbewohner, Lieblingsmensch aus deinem engsten Kreis, wenn dieser Mensch mit dir feiern ist. Und dann sieht der 'nen heißen Typen und sagt, den würde er gern vernaschen. Er sieht ihn zuerst und sagt das. Würdest du den Typen dann am nächsten Abend abschleppen?«

»Äh …«

»Du bist nicht mein Lieblingsmensch«, sagte Tinia.

Simon tat so, als hätte er sie nicht gehört. »Oder die Frau, Dose. Jetzt im übertragenen Sinne. Aus deiner Sicht.«

»Ich komm nicht ganz mit«, stellte Dose fest.

»Klar würde er«, antwortete Tinia an Doses Stelle. »Wenn der heiße Typ eindeutig Interesse an *ihm* zeigt, an niemandem sonst, dann lässt sich Dose nicht zwei Mal bitten. Oder?«

Beide sahen ihn erwartungsvoll an.

Dose schluckte. »Dazu möchte ich an dieser Stelle nichts sagen.«

Simon verdrehte die Augen. »Klar.«

»Feigling.«

»Es geht hier nicht um mich, Tinia, sondern um euch«, rechtfertigte Dose sich. »Ratten sind sehr viel leichter zu händeln. Also, seh ich das richtig, dass ihr beide in diesen Kerl verknallt seid?«

»Ja.«

»Also, ich wahrscheinlich etwas mehr.«

»Am Arsch. Von wegen, Simon.«

Dose seufzte und rieb sich die Nasenwurzel. »Gut, was auch immer. Entscheidend ist doch eher diese Frühstückssache.«

»Hä?«

»Versteh ich nicht.«

»Er hat mit keinem von euch gefrühstückt, oder?«

Sie schüttelten beide den Kopf.

»Er wollte nicht mehr von euch. Er ist nicht verknallt. In keinen von euch. Ihr seid beide heiß und interessant, aber mehr nicht. So oder so. Egal, wer ihn zuerst gesehen hat oder hätte warten müssen. Er will keine Beziehung. Ihr könnt euch ignorieren oder hassen und euch und uns das Leben schwer machen, aber das ändert nichts daran, dass dieser Elias keinen von euch will, oder?«

Sie schwiegen betreten.

»Oder?«, fragte Dose noch einmal mit Nachdruck.

»Ja, vielleicht ist er das nicht wert …«, murmelte Tinia.

»Ändert ja tatsächlich nichts«, gab Simon kleinlaut zu.

»Na endlich«, sagte Dose und drehte sich erleichtert zu seinem Kaffee. Er hob die Tasse vom Boden hoch und nahm zufrieden einen Schluck. Die Tasse stellte er in einen der Blumenkästen und stützte sich auf dem Geländer ab. Sein Blick ging die Straße rauf – und verfinsterte sich.

Während sich Simon und Tinia neben ihn stellten und zum ersten Mal seit Langem keine eisige Stimmung zwischen den beiden herrschte, wurde Dose zunehmend wütend. Seine Finger krallten sich um das Geländer, seine Schultern verspannten sich.

»So jemand …«, sagte er und zeigte auf die Straße. »So jemanden kann man hassen, aber doch nicht einander.«

»Wen?«, fragte Tinia.

»Ach, du meinst den Typen von oben«, sagte Simon und schirmte das Gesicht mit der Hand von der Sonne ab.

Philipp Schmidt kam die Straße entlanggelaufen, der feine Herr Doktor, und Dose verfolgte ihn mit dem Blick wie ein Raubtier.

»Wieso kann man den hassen?«

»Stinkreicher Fatzke. Der hat ein Haus geerbt. Und Kohle noch dazu.« Er zeigte mit dem ausgestreckten Finger auf den Nachbarn. »So jemand treibt die Gentrifizierung voran, Simon. Geld von Opa geerbt und dann den Teufel aus einem Haus sanieren, das völlig in Ordnung ist. Und dann an Singles vermieten. Hundert Quadratmeter pro Single. So einer ist das. Und immer schlecht gelaunt.«

»Woher weißt du das alles?«

»Also, dass der schlecht gelaunt ist, sieht man doch«, sagte Simon.

»Ja, aber das andere. Dass er geerbt hat und so.«

»Postverwechslung.«

Simon hob eine Augenbraue und sah Dose von der Seite an. »Du hast anhand eines Briefumschlages gesehen, dass der geerbt hat und auch was genau?«

Tinia runzelte die Stirn. »Das steht doch nicht alles auf dem Umschlag.«

»Ja, nein … auf dem Umschlag nicht.«

»Dose, hast du seine Post geöffnet?«, fragte Tinia so empört, dass es Dose doch etwas unangenehm war. Er stieß sich vom Geländer ab, verschränkte die Arme vor der Brust und räusperte sich. »Ja, aus Versehen. Also fast aus Versehen, aber es geht hier doch auch darum, dass wir solche arroganten Schweine nicht davonkommen lassen dürfen.«

»Womit?«

»Mit ihrer Selbstgerechtigkeit. Wenn der keinerlei Solidarität an den Tag legt, dann kann ich ja wohl auch seine Post lesen. Wir sind ja eh alles gläserne Menschen mit der ganzen digitalen Kommunikation.«

»Aber das war doch gar nicht digital«, sagte Tinia. »Und du bist kein Hacker.«

»Aber ich hatte recht. Dieser Beauty-Doc ist ein Kapitalist. Unter Menschen wie ihm leidet unser ganzes Sozialsystem.«

»Weil er ein Haus geerbt hat?«

»Ja. In sozialen Wohnungsbau investiert der jedenfalls nicht.«

»Investierst du in sozialen Wohnungsbau?«, fragte Simon.

»Nein, momentan bin ich etwas knapp bei Kasse, und ich kann mich auch nicht um alles kümmern«, verteidigte Dose sich.

»Worum kümmerst du dich denn?«

»Um euch. Und überhaupt: Wird das hier ein Verhör?«

»Hast du schon mal Post von einem von uns aufgemacht?«, fragte Tinia und stemmte die Hände in die Taille.

»Nein, ich vertraue euch«, sagte Dose und ging zur Küchentür. Er fühlte sich zwischen den beiden eingekeilt.

Schön, dass die beiden Streithähne sich in einer Sache einig waren. Aber es wäre Dose wesentlich lieber gewesen, wenn es nicht um seine Methoden gegangen wäre. Oder darum, dass er nicht so engagiert war, wie er es oft aussehen ließ.

Denn er war natürlich engagiert. Er informierte sich und diskutierte alle möglichen Themen in zwei Stammkneipen. Nicht selten wurden daraus Aktionen. Er demonstrierte immer noch regelmäßig. Manche seiner Kumpel nannten ihn radikal. Das war Dose, damals wie heute, und es war nichts Schlechtes. Im Gegenteil.

»Und was haben du oder die Solidarität davon, wenn du weißt, dass der Typ von oben geerbt hat?«

»Ich weiß vor allem, wie viel. Das hat der gar nicht verdient. So eine Summe … Mannomann«

»Ach so«, sagte Simon. »Du bist neidisch.«

»Was? Nein.«

Tinia nickte und wandte sich wieder zur Straße. »Klar, das versteh ich sogar. Er hat die große Wohnung für sich allein, einen Arsch voll Kohle und sieht gut aus.«

»Was?«, fragte Dose wieder. Diesmal verärgert. »Ich bin nicht neidisch, und der sieht doch überhaupt nicht gut aus.«

»Doch«, widersprachen Tinia und Simon gleichzeitig. Sie wandten Dose den Rücken zu und schauten auf die Straße runter, wo der reiche, schlecht gelaunte Nachbar sich dem Haus näherte.

»Also, eigentlich sieht er ziemlich gut aus. Diese Augen, die dunklen Locken …«

»Nicht zu vergessen der Körper. Die Schultern sehen durchtrainiert aus«, ergänzte Simon.

»Der Hintern ist heiß.«

»Da will ich gern mal reinbeißen.«

»Ich auch.«

Dann verstummten sie und sahen einander an. Erst wurde Simons Blick finster, dann Tinias.

»Ich hab das zuerst gesagt«, zischte Simon.

»Was nicht heißt, dass er deine Zähne überhaupt in die Nähe seines Hinterns lässt.«

»Nicht euer Ernst«, raunte Dose fassungslos.

»Ich dachte, du liebst Elias«, sagte Simon.

»Tu ich auch. Wenn ich sage, dass er mich berührt hat, dann mein ich das. Ich hab mich verliebt, ich warte jeden Tag, dass er mir schreibt. Das ist doch nicht einfach vorbei, nur weil Dose den Diplomaten gibt.«

»Bei mir auch nicht. Und ich bin doppelt verletzt. Weil Elias mir nicht schreibt, und weil du mich betrogen hast.«

»Wollt ihr mich verarschen?«, fragte Dose.

»Das ist so typisch, dass du alles sofort für dich haben willst, Simon«, sagte Tinia. »Dabei findest du doch alles sinnlos.«

»Nicht die Liebe.« Simon warf verzweifelt die Hände in die Luft. »Keiner hört mir zu. Ihr denkt, ihr habt mich durchschaut, weil ich kein Opfer von sinnloser Hoffnung bin. Ihr kennt mich überhaupt nicht. Ihr macht euch über mich lustig, wenn ich die Wahrheit kommen sehe, während ihr gern eine rosa Brille tragt. Aber wenn ich mal über das spreche, was mir wichtig ist, dann schaltet ihr auf Durchzug.«

Mit diesen Worten drehte er sich um und rauschte an Dose vorbei in die Wohnung.

»Du bist so eine Diva«, rief ihm Tinia nach.

»Ganz genau«, rief Simon zurück.

Dose hob eine Augenbraue. »Das ist für Simon ein Kompliment, Tina.«

Sie seufzte. »Ich weiß. Mir ist nichts anderes eingefallen. Aber das kommt schon noch.«

Dose ließ sich in den Balkonstuhl fallen. Der kurze Triumph war vorbei. Er hatte niemanden versöhnt.

»Ich ruf jetzt Merle an und frag nach meinem Shirt«, sagte Tinia. »Vielleicht hat sie es ja gesehen. Und solltest du jemals meine Post öffnen, Dose, dann sag ich ihr das.«

Er schluckte.

Sie nickte. »Ja, dann kannst du dich vor der Lehrerin rechtfertigen.«

Dose schnaubte. Er würde nie die Post seiner Mitbewohner öffnen. Das war unanständig. Und dass er den Brief vom Snobdoktor geöffnet hatte, würde Merle eh erfahren. Das würde er ihr selbst brühwarm erzählen, denn es hatte ja gesamtgesellschaftliche Relevanz.

***

Dose warf das Abtrockentuch über die Schulter und stemmte die Hände in die Hüften. Er sah auf die Runde hinab, Männer und Frauen in seinem Alter, einige mit

Dreadlocks, fast alle in Schwarz. Außer Sylvie. Sie trug wie immer irgendwas Geringeltes. Selbstgestrickt.

»Was darf's sein?«, fragte Dose.

»Bier«, kam es vier Mal zurück, nur Sylvie bestellte Rotwein.

Er verdrehte die Augen.

Sie zeigte lachend mit dem Finger auf ihn. »Du machst mir meinen Wein, Dosi.«

»Nur, wenn du mich nicht Dosi nennst«, antwortete er und ging zum Tresen. Er zapfte die Biere und nahm ein Rotweinglas vom Schrank. Es war nach zehn Uhr abends, draußen wurde es langsam dunkel und im Roten Piraten immer lauter. Der Laden füllte sich. Während Dose zapfte, wechselte er Geld für den Zigarettenautomaten und mischte einen Whiskey-Cola für einen Stammkunden am Tresen. Er machte das alles mit links und schenkte jedem ein Lächeln.

Der Rote Pirat war eine alte Eckkneipe mit holzvertäfelten Wänden und rot gestrichener Decke. In den Ecken standen alte Stehlampen, die schummriges Licht auf russische Propaganda-Poster aus den zwanziger Jahren warfen.

Er stellte die vier Bier und den Wein auf ein Kellnertablett und umrundete den Tresen schwungvoll.

»Bitte sehr«, sagte er und verteilte die Getränke.

»Endlich«, sagte Sylvie und leerte das halbe Glas sofort. »Sag mal, Dosi, du hast es dir auch ganz schön gemütlich gemacht, oder nicht?«

»Gemütlich?« Er lachte. »Ich bin den ganzen Abend auf den Beinen, damit ihr nicht auf dem Trockenen sitzt.«

»Ich meine politisch.«

Dose presste die Lippen aufeinander.

»Ja, Mann, gute Frage«, sagte einer der Typen, die Dose vom Sehen kannte. Er war öfter hier und steckte mit allen die Köpfe zusammen. »Bist du Kellner oder Aktivist?«

»Aktivist«, antwortete Dose.

»Ja, am Zapfhahn«, sagte Sylvie und alle grölten.

Dose verschränkte die Arme vor der Brust. »Und was macht ihr so außer reden und trinken?«

»Wir planen 'ne Demo«, antwortete Sylvie und leerte ihr Glas. Sie hielt es ihm hin. »Und du kannst uns unterstützen, indem du das hier nachfüllst. Ich zähl auf dich, Dosi.«

Wieder lachten alle. Dose riss ihr das Glas aus der Hand, stützte sich auf dem runden, klebrigen Tisch ab und sah ihr tief in die Augen. »Ihr könnt überhaupt gar keine vernünftige Demo auf die Beine stellen.« Er grinste. »Zumindest nicht ohne mich.«

Sylvie sah ihn erst überrascht an, dann schlug sie mit der Hand auf den Tisch. »Jawohl. Willkommen an Bord.«

Die anderen am Tisch klatschten, einer haute Dose auf die Schulter.

»Setz dich, Mann. Setz dich. Es gibt viel zu besprechen.«

»Sofort«, sagte Dose. »Erst noch einen Wein für die Dame.«

Sylvie kicherte, während Dose sich abwandte und hinterm Tresen zur Rotweinflasche griff. Er nahm sich selbst noch einen Kaffee aus der Maschine hinter ihm.

Sie lief die ganze Nacht durch. Zumindest so lange, wie Dose den Laden schmiss. Er trank zwei Kannen pro Schicht. Während er die fünfzehn Jahre alte Werbetasse vom *Roten Anzeiger* befüllte, sah er aus dem Augenwinkel zu der Runde am Fenster. Sylvie winkte ihm mit einer bestulpten Hand. Gestreift und selbstgestrickt. Natürlich. Sylvie wollte ihren Wein, und zwei der Biere waren auch schon leer. Revolution machte durstig. Alle Köpfe am Tisch schienen zu rauchen.

Hatte Dose wirklich zugestimmt? Zu einer Demo? Er wusste ja noch nicht mal wogegen.

8. Kapitel

Es war nach neunzehn Uhr. Wenn ihr früher jemand gesagt hätte, dass Lehrer so spät nach Hause kommen, hätte Merle es nicht geglaubt. Und wenn sie es heute anderen erzählte, dann dachten die, sie würde übertreiben. Sie sah es in ihren Augen. Sie glaubten ihr nicht. Zumindest David nicht. Er hielt ihren Job für eine Halbtagsbeschäftigung. Er sagte es zwar nicht, aber sie wusste es.

An ihn zu denken, versetzte ihr einen Stich. Sie schob die Haustür auf, für die man immer noch keinen Schlüssel brauchte, und sah ihren Freund vor ihrem inneren Auge. Heute durfte er alles Schlimme über sie sagen. Ihr stand ein Geständnis bevor, vielleicht das Ende ihrer Beziehung. Es schmerzte sie, dass sie ihn vielleicht verlieren würde.

Merle blieb im kalten, dunklen Hausflur stehen. Zum ersten Mal wurde ihr bewusst, dass sie alles verlieren konnte. Ihren Freund und ihr Zuhause. Sie stand zwischen bröckelndem Putz und beschmierten Wänden auf hundertzwanzig Jahre alten Fliesen voller Sprünge und fühlte sich, als würde sie in ein schwarzes Loch stürzen.

Als sie Schritte auf der Treppe hörte, erwachte sie aus ihrer Starre. Sie fand Halt in den vertrauten Geräuschen des Hauses. Als würde das Quietschen und Knarren flüstern, dass das Haus noch da war. Unumstößlich. Seltsam, wo es doch ebenfalls drohte, aus Merles Leben zu verschwinden.

Sie musste sich wirklich zusammenreißen. So generell. Diese geistigen Abwesenheiten würden bestimmt kein gutes Ende nehmen. Nicht dass sie noch debil auf ihre Kollegen oder Schüler wirkte. Merle, sagte sie sich, es gibt Schlimmeres. Du bist gesund und alle deine Lieben sind es. Reg dich ab. Du hast einen Fehler gemacht, und jetzt wirst du die Konsequenzen tragen. Und die Wohnungssache wird sich lösen.

»Alles klar?«, fragte eine dunkle Stimme.

Philipp stand im Gegenlicht auf dem oberen Treppenabsatz und sah auf sie herunter. Sie erkannte seine Silhouette an den Locken und den breiten Schultern. Sie räusperte sich.

»Geht. Hast du auch einen Brief bekommen?«, fragte sie schnell. Nachbarschaftskommunikation. Nicht dass das hier auf ein Geständnis hinauslief wie das, was er neulich abgeliefert hatte. Nicht dass sie ausplauderte, was sie getan hatte.

»Ich weiß nicht. Wann? Gewöhnlich bekommt Daniel Schmitt meine Briefe, oder?« Er kam die Treppen runter. Sie sah sein Gesicht nicht und wusste nicht, ob er nicht zur Abwechslung vielleicht doch einmal freundlich guckte. Seine Stimme klang im besten Fall neutral.

Sie runzelte die Stirn. »Na, den Brief von der Hausverwaltung.«

»Ach, den«, sagte er und ging zu den Briefkästen. »Ja, hab ich bekommen.«

»Ich habe ihn aufgemacht, gleich nachdem ich euch den Zettel drunter durch geschoben hab.«

Sie schluckte.

»Stört dich dieser Pornokrach nachts nicht?«, fragte er.

Er dachte nicht, dass sie es gewesen war, die Sex gehabt hatte? Aus irgendeinem Grund hielt er jemand anderen für die Ursache des »Pornokrachs«.

»Hab Ohropax«, murmelte sie schnell. »Aber sag mal, beunruhigt dich das Schreiben nicht?«

Er lachte. Er konnte tatsächlich lachen. Aber so gut es ihm auch stand, so schnell war es vorbei. »Wieso soll mich eine Fassadensanierung beunruhigen?«

»Weil das der Anfang umfassender Gentrifizierung ist, an dessen Ende unsere Wohnungen drei Mal so viel kosten.«

Philipp schloss seinen windschiefen Briefkasten, es schepperte durch das Haus. Er sah sie an. Vielleicht tat er das zum ersten Mal. Merle hatte jedenfalls das Gefühl, dass er sie erst jetzt wirklich wahrnahm.

»Meinst du?«

»Was denn sonst? Oder denkst du, die Hausverwaltung will uns was Gutes tun?«

»Nein, die wollen die Miete erhöhen. Aber dass sie in ein altes Haus investieren, ist nicht das Schlechteste. Und vielleicht fällt die Mieterhöhung ja am Ende geringer aus, als wir jetzt denken.«

Sie schenkte ihm einen Das-glaubst-du-aber-selbst-nicht-Blick.

»So oder so«, sagte er, es klang wieder kühl. »Das hier sind Mietwohnungen, so ist das Leben.«

»Was ist das denn für eine Einstellung?«, protestierte sie.

»Merle«, er lächelte leicht. »Ich glaub, ich versteh euren Ärger und eure Angst. Aber ich hab die Wohnung da oben erst vor ein paar Wochen bezogen. Ich musste raus aus der gemeinsamen Wohnung mit meiner Freundin. Das hier war das Erstbeste für mich. Ich häng nicht so sehr an diesem Haus wie ihr.«

Sie nickte. »Ja, kann ich irgendwie nachvollziehen.«

»Es ist für mich nur ein Übergang.«

»Weil du ein eigenes Haus geerbt hast.«

Er runzelte die Stirn. »Woher weißt du das?«

Sie wich seinem Blick aus. »Dose hat aus Versehen einen deiner Briefe aufgemacht.«

»Aus Versehen?«

Sie kratzte sich am Kopf. »Ja, wie auch immer. Auf jeden Fall sitzt du nicht auf der Straße, wenn wir hier rausfliegen.«

»Nein.« Er lachte bitter. »Ich sitze in einem zerfallenen Mehrfamilienhaus im Wedding, das seit Jahrzehnten von Mietnomaden runtergewohnt wurde und dessen Denkmalschutz gerechten Sanierungsarbeiten mich finanziell ruinieren.« Er knallte seinen Postkasten zu. »Ich Glückspilz.«

»Aber wenigstens kannst du dir die Miete auch noch leisten, wenn sie drei Mal so teuer ist.«

Er verschränkte die Arme vor der Brust. »Bist du nicht Lehrerin?«

»Ja.«

»Unbefristeter Vertrag im öffentlichen Dienst?«

»Ja.«

Er nickte. »Dann kannst du es dir auch leisten.«

Er ging an ihr vorbei zur Tür. Sie sah ihm nach. »Aber das ist doch gar nicht der Punkt.«

Er drehte sich im Laufen noch einmal um. »Warum reitest du dann darauf rum?«, fragte er. »Du hast die ganze Zeit von Geld geredet, oder nicht?«

Merle öffnete den Mund, um zu widersprechen, aber erstens fiel ihr nichts ein und zweitens schien Philipp gar keine Antwort mehr zu erwarten. Er verschwand durch die Haustür.

Sie wandte sich ihrem Postkasten zu und schloss ihn auf. Philipp kannte nicht nur ihren Namen, er wusste auch, dass sie Lehrerin war. Das war ganz schön viel Info für jemanden, der so ignorant war. War er vielleicht auch gar nicht. Nur eben reich und spießig.

* * *

Es klingelte an der Wohnungstür – und es schrillte in Merles Kopf. Das war David. Sie wartete seit einer halben Stunde auf ihn, sie wollte, dass er endlich kam, und sie wollte, dass er nie kam.

Mit klopfendem Herzen öffnete sie die Tür. »Hi.«

»Hallo, Merle.« Er beugte sich vor und küsste sie. Es war ihr unangenehm. Sie fühlte sich, als habe sie die Berührung nicht verdient. Und das hatte sie ja auch nicht. Sie konnte David in diesem Moment nicht körperlich nah sein. Zwischen ihnen stand die Nacht von Montag auf Dienstag. Sie brannte Merle unter den Nägeln und rumorte in ihrem Magen. Ihr Mittagessen war nur ein halbes Brötchen gewesen.

»Ist alles in Ordnung?«, fragte David. Seine Augen blitzten wie immer fröhlich. Wenn sie Merle in dieser einen Nacht gesehen hätten, wäre das anders. Er würde sie anders anschauen …

»Merle?«, fragte er. »Alles klar?«

Sie wusste nicht, was sie darauf sagen sollte, also lächelte sie und zeigte auf ihr Zimmer. »Willst du ein Wasser oder so?«

»Wasser?« Er lachte. »Hast du keinen Wein? Oder Bier? Dose hat doch sicher Bier.«

»Das ist ein bourgeoises Vorurteil«, rief Dose aus seinem Zimmer. Die Tür stand offen.

»Heißt das, du hast kein Bier?«, fragte David zurück.

»Doch, natürlich.«

»Kann ich eins haben?«

»Klar.«

Merle seufzte und ging in die Küche. Sie holte eine Flasche Bier aus dem Kühlschrank und nahm den Öffner aus der Schublade, dann ging sie in ihr Zimmer, als wär das der Gang zum Schafott. Sie schloss die Tür hinter sich und hielt sich an Flasche und Öffner fest.

David stand vor ihr. Er hob abwehrend die Hände. »Hör zu, das mit Montagabend tut mir leid, ich …«

»Ich hab mit jemand anderem geschlafen«, platzte es aus ihr heraus. Merle wusste, wenn sie es jetzt nicht sagte, würde sie in Ohnmacht fallen oder kotzen oder sterben oder alles zusammen.

»Was?«

»Nach unserem Streit war ich sauer, und dann hab ich sehr viel Wein getrunken und hab mit Fridolin geschlafen.«

Sie schloss die Augen und atmete aus. Es war gesagt, die Wahrheit war nicht mehr in ihr, sie hatte sie freigelassen. Und jetzt schwebte sie in ihrem WG-Zimmer wie ein bedrohliches Gewitter oder ein Hammer, den man ihr jederzeit auf den Kopf schlagen konnte. Sie sah David vorsichtig an. Er war leichenblass.

»Es tut mir leid, ich wollte das nicht, es ist einfach so passiert.«

Er schwieg. Dann schob er sie zur Seite, öffnete die Tür und ging. Die Wohnungstür fiel mit einem leisen Klack ins Schloss.

Merle schaute auf das Bier und den Öffner in ihrer Hand. Sie ging wie mechanisch in die Küche, stellte das Bier zurück in den Kühlschrank und legte den Flaschenöffner sorgfältig in die Schublade zurück.

»Und?«, fragte Fridolin. Er stand in der Küchentür und sah sie unsicher an. »Hast du es ihm gesagt?«

Sie nickte.

»Und jetzt?«

Merle hob die Schultern. Ja, was jetzt? Sie hatte damit gerechnet, dass David Schluss machte. Oder sie wenigstens anbrüllte.

»Er hat dich also nicht verlassen?«

Sie schüttelte den Kopf.

»Und du?«, fragte Fridolin leise. Es klang etwas lauernd. »Willst du Schluss machen?«

Sie runzelte die Stirn. »Ich?«

»Ja, du«, sagte er.

Merle schob langsam die schiefe Schublade vor sich in den alten Schrank zurück. Es quietschte leicht. Schluss machen? Sie? Aber sie wollte doch mit David zusammen sein. Was war das denn für eine Frage, ob sie Schluss machen würde?

Sie wusste nicht, wie lange sie auf die Arbeitsfläche geschaut hatte, als lägen darauf die Antworten bereit. Als sie den Blick wieder hob, war Fridolin verschwunden.

9. Kapitel

Merle stellte ihre Handtasche auf der Kommode neben ihrer Tür ab. Ihre Hand glitt hinein und zog das Handy hervor. Keine Nachricht von David. Sie hatte das letzte Mal im Auto nachgesehen, bevor sie ausgestiegen war. Sie schaute dauernd auf das Handy und kontrollierte es. Als würde das Gerät nicht piepsen, wenn sie eine SMS bekam. Es meldete sich ja von selbst. Und David würde auch nicht eher schreiben oder anrufen, nur weil Merle öfter auf das Handy sah. Sie seufzte und legte es weg. Müde rieb sie sich die Nasenwurzel.

Sie schlüpfte aus ihren Ballerinas und ging Richtung Küche. Auf halbem Weg kehrte sie um und nahm das Handy von der Kommode. Es meldete sich zwar von selbst, aber sie würde es nicht hören, wenn sie in der Küche war und das Telefon in ihrem Zimmer.

Sie ging langsam über den Flur. Die Diele unter ihr knarrte. Es war, als würde sie mit Merle reden und sagen »Iss was«.

Sie musste essen, sie wusste es. Allein: Der Hunger war noch nicht zurückgekehrt. Sie hatte keinen Appetit, und ihr war immer noch übel. Sie hielt das Handy mit schwitzenden Händen. Das schlechte Gewissen zerrte nach wie vor an ihr. Sie hatte die ganze letzte Nacht wachgelegen und auf eine Nachricht von David gewartet. Dann hatte sie sich in der Schule durch den Tag geschleppt. Und natürlich brauchte Merle ihre Kräfte eigentlich für die neuen Herausforderungen des neuen Jobs. Sie hatte Sitzungen mit der Rektorin und mit Vertretern des Bildungssenats. Es war um Qualitätsmanagement und neue Strategien für Schulen gegangen. Eigentlich interessierte Merle sich sehr dafür, aber heute hatte sie sich natürlich kaum konzentrieren können.

Eine weitere Diele knarrte unter ihren nackten Füßen. Merle sah hinunter auf ihre lackierten Fußnägel und die dunkle Holzdiele. Das war neu, diese Diele hatte bisher nicht gequietscht. Offensichtlich hatte sie beschlossen, heute damit anzufangen. Auch sie schien zu sagen, dass Merle etwas essen sollte.

Merle schüttelte leicht den Kopf und wollte weitergehen. Im Augenwinkel sah sie Fridolins Zimmer. Die Tür stand offen. Sie trat näher und schob die Tür weiter auf. Das Zimmer war leer. Sauber gefegt.

Kein faltbares Bett aus Pappe mehr, keine Möbel aus der Behindertenwerkstatt und nichts Hippes aus irgendeiner Manufaktur in Kreuzberg. Die Vorhänge waren weg, und die drei Bilder, auf denen eigentlich nichts drauf gewesen war, sie waren einfach weiß gewesen, waren ebenfalls verschwunden.

»Er ist heute überraschend ausgezogen.«

Merle drehte sich zu Simon um. Er blickte sie finster an. »Aber das war ja klar. Natürlich entscheidet der neue Mitbewohner ausgerechnet an meinem freien Tag, dass er auszieht. Man findet einfach keine Ruhe in diesem Leben.«

»Hat er gesagt, wieso?«

Simon schüttelte den Kopf. »Es passt doch irgendwie nicht oder so. Was weiß ich. Die Ratten verlassen hier jedenfalls das sinkende Schiff. Ich hab auch schon darüber nachgedacht.«

»Auszuziehen?«

Simon stellte sich neben sie und sah in das leere Zimmer. »Ja, aber das bringt ja auch nichts. Als würde die Gentrifizierung nicht überall lauern. Im Prinzip droht der Rauswurf ja in jeder Wohnung, und zwar sobald du den Mietvertrag unterschrieben hast. Außer du ziehst in die Provinz. Aber dann kann man sich ja gleich erschießen, oder?«

Merle grinste ihn an. »Wozu der Aufwand? Dein nächster Geburtstag ist doch eh das Ende.«

»Meine Rede.«

»Und er hat wirklich nichts gesagt?«

»Wer? Ach so, Fridolin. Nee. Halb so wild. Ich hatte mich eh noch nicht an ihn gewöhnt, und er zahlt ja Miete bis zum 31. Bis dahin finden wir jemand Neues.«

»Ich hätte mit ihm reden sollen.«

»Quatsch, du bist nicht für alles verantwortlich, Merle. Er ist nicht wegen dir ausgezogen.«

»Doch«, sagte sie leise, aber Simon hörte sie nicht, er überlegte weiter: »Vielleicht lag es an mir. Weil Tinia und ich uns jetzt hassen. Ich bin dann wirklich nicht angenehm … Nicht mit Absicht, ich kann dann einfach nicht anders. Ich bin ein unverstandener Charakter. Und natürlich liegt es dann am Ende wieder an mir.« Er seufzte. »War ja klar.«

»War ja klar«, wiederholte sie leise. »Scheiße.«

»Was ist denn los mit dir?«, fragte Simon. »Du starrst in dieses leere Zimmer, als würdest du was sehen, was ich nicht sehe. Es ist nicht unser bestes Zimmer. Willst du hier einziehen?«

Sie schüttelte den Kopf.

»Ist alles okay, bei dir? Merle, sag mir nicht, dass du irgendein Problem hast. Deine Probleme sind nämlich immer Pipifax. Du mit deinem perfekten Leben.«

»Was?«

»Du hast immer gute Laune, einen tollen Job, eine Beförderung und einen heißen Freund. Du wohnst im größten, schönsten Zimmer in dieser Wohnung. Und du hast uns. Du hast nicht mal darunter gelitten, dass du dreißig geworden bist. Deinen Optimismus möchte ich haben. Du hast alles, Merle. Wirklich alles.«

Sie schaute zu ihm und wusste nicht, ob sie lachen oder weinen sollte. Sie wollte beides, sie wollte schlafen und dass ihr Handy piepste. Aber es blieb still. Auch Simon sagte nichts.

Merle seufzte. Ihr Blick heftete sich an die Stelle, wo das Bett gestanden hatte. Es war das Möbelstück, das Fridolin am schnellsten und leichtesten transportieren konnte. Es war weg, und während Merle dorthin sah, wo es gestanden hatte, verblasste auch die Erinnerung an die Nacht etwas.

Dass Fridolin ausgezogen war, war gut. Das spürte sie jetzt deutlich. Sie konnte nicht mit ihm zusammenleben und gleichzeitig mit David zusammen sein. Und sie hoffte ja immer noch, dass er ihr verzeihen würde. Wenn er sich nur endlich meldete …

***

»Jetzt musst du da klicken … nein, da …« Tinia verdrehte die Augen. »Boah, Dose. Mach bitte endlich mal einen Computerkurs.«

»Das ist viel zu teuer. Und ich werf mein Geld doch nicht irgendeinem digitalen Kapitalistenarsch in den Rachen, der sich ein bisschen mit Computern auskennt und Verbrechern wie Apple und Microsoft in die Hände spielt.«

»Aber wir müssen eine Anzeige im Internet hochladen. Sonst finden wir keinen neuen Mitbewohner. Und dafür brauchen wir einen Computer, den wiederum jemand bedienen muss.«

»Ja, du, Glitzerfurz«, sagte Dose und ging zu seiner Kaffeemaschine. Er war nicht nur der Einzige, der klassischen Filterkaffee trank – er trank ihn auch zu jeder Tages- oder Nachtzeit. Während es draußen dunkel wurde, kochte Dose also Kaffee. Simon öffnete eine Flasche Wein, und Merle versuchte krampfhaft, nicht auf ihr Handy zu schauen.

»Bill Gates hat die Hälfte seines Vermögens gespendet und engagiert sich in gefühlt vierzig Stiftungen für die gute Sache«, sagte Simon und schenkte ein. »Nicht dass das irgendwas bringt. Wir sind eh alle dem Untergang geweiht, aber er ist kein Verbrecher, Dose.«

»Lobbyisten-Scheiße«, sagte Dose und wischte mit der Hand durch die Luft. »Das ist doch nur Gutmensch-PR, im Kern ist der schlecht.«

»Hauptsache, der Wein ist gut«, sagte Simon finster.

Tinia reichte den Laptop über den Küchentisch zu Merle und fragte: »Kann man das so hochladen?«

Merle nahm den Computer auf ihre Knie und las die Beschreibung der Wohnung, von ihnen und des Zimmers. Sie studierte den Preis und die Wünsche, die sie an einen neuen Fridolin hatten.

Simon schaute ihr über die Schulter. »Eigentlich bringt das doch alles nichts, oder?«

»Ja, ja«, murmelte Merle lesend. »Das Ende ist nah.«

»Im Ernst«, sagte Simon und trank einen Schluck Wein. »Findet ihr das fair, jemanden einziehen zu lassen, wenn es sehr wahrscheinlich ist, dass wir bald selbst raus müssen? Oder es so teuer wird, dass sich das keiner mehr leisten kann? Ist das nicht Vortäuschen falscher Tatsachen?«

»Wir können wohl kaum ›von Gentrifizierung bedroht‹ in die Anzeige schreiben, Simon«, sagte Tinia.

»Aber es wäre ehrlich.«

»Pah. Ehrlich …« Dose nahm eine Tasse aus dem Schrank. »Zu uns ist auch niemand ehrlich, oder? Karli arbeitet nicht mehr in der Hausverwaltung, hat die Sekretärin gesagt. Und er geht nicht mehr ans Handy. Arschgesicht. Und die Verwaltung legt doch auch nicht offen, was sie eigentlich will. Wahrscheinlich sind sie eh kurz davor, das alles an einen Investor zu verhökern.«

»Ja, schon klar.« Simon nickte. »Aber wollen wir uns

mit solchen Strategien gemeinmachen? Dann sind wir nicht besser als die. Willst du das, Dose?«

Betretenes Schweigen.

Merle stellte den Laptop auf den Tisch. »Wir können das so hochladen. Also, was den Text angeht … Und ich denke auch nicht, dass wir das mit der Gentrifizierung dazuschreiben sollten. Entweder wir verschweigen das und lassen jemand Neues einziehen, sitzen das Problem hier aus und hoffen auf das Beste – oder wir hoffen erst auf das Beste und schalten die Anzeige erst, wenn wir sicher sind, dass wir hier so weiterleben können, wie wir wollen.«

»Also, die letzte Möglichkeit klingt teuer«, sagte Tinia. »Ich verdien echt nicht genug im Klamottenladen, um das Zimmer auch noch zu zahlen. BAföG hin oder her.«

»Wirklich? Du hast nicht genug Geld?«, fragte Simon und verschränkte die Arme vor der Brust. »Sag mal, wie viel kostet Koks eigentlich so?«

»Das krieg ich doch meistens geschenkt.«

»Was?«, fragte Merle. »Von wem denn?«

»Von meiner Freundin Lisa. Sie hat reiche Eltern.«

»Ja, das macht es besser«, spottete Merle.

»Kriegt euch ein«, seufzte Tinia. »Sonst ändere ich die Anzeige in ›Drei Spießer suchen Langweiler für Senioren-WG‹.«

Simon sah sie müde an. »Wie originell.«

»Hey, wir müssen nicht über mich reden«, wehrte Tinia ab.

»Aussitzen ist falsch«, verkündete Dose da. »Das war eine blöde Idee. Wir brauchen Aktionen!«

»Du willst also doch keinen brutalen Krieg von einem Küchenstuhl aus führen?«, fragte Tinia grinsend. »Du willst diese Wohnung tatsächlich verlassen, um *für* diese Wohnung zu kämpfen?«

»Das hab ich nicht gesagt.«

Merle sah auf den Laptop, sein Bildschirm war schwarz geworden. Sie sah ihr eigenes Spiegelbild darin. Sie hasste es, es war das Bild einer erbärmlichen Frau, die einen tollen Mann betrogen und verletzt hatte, der sich jetzt nicht mehr meldete. Wahrscheinlich würde er es nie wieder tun.

»Oder, Merle?«, fragte Simon.

»Was?«

Tinia lehnte sich zurück, verschränkte die Arme vor ihrer glitzernden Regenbogen-Brust und sah sie sorgenvoll an. »Merle-Perle, es reicht. Was ist los?«

»Nix.«

»Quatsch. Du hörst uns ja nicht mal mehr zu. Normalerweise kannst du zwei Gespräche gleichzeitig verfolgen *und* eine SMS schreiben.« Dose stellte seine Kaffeetasse ab, stützte sich mit beiden Händen auf dem Tisch ab. Er sah Merle tief in die Augen. »Was ist los?«

Sie wich zurück und schluckte. Sie schielte auf ihr Handy. Nichts. Die Blicke aller ihrer Mitbewohner brannten auf ihrer Haut. Sie konnte nicht weiter zurück, ohne eins zu werden mit der weißlackierten Parkbank. Und sie konnte nicht mit dieser Bank verschmelzen.

»Ich hab mit Fridolin geschlafen«, brachte sie leise hervor.

Alle drei wichen fassungslos zurück.

»Was?«, hauchte Simon. »Der arme David …«

»Merle ist ein böses Mädchen«, sagte Tinia. Es klang anerkennend.

»Mit unserem Fridolin?«, fragte Dose.

»Ja, mit welchem Fridolin denn sonst?«

»Wann war denn das?«

»Montagabend. Oder Nacht. Ist ja auch egal, es war ein Riesenfehler.«

Simon nahm ihre Hand. »Und was sagt David dazu?«

»Nichts. Er meldet sich nicht mehr bei mir. Ich hab ihm geschrieben und auf die Mailbox gesprochen, dass es mir unendlich leidtut, aber ich krieg nichts zurück.«

»O nein«, sagte Simon. Er war blass, schüttelte den Kopf und hielt sich die Hand vor den Mund. »Es ist vorbei. Das ist das Ende.«

Merle nickte und presste die Lippen aufeinander.

»Jaja«, sagte Tinia und beugte sich vor. »Aber viel interessanter ist doch: Wie war Fridolin?«

Dose stemmte die Hände in die Hüften und sah tadelnd auf Tinia herab. »Das ist interessanter? Vielleicht sollte deine reiche Freundin dir das nächste Mal ein Herz kaufen, Glitzerfurz.«

»Nenn mich nicht so!«

»Dann hör einfach auf, solche Gehirnfürze loszulassen«, schnappte Simon. »Ich werde David so vermissen.«

»Jetzt reiß dich mal zusammen, Simon. Es geht hier nicht um dich.«

Merle stand auf. »Ach, ist doch egal, Dose.« Sie strich ihre Haare zurück. »Was wollt ihr jetzt wegen der Wohnung machen?«

»Ein Schreiben an den Vermieter aufsetzen, in dem wir gegen die Sanierung und die erste Mieterhöhung protestieren. Wir stellen klar, dass wir an seinen ›Verbesserungen‹ kein Interesse haben. Aber vergiss das mal kurz. Du siehst sehr schlecht aus. Willst du einen Kaffee?«, fragte Dose.

Merle lächelte dankbar und schüttelte den Kopf. »Nein, ein Schreiben an die Verwaltung find ich gut. Ich setz das morgen auf. Entschuldigt mich.«

Sie ging mit hängenden Schultern aus der Küche. Ihre Schritte fühlten sich schwer an, und sie meinte, betretene Blicke im Rücken zu spüren.

Sie hatte ihr Zimmer noch nicht erreicht, als es klingelte. Sie ging zur Tür und öffnete. Sie erschrak, ihr Herz wollte aus der Brust springen.

»David?«

***

Sie saßen einander gegenüber auf Merles Bett. Sie lächelte schief, sie war hoffnungslos. Um sie herum lagen Kissen mit fröhlichen Blumenmustern, an den Wänden hingen pastellfarbene Illustrationen von Singvögeln. Die cremefarbenen Vorhänge wehten im Wind. Alles war hell und fröhlich, nur Merle nicht.

»Fridolin ist also wieder ausgezogen?«, fragte David.

»Ja, ist besser so. Ich will nicht … Es war ein Fehler, und ich … also, er ist nicht …«

Seit er rausgestürmt war, hatte Merle versucht, David zu erreichen und mit ihm zu sprechen, dabei wusste sie eigentlich gar nicht, was sie sagen sollte. Ihr fehlten die Worte. Ausgerechnet sie, die Kindern lesen und schreiben beibrachte, hatte einen Aussetzer.

Sie hatte immer wieder überlegt, was sie ihm sagen wollte. Eigentlich war in ihrem Kopf schon eine Rede geschrieben. Nur leider war diese Rede jetzt weg. Verschwunden, verschluckt wie Philipp von der U-Bahn-Haltestelle. Merle wusste nicht, warum sie ausgerechnet jetzt an Philipp denken musste. Es war doch alles kompliziert genug, da musste sie sich nicht auch noch daran erinnern, wie sie bei ihm ins Fettnäpfchen getreten war.

»Ja, ist bestimmt besser, dass Fridolin nicht mehr hier wohnt«, sagte David und atmete tief durch. Dann lächelte er. Zum ersten Mal seit einer gefühlten Ewigkeit sah Merle das vertraute Blitzen. Sah sie es heute zum letzten Mal?

»Es tut mir leid, dass ich am Montagabend gesagt hab, dass du alles zu ernst nimmst.«

»Schon okay«, sagte sie schnell.

Er schüttelte den Kopf. »Nein, ist es nicht. Hätte ich das nicht gesagt, dann hättest du nicht … jedenfalls denke ich, dass unser Streit was damit zu tun hatte.«

Merle senkte den Kopf. »Ja, wahrscheinlich. Aber es ist keine Entschuldigung oder Rechtfertigung. Was ich getan hab, war dumm und falsch.«

»Du hast mich sehr verletzt.«

Sie nickte, ihre Augen füllten sich mit Tränen. »Ich weiß. Es tut mir so unendlich leid.« Sie wollte seine Hand nehmen und ihn berühren, aber sie traute sich nicht.

»Ich glaube dir. Ich glaube, dass es ein Ausrutscher war.«

»Wirklich?«

Er nickte. »Ich kenne dich, Merle. Du machst so was nicht, außer, du bist tief verletzt. Und ich hab dich verletzt.«

»Ja, schon, aber …«

»Lass mich ausreden. Dass du mich betrogen hast, war scheiße, das darf nicht wieder passieren, aber irgendwie hat es mir auch was gezeigt. Ich lag falsch. Du bist gar nicht so ernst und vorhersehbar, wie ich dachte.«

»Du dachtest, ich bin vorhersehbar?«, fragte sie.

»Ja, klar. Du bist Lehrerin, du willst heiraten und Kinder bekommen, und dafür müssen wir zusammenziehen. Damit rechnen alle, aber dass du … das ist eine echte Überraschung. In dir steckt mehr, als ich dachte.«

»Aber du hast eben noch gesagt, dass du mich kennst.«

»Tu ich ja auch, aber du bist flatterhafter, als ich dachte. Böser, als ich dachte.«

Merle hob eine Augenbraue, sie verstand nicht ganz, was er sagte oder welches Bild er von ihr gerade malte. Dieses Gespräch verlief ganz anders, als sie gedacht hatte.

»Und das ist super«, sagte David jetzt. Er strahlte. »Ich will eine unberechenbare Frau, ein böses Mädchen.«

»Was?« Sie starrte ihn an. Was passierte denn hier? Schlief sie nur und würde gleich aufwachen?

»Also, ein bisschen böse. Nicht Mörder-böse.«

»Mörder-böse?«

»Du weißt schon, was ich meine. Ich weiß, dass du kein schlechter Mensch bist. Ich will nicht, dass du mit anderen Männern schläfst. Das nicht gerade, aber ein bisschen mehr Unvorhersehbarkeit wird unserer Beziehung guttun, oder? Vielleicht war das, was du getan hast, ein Hilferuf unserer Beziehung.«

»Meinst du?« Sie kam nicht mehr mit.

Er nahm ihre Hände und sah ihr tief in die Augen. »Ich verzeihe dir. Es wird noch dauern, bis ich all das vergessen kann, aber ich liebe dich und will mit dir zusammen sein.«

Sie konnte kaum glauben, was sie hörte. Ein breites Lächeln schlich auf ihr Gesicht.

Er nickte. »Ja, du hast einen Fehler gemacht, lass uns beide daraus lernen. Wir machen einen Strich unter alles, was war, und fangen neu an. Wilder und weniger vorhersehbar. Ja?«

Sie sah ihn an.

»Was denkst du?«

»Du machst nicht mit mir Schluss?«

»Nein, Merle. Wie gesagt, ich liebe dich.«

Tausend Steine fielen von ihrem Herzen. Sie lachte und umarmte ihn, sie küsste ihn stürmisch. »Ja«, sagte sie. »Ja, zu allem.«

Er küsste zurück. »Wow, so warst du schon ewig nicht mehr«, raunte er in ihr Ohr.

Aber bevor Merle das wohlige Kitzeln auf ihrer Haut wirklich bemerken und sich fallen lassen konnte, klopfte es laut an ihrer Tür.

Sie wollte sagen »Jetzt nicht«, aber da wurde die Tür schon aufgerissen und Simon stand im Zimmer. »Hab ich das richtig gehört, dass ihr euch versöhnt habt?«

»Habt ihr gelauscht?«

»Es war Simons Idee«, sagte Tinia. Sie lehnte neben

Dose im Türrahmen. »Ich freu mich für euch«, sagte er.

Simon setzte sich zu ihnen aufs Bett. »Ich auch. Vielleicht will David ja jetzt in Fridolins Zimmer einziehen.«

»Was? Das wär aber doch komisch.«

»Wieso, ist doch frei und wir brauchen einen Mitbewohner, und ihr könnt doch auch mal zusammenziehen.«

Merle schluckte. »Nein, das ist keine gute Idee. Wir brauchen noch mehr Zeit.«

»Ach so, wegen der Sanierungssache.« Simon nickte. »Verstehe.«

»Nein«, sagte David. »Ich will wirklich nicht in dem Zimmer wohnen, in dem Merle mit … Nein, wirklich nicht.«

»Also suchen wir einen anderen neuen Mitbewohner?«, fragte Tinia.

Merle runzelte die Stirn. »Wollt ihr *jetzt* darüber abstimmen?«

»Ich bin dafür«, sagte Dose und hob die Hand. »Optimistisch bleiben.«

Tinia hob die Hand auch, Simon steckte beide Hände in die Hosentaschen. »Dagegen.«

»Merle?«, fragte Tinia.

»Ich bin dafür, dass ihr jetzt geht.«

»Und in Sachen neuer Mitbewohner?«

Sie verdrehte die Augen. »Dafür.« Sie lächelte David an. »Ich bin heute auch optimistisch.«

»Was, aber …«, protestierte Simon

»Wir haben abgestimmt. Und wir sollten gehen«, sagte Dose und schob Tinia weg.

»Äh, welche Sanierungssache?«, fragte David.

»Ach, du hast ihm das noch gar nicht erzählt?« Simon senkte den Kopf. »Es ist alles ganz schrecklich, David. Uns erwartet das Schlimmste.«

»Noch schlimmer als das, was Merle getan hat?«

»Ja.« Simon nickte.

Merle stand auf und nahm Simons Hand. Sie zog ihn vom Bett hoch und zur Tür. »Du solltest gehen. Wir müssen jetzt wirklich alleine sein.«

»Ja?«

»Ja«, sagte sie mit Bestimmtheit und schloss die Tür hinter Simon.

Und dann war sie allein mit David. Er lächelte sie an, sie lächelte zurück. Es war nicht so entspannt wie noch vor einer Woche. Es lag noch immer ein Schatten im Raum. Aber Merle war sicher, dass sie diesen Schatten gemeinsam würden verschwinden lassen. Es würde wieder hell werden.

Bestimmt.

10. *Kapitel*

»Glaubst du wirklich, dass die uns reinlassen?«, fragte Dose und folgte Tinia die Treppen hoch. Hinter ihnen rauschte die U-Bahn davon, vor ihnen lag die Straße. Ein paar Häuser weiter war die Hausverwaltung.

»Wenn Karli noch da wäre, wär das alles kein Problem gewesen. Aber jetzt müssen wir mit diesem Jablonski sprechen.«

Tinia hörte ihm nicht zu und ging leichten Fußes voran. Sie trug dreckige, weiße Sneaker und ein kurzes Sommerkleid. Ihr Lippenstift war so pink wie ihre Haare. Sonst war sie ungeschminkt, was aber nur daran lag, dass sie es vergessen hatte. Das hatte sie vorhin in der Bahn festgestellt und Dose sogleich gesagt. Tinia plapperte einfach – und sie hatte einen Plan. Zumindest für heute.

»Komm, alter Mann. Dein Krieg beginnt«, sagte sie und überquerte die Straße.

»Hey, nenn mich nicht so.«

»Ach, das war nur einer meiner Glitzerfürze. Nimm's nicht so wörtlich.« Ihr Blick flog über das Klingelschild, aber anstatt bei ›Hausverwaltung‹ zu drücken, schob sie die Tür einfach auf. »Ist offen. Dritter Stock, komm.«

Dose folgte seiner jungen Mitbewohnerin die Stufen hoch. Auch in diesem Altbau gab es keinen Aufzug.

»Ich finde, wir sollten das überlegter angehen«, sagte er. »Und mit den anderen besprechen.«

»Du hast letzte Woche gesagt, wenn Mittwoch keine Antwort von der Hausverwaltung da ist, dann zeigen wir denen, wo der Hammer hängt. Merle hat ein super Schreiben aufgesetzt, und das haben wir abgeschickt. Wir haben denen eine Frist gesetzt und gewartet. Heute ist Mittwoch.«

»Ja, aber vielleicht war der zuständige Mitarbeiter krank, oder der Brief ist vom Schreibtisch gefallen.«

Tinia drehte sich auf der Treppe vor ihm um und stemmte die Hände in die Hüften. »Dose! Du hörst dich an wie ein Single-Jammerlappen, der Ausreden für eine Frau sucht, mit der er kurz was hatte, die sich aber nicht mehr meldet. ›Vielleicht hat ihr Hund den Zettel mit meiner Telefonnummer gefressen‹«, äffte sie ihn nach.

»Quatsch.«

»Doch. Hör dir doch mal zu. Die haben unseren Brief bekommen und ignoriert. Die brauchen nicht mehr Zeit, die brauchen ein deutliches Zeichen von uns.«

»Und was soll das sein? Was willst du denn da drinnen machen?«

Tinia zögerte.

Dose nickte. »Eben. Was du vorschlägst, ist Aktionismus. Wir müssen das genau überlegen.«

Sie lachte. »Du willst gar nichts überlegen. Du willst Ausreden haben, um nichts zu tun. Du Sesselfurzer.«

»Was? Ich bin kein Sesselfurzer.«

Sie drehte sich um und ging weiter. »Du bist leere Luft. Leere, linke Punk-Luft.«

»Was?!« Er presste die Lippen aufeinander und starrte ihr nach. Hinter seiner Stirn ratterte es mit rasender Wut. Er war leere Luft. Er?!

Tinia war ihm schon einen kompletten Absatz voraus, als er losstürmte. Mit donnernden Tritten überholte er sie an der Tür, hinter der ihre Hausverwaltung ihr Büro hatte. Er baute sich vor dem ersten Schreibtisch auf.

»Zu Herrn Jablonski!«

Eine blasse Frau mit silberner Brille sah zu ihm auf. »Und Sie sind?«

»Schmitt. Wir wohnen in der Gärtnerstraße 103. Wir haben geschrieben.«

Die blasse Brille räusperte sich, griff nach dem Telefon und legte den Hörer dann nach kurzem Überlegen wieder weg. Sie lächelte dünn.

»Einen Moment bitte«, sagte sie und stand auf. Sie verschwand um die Ecke, während Dose in Schwarz und mit geballten Fäusten neben einem Bücherregal voller Aktenordner und einem Gummibaum stand. Er schnaufte.

Die Brille kam zurück. »Leider ist Herr Jablonski nicht da.«

Tinia verschränkte die Arme vor der Brust und reckte das Kinn. »Wir warten.«

»Das wird nicht nötig sein. Ich weiß nicht, ob er heute noch mal reinkommt.«

»Dann übernachten wir hier«, sagte Tinia pampig. »Und wenn sie uns aus unserer Wohnung rausgeworfen haben, machen wir das jeden Tag.«

Die Brille blinzelte verwirrt und suchte nach Worten. »Das geht nicht.«

Dose zeigte mit ausgestrecktem Finger auf sie. Drohend ging er auf sie zu. »Was Sie mit unserem Zuhause vorhaben, das geht nicht!«

»Ich bin hier nur für das Office Management zuständig, ich weiß jetzt im Detail nicht, wovon Sie sprechen.«

»Deshalb müssen wir ja auch mit Jablonski reden«, sagte Tinia, als wär die Brille dumm. Sie war es sicher nicht, aber Dose war nun mal sehr einschüchternd, was sie natürlich aus dem Konzept gebracht hatte. Er konnte es nicht ändern, er hatte nun mal diesen stechenden Blick.

Er straffte die Schultern, trat zurück und musterte sie. »Keine Angst. Sie sind auch nur ein Opfer des Kapitalismus. Ihnen tun wir nichts.«

»Okay … Ja, also …« Sie umrundete ihren Schreibtisch, wie um sich in Sicherheit zu bringen. »Ich weiß wirklich nicht, wann Herr Jablonski wiederkommt.«

»Wir glauben Ihnen nicht«, sagte Tinia. »Wo soll er denn sein? Auf Geschäftsreise in New York City? Das hier ist eine Hausverwaltung und keine Unternehmensberatung.«

»Ich hasse Unternehmensberatungen«, knurrte Dose. Dann sah er sich um. Überall grausilberne Büromöbel. »Und das hier hasse ich auch. Das Leben ist nicht bürokratisch. Und wenn man es so organisiert, als ob es das wäre, geht es schief.«

»Ja, nun … das kann sein.« Die Brille räusperte sich. »Wenn Sie dann bitte gehen wollen.«

»Nein«, sagte Tinia.

»Und was wollen Sie dann tun?«, fragte die Brille. Sie schien fast selbst daran interessiert, was der nächste Schritt war, denn sie wusste offenbar auch nicht weiter.

Tinia beugte sich zu Dose vor. »Ja, was?«, fragte sie flüsternd.

»Ich hab dir gesagt, dass wir einen Plan brauchen«, flüsterte er zurück.

»Ich kann Sie hören«, sagte die Brille.

»Dann hören Sie weg«, schnauzte Tinia sie an. »Wir sind keine gläsernen Bürger.« Dann wieder zu Dose: »Und ich hab dir gesagt, wenn du einen Plan machst, machst du nie was.«

»Was? Ich hab schon mein Leben für die gute Sache riskiert, als du noch ein heißer Gedanke zwischen den Ohren deiner Mutter warst.«

»Ja, aber das hier ist wohl kaum lebensgefährlich.«

»Da bin ich aber beruhigt.« Die Brille seufzte und setzte sich.

»Toll«, sagte Tinia. »Nicht mal mehr die Sekretärin respektiert uns noch.«

Dose sah von einer Frau zur anderen. Tinia hatte recht. Das hier war nicht lebensgefährlich. Außerdem hatten sie nun wirklich nichts mehr zu verlieren. Er grinste.

»Was guckst du so komisch?«, fragte Tinia skeptisch.

»Wenn wir Respekt wollen, müssen wir einen bleibenden Eindruck hinterlassen.«

»Ja, aber wie …?«

Er ließ sie stehen und ging suchend den Gang entlang. Tinia und eine stöckelnde Brille folgten ihm. »Herr

Schmitt, warten Sie. Sie dürfen da nicht einfach reinmarschieren.«

»Als ob Sie mir das verbieten könnten«, sagte Dose. »Ha!«

Seine Augen scannten die Namensschilder an den Büros und fanden *Jablonski*. Schwungvoll stieß er die Tür auf, sprang auf den Besucherstuhl und dann auf den Schreibtisch. Er stand breitbeinig da, in seinen engen schwarzen Jeans und den derben Stiefeln.

Dann öffnete er seine Hose und pinkelte. Er pinkelte auf die Briefe, Stifte und den Locher. Es plätscherte leise. Eine Pfütze bildete sich auf der Schreibtischunterlage, und am Rand tropfte es bereits auf den hässlichen Linoleumboden herunter. Das hatten sie nun davon, ihn zu ignorieren und die schönen alten Holzdielen mit hässlichem Büro-Linoleum abzudecken. So etwas blieb nicht folgenlos, nicht, wenn man sich mit Daniel Schmitt anlegte.

Dose pinkelte lange. Er hatte heute Vormittag besonders viel Kaffee getrunken.

Tinia und die Brille starrten ihn an. Sie standen nebeneinander, die graue Maus und der pinke Glitzerfurz, beide blass und sprachlos, hinter ihnen noch ein Gummibaum. Den wässere ich gleich am besten auch noch, sagte Dose sich in Gedanken.

Tinia fand ihre Sprache als Erste wieder. »Was zur Hölle wird das, Dose? Bist du jetzt komplett bescheuert?«

»Ich ruf die Polizei«, stammelte die Brille. Sie ging zwei Schritte rückwärts, prallte gegen die Wand und schob sich daran entlang zur Tür. »Jawohl, die Polizei.«

Die Sekretärin verschwand.

»Dose!«, brüllte Tinia. »Komm da runter!«

Er schloss seinen Hosenlatz und stieg auf den Stuhl.

Sie sah entgeistert zu ihm auf. »Das wird Folgen für uns haben.«

Er nickte. »Das will ich doch hoffen!«

***

Simon stand auf dem Balkon und sonnte sich. Merle schäumte Milch auf und sah immer wieder zu ihm hinaus. »Willst du auch einen Caffè Latte?«, rief sie auf den Balkon hinaus.

»Nur, wenn du Latte Art machst.«

»Du weißt, ich kann nur ein Herz.«

»Ich hab dir doch vor Wochen das YouTube-Tutorial für den Schwan geschickt.«

»Wenn du einen Schwan aus Milchschaum willst, musst du ihn selber machen.«

»Aber das kann ich doch gar nicht«, rief Simon zurück, ohne sich von der Sonne abzuwenden.

»Aha«, sagte Merle und stieß den Milchtopf auf die Arbeitsplatte, damit die Milch sich vom Schaum trennte.

»Es schmeckt auch nicht halb so gut, wenn man sich das selber macht.«

»Kannst du wenigstens ein Herz?«, fragte sie, während sie die Milch in die Tasse goss.

»Nein.«

Merle verdrehte die Augen und schwenkte den Milchtopf, bis ein weißes Herz im kaffeebraunen Schaum zu sehen war. Sie schob die Tasse zur Seite und schüttete Schaum in die zweite.

»Was machst du überhaupt da draußen?«, fragte sie. »Wir haben auch Stühle, weißt du.«

»Ich weiß, aber wenn ich sitze, kann ich sie nicht sehen.«

»Wen?«

»Die Sonne. Ich nehme Abschied.«

Merle seufzte. »Die Sonne wird morgen auch wieder aufgehen, Simon.«

Er hob den Zeigefinger wie ein Oberlehrer, sah auf den orangeroten Ball über den Hausdächern und dozierte: »Aber sie wird schneller wieder untergehen, denn es ist Sommersonnenwende.«

»Ach ja, stimmt.«

»Ab jetzt geht es bergab.« Nun drehte er sich doch um und sah sie ernst durch die offene Balkontür an. »Dunkle Zeiten erwarten uns.«

Merle nahm die beiden Kaffeetassen auf. »Du kannst einem echt Angst machen, wenn du so vom Untergang orakelst.«

Er sah wieder nach vorn. »Was auch immer passiert, es wird mich nicht überraschen.«

»Klar.«

»Licht ist wichtig.«

Bevor Merle antworten konnte, wurde die Wohnungstür aufgestoßen und Tinia stand schwer atmend in der Küche. Sie zeigte hinter sich. »Er hat Jablonski auf den Schreibtisch gepinkelt. Die wollten uns nicht reinlassen, weil Jablonski nicht da war, und da hat Dose ihm einfach auf den Schreibtisch gepisst«, sagte sie atemlos, während die Abendsonne durchs Fenster auf ihr glitzerndes T-Shirt schien.

»Was?«, fragte Merle.

»Er hat sein Ding rausgeholt und dann einfach auf alles draufgepinkelt. Da war eine Pfütze auf dem Boden.«

»Dose, ist das wahr?«, fragte Merle.

»Nicht ganz. Jablonski war nämlich doch da. Er kam vom Klo, als ich wieder auf dem Boden stand.« Er kicherte. »Jetzt ist sein ganzes Büro ein Klo. Ich hab es zu 'nem Klo gemacht.«

»Spinnst du?«, fragte Merle. Sie hielt noch immer zwei Kaffeetassen in der Hand, und Tinias Kleid ließ den ganzen Raum funkeln.

»Es musste was getan werden«, verteidigte Dose sich.

»Entschuldigt mich«, sagte Simon und ging durch die Küche zur Wohnungstür.

»Dein Kaffee?«, rief Merle ihm nach, aber die Tür war schon zu.

Tinia nahm die Tasse aus ihrer Hand. »Den trink ich. Ich brauch was zur Beruhigung.«

»Kaffee? Zur Beruhigung?« Merle stellte ihre Tasse weg. Sie fuhr sich durch die Haare. »Was hast du dir dabei gedacht, Dose?«

»Nichts. Denn Tinia hat ganz recht, wenn ich denke, mache ich nichts. Und wenn was getan werden muss, dann darf ich nicht denken.«

»Ah ja«, spottete sie.

»Ist doch logisch«, sagte Dose.

Tinia pustete über den Milchschaum hinweg. »Ich glaub, das war ein Fehler.«

»Ach, wirklich?«

»Seit wann bist du denn so sarkastisch, Merle?«

»Seit du aufgehört hast zu denken. Wie alt bist du eigentlich?«

»Er könnte mein Vater sein«, sagte Tinia mit Milchschaumbart.

»Das war rhetorisch, Tinia.«

»Ich weiß, aber ich hab das Bedürfnis, ihn zu bestrafen. Ich konnte nichts tun, Merle. Der war so schnell auf dem Schreibtisch, dass ich gar nicht wusste, wie mir geschah. Ich hätte das sonst verhindert.«

»Mach dir keine Vorwürfe.« Merle lächelte sie an, dann fixierte sie Dose. »*Du* machst dir hoffentlich welche.«

Er stemmte die Hände in die Hüften und atmete so tief ein, dass seine Brust sich aufblähte. Eine schwarzgefärbte Haarsträhne fiel ihm keck in die Stirn, und er warf den Kopf zurück. »Nein. Hab mich ewig nicht so gut gefühlt.«

»Wie schön für dich«, sagte Tinia. »Ich fühl mich schlecht. Die haben die Polizei gerufen.«

»Und dann?«

»Dann sind wir weggelaufen.«

»Wie erwachsen«, sagte Merle und sank ratlos auf einen Küchenstuhl.

Die Wohnungstür öffnete sich wieder. Eine Hand schob einen Stapel auseinandergefaltete Umzugskartons in den Flur. Ihnen folgte Simon, der in der anderen Hand einen zweiten Stapel hinter sich herzog.

»Ich hab die schon mal vom Dachboden geholt. Die werden wir bald brauchen, wenn die Räumungsklage kommt«, keuchte er.

»Räumungsklage?«, wimmerte Tinia.

»Es kommt keine Räumungsklage«, sagte Merle. »Glaub ich zumindest.«

»Wann glaubt ihr *mir* endlich?«, fragte Simon und rang die Hände. Die Kartons fielen um und klatschten auf dem Boden auf. »Hab ich schon mal irgendwas falsch vorausgesagt?«

»Meinen Tod«, sagte Merle. »Ich habe meinen dreißigsten Geburtstag überlebt.«

Simon winkte ab. »Da kannte ich dich noch nicht so gut. Da wusste ich noch nicht, wie uneitel du bist.«

»Du hast auch nicht kommen sehen, dass Elias nur Sex mit dir wollte«, sagte Tinia und grinste über ihre Kaffeetasse hinweg.

»Halt die Fresse, du Miststück«, brüllte Simon da plötzlich.

Merle stand auf und stellte sich demonstrativ zwischen ihre Mitbewohner.

»Stopp. Genug jetzt. Reißt euch mal zusammen. Dose, du hast wahrscheinlich eine Anzeige am Hals und wirst die Hausverwaltung nie wieder betreten dürfen. Sachbeschädigung und Hausfriedensbruch. Irgendwie so was. Ich kenn mich da nicht so genau aus.« Sie sah von einem zum Nächsten. »Und wenn sie Dose irgendwie rausekeln wollen, kann ich immer noch an ihn untervermieten. Ich steh schließlich auch im Mietvertrag. Simon, räum die Kartons weg und hör auf, uns das Leben mit deiner

Schwarzmalerei zu versauen. Tinia, schlag das Wort ›Beruhigung‹ mal in einem Lexikon nach. Ich glaube, es hat für dich nicht die gleiche Bedeutung wie für den Rest der Welt.«

»Wenigstens hab ich bewiesen, dass mit uns nicht zu spaßen ist«, sagte Dose.

»Und du halt bitte einfach den Mund«, sagte Merle erschöpft.

11. Kapitel

David lächelte und hielt Merle seine Hand hin. Seine Augen blitzten und ließen ihn zuversichtlich aussehen. Ob er das wirklich war? Sie war es nicht. Es war seine Idee gewesen, Merle wäre im Traum nicht darauf gekommen.

Sie legte ihre Hand in seine und versuchte, das Lächeln zu erwidern. Sorgfältig geharkter Kies knirschte unter ihren Füßen. Sie trug Pumps. Sie glaubte, dass es das Richtige war, fühlte sich aber dennoch verkleidet.

Gemeinsam gingen sie die Steinstufen des Schlosses hoch. Sie waren irgendwo in Brandenburg, die Sommernacht war lau und die Sonne längst am Horizont hinter brandenburgischen Wäldern verschwunden. Es dämmerte über Schloss Falkenturm.

Es war kein besonders prächtiges Schloss, wahrscheinlich der zweite Sommersitz einer ungeliebten Tante einer Adelsfamilie, die in der DDR enteignet und längst ausgestorben war. Denn wenn noch jemand existierte, der hier mal standesgemäß residiert hatte, dann würde dieser Jemand sicherlich mit aller Macht verhindern wollen, was dort jetzt getrieben wurde – was David und Merle dort gleich treiben würden.

»Ein Swinger-Club«, murmelte sie und sah die schlichte Fassade hinauf.

»Ja, du willst das doch noch machen, oder?«

Sie lächelte ihn schief an. »Ich hab doch Ja gesagt, oder nicht?«

»Das hast du.« Er küsste sie auf die Nasenspitze. »Pass auf, das wird uns richtig guttun. Es wird aufregend und am Ende sind wir uns näher als vorher.«

Näher als jetzt würde mir reichen, dachte Merle. Fridolin stand noch immer zwischen ihnen. David wollte vergessen und verzeihen, aber sie hatten seltsam vorsichtigen oder betont leidenschaftlichen Sex, und es fühlte sich alles nicht richtig an.

»Mit anderen schlafen ist vielleicht keine schlechte Idee«, sagte David. »Wir brauchen nur einen Rahmen, in dem wir das tun können, ohne einander zu betrügen und verletzen.«

Sie sah ihn an und bemühte sich um eine optimistische Miene.

Er lachte und nickte. »Ich bin auch nervös. Vielleicht ist das auch irre, aber einmal sollten wir es wenigstens versuchen, oder?«

»Ja.«

Er drückte auf den goldenen Klingelknopf. Eine kleine, dralle Frau mit roten Locken und Bette-Middler-Nase öffnete ihnen. »Willkommen«, flötete sie und machte die Tür weit auf. »Herein, herein. Willkommen. Ich bin Betty.«

David und Merle schwiegen betreten.

»Und ihr?«

Sie schwiegen noch immer

Betty zwinkerte. »Denkt euch irgendwelche Namen aus, Herzchen. Keiner benutzt die echten.«

David lachte erleichtert. »Ich bin Ryan.«

Merle sah ihn von der Seite an. Ryan? Wirklich? Dann konnte sie sich ja gleich Scarlett oder Angelina nennen. Sie sah Betty an.

»Steffi«, sagte sie.

»Alles klar. Dann bekomme ich von Ryan siebzig Euro. Damen haben freien Eintritt.« Wieder Zwinkern, dann perlendes Lachen. »Außer an unserem ›Ladys only‹-Abend natürlich.«

Merle lächelte. Sie imitierte einfach, was Betty tat, und sagte, was sie dachte, was Betty hören wollte: »Natürlich.«

»Keine Angst, Süße. Das erste Mal ist komisch, aber bei uns ist alles ganz zwanglos. Der Falkenturm wird auch dich glücklich machen, ich verspreche es dir.« Noch ein Zwinkern.

Merle war kurz davor, ihr einen Augenarzt zu empfehlen. Betty trug ein hautenges lila Kleid, das zu den lila Samtvorhängen passte. Nachdem David bezahlt hatte, öffnete sie einen der Vorhänge und dann eine schlichte Holztür.

Betty führte David und Merle in eine Umkleide, die auch zu einem Fitnessstudio hätte gehören können. Sie bekamen beide jeweils einen Bademantel und ein Handtuch. Dunkellila mit goldenem Falkenturm-Emblem. Hier auf dem Handtuch sah der Turm eher aus wie ein erigierter Penis – und jetzt hatte auch Merle es verstanden. Der

Turm würde sie ›glücklich machen‹. Aha. Sie seufzte über ihre lange Leitung und fand sich prüde. War sie prüde?

»Der süße Ryan zieht sich bitte ganz aus unter dem Bademantel, und du, Herzchen, kannst die Dessous gern anlassen. Wahnsinns-Schuhe übrigens. Hier sind Schließfächer für eure Kleider und Wertsachen. Und jetzt viel Spaß. Lasst es langsam angehen und vor allem: Genießt die Lust.« Mit wiegenden Schritten ließ sie die beiden allein.

Merle zog ihr Jäckchen aus und legte es in ein Schließfach. Aus dem Augenwinkel sah sie, wie David seinen Gürtel öffnete. Fand er sie prüde?

Er bemerkte, dass sie ihn ansah, und lächelte. »Und du bist also Steffi? Dann können wir ja gleich ein Rollenspiel draus machen.«

»Das hätten wir doch auch zu Hause machen können.«

»Ja, hast recht«, antwortete er und stieg aus seiner Hose. »Das machen wir dann demnächst zu Hause, und heute machen wir nur das.«

Er knöpfte sein Hemd auf, und sie sah ihn an. »Nur das«. Was hieß das überhaupt? Würde er jetzt dabei zusehen, wie sie mit jemand anderem schlief? Würden sie beide anderen Paaren zusehen?

Merle befand, dass in letzter Zeit seltsam viele Fragen in ihrem Kopf unbeantwortet blieben. Das war auch kein Zustand. Aber durch »das hier« musste sie durch. Sie hatte es David versprochen. Es war aufregend, und wenn ihr Fremdgehen kein Zeichen dafür gewesen war, dass sie mehr Aufregung wollte, was war es dann?

Noch ’ne Frage. Als Nächstes wusste sie nicht, ob sie ihren Bademantel über ihre Dessous anziehen sollte oder nicht. Es war kein Frotteemantel, sondern ein Satin-Mantel. Die Herren trugen Frottee, die Damen offenbar nicht. Sie blickte auf ihren schwarzen Spitzen-BH hinab und den Slip. Sie trug halterlose Strümpfe, ebenfalls mit schwarzer Spitze.

»Ich könnte so auch in einem Porno mitspielen«, murmelte sie.

»Unsinn. In einem sehr erotischen, französischen Film vielleicht«, widersprach David. »Aber dann solltest du dich besser Emanuelle nennen. Kennst du die Filme?«

»Nein, *Ryan*.« Sie schlüpfte in den Satinmantel.

»Das machen wir dann auch demnächst: ›Emanuelle‹ schauen«, sagte er und jetzt überwog die Vorfreude in seiner Stimme. Sie hörte keine Nervosität mehr.

»Na komm«, sagte er wieder, und wieder hielt er ihr die Hand hin. Sie legte ihre hinein und ließ sich in den Club ziehen.

***

Merle stand vorm Büfett. Das Essen war im Preis inbegriffen, beziehungsweise kostenlos für Frauen. Sie war nicht besonders hungrig, aber sie wollte was zu tun haben und nicht in der Ecke sitzen und gaffen.

Sie waren in der Lounge. Hier gab es eine Bar, verschiedene Tische und plüschige Eckbänke. Alles war lila und goldfarben, die Fenster waren verhangen, und an der

Decke hing tatsächlich ein Kronleuchter. Er war bestimmt nicht original aus diesem Schloss, aber er funkelte.

Manchmal streifte Merles Blick hier tatsächlichen Prunk. Aber einige Details waren auch das Gegenteil davon. Die Umkleide zum Beispiel oder eben das Büfett. Merle sah auf die Schüsseln vor sich.

Es gab Nudelsalat. Weißgelbe Spiralnudeln, Schinkenwürfel und Erbsen – mit Mayo. In einem Warmhalter standen Bockwürstchen, daneben eine Schale mit Senftütchen. Merle nahm einen Teller mit goldenem Rand und löffelte etwas Nudelsalat darauf, dann nahm sie Brot und Butter.

Sie ging mit ihrem Teller zurück an die Bar. Es war noch nicht voll. Ein paar lila Bademäntel verteilten sich an den Tischen. David sprach mit Betty, die jetzt hinter der Theke Sektgläser füllte. Das Licht war gedimmt, Klaviermusik mischte sich mit Gesprächen. Hier und da war ein Lachen zu hören.

Merle setzte sich auf einen Barhocker und stocherte in ihrem Salat herum.

»Na, das erste Mal hier?«, fragte eine tiefe Stimme neben ihr.

Merle lächelte die Dame an. Sie hatte kurze blonde Haare und ein knappes, türkises Negligé. Sie war Mitte fünfzig, vielleicht älter. Sie sah Merle freundlich an und nippte an einem Glas Aperol Spritz.

»Ja, das erste Mal. Ist es so offensichtlich?«

»Die meisten essen erst nach dem Sex. Dann ist die Aufregung weg und der Hunger da.«

Merle lachte.

Die Dame reichte ihr die Hand. »Rita.«

»Steffi.«

»Du musst die Würstchen nehmen«, sagte Rita. »Die sind tatsächlich gut. Betty lässt die von einem Biometzger in der Nähe kommen. Man glaubt es nicht, aber sie sind hier fast das Highlight.«

Merle lachte. »Ist das nicht alles furchtbar schräg? Nudelsalat und Würstchen unter einem Kronleuchter. Und dann zwischen dieser seltsamen Schwimmbadumkleide auf der einen und vögelnden Paaren auf der anderen Seite?«

Sie sah den Gang hinunter, wo die Separees waren, in denen sie wilden Sex vermutete. Da gewesen waren David und sie noch nicht. Sie waren nur bis zur Bar gekommen.

Rita folgte ihrem Blick. »Betty liebt solche Büfetts. Sie will, dass das alles hier auch eine Party bei deinen Freunden sein könnte.«

»Die essen keinen Nudelsalat.«

»Du bist sehr jung.«

»Meistens sagt man mir das Gegenteil. Also in meiner WG …«

»Du wohnst in einer WG. Toll. Das will ich im Alter auch machen. Golden Girls.«

»Ja, das klingt schön. Kommst du schon lange her?«, fragte Merle.

»In den Falkenturm? Sechs Jahre. Eigentlich schon so lange es diesen Club gibt.«

Merle nickte und schob den Teller weg, dann sah sie unwillkürlich auf den Hocker neben Rita.

»Du willst wissen, ob ich allein da bin?«

»Puh.« Merle seufzte. »Ich bin wirklich sehr durchschaubar, was?«

»Das sind die Neulinge immer. Ich bin allein«, erklärte Rita. »Ich habe seit meiner Scheidung keine Lust mehr auf eine Beziehung, aber deshalb auf Sex verzichten? Im Leben nicht.« Sie lachte fröhlich. Dann beugte sie sich etwas vor. »Und wir zahlen schließlich keinen Eintritt«, raunte sie Merle zu. »Also, ein Callboy kommt dich teurer.«

Merle lachte auch.

»Siehst du«, sagte Rita und stieß sie freundschaftlich an die Schulter. »Fühlt sich alles schon leichter an, oder?«

»Ein bisschen.«

»Dann schnapp dir dein Schnittchen von Mann und hab Spaß.« Sie machte eine strenge Miene. »Los jetzt. Das ist ein Befehl. Die Würstchen sind auch nachher noch da.«

Merle sah zu David, er schmunzelte sie an und beugte sich zu ihr. Er küsste ihre Schläfe. »Bereit, dich umzuschauen?«

Sie nickte und rutschte von dem Barhocker runter. Sie zupfte ihren lila Satinmantel zurecht und folgte David zu dem Gang mit den Separees.

Sie passierten die Sauna. Durch das Fenster in der Holztür sah Merle zum ersten Mal an diesem Abend nackte Menschen. Es war unspektakulär. Sie saßen oder lagen auf violetten Handtüchern und schwitzten. Es sah aus wie in jeder anderen Sauna auch.

Kein Wunder, wer wollte schon in dieser Hitze körperlich aktiv sein? Merle nicht.

Hinter der Sauna war ein Pool, in dem ein Pärchen knutschte und kicherte. Als sie Merle und David sahen, hielten sie inne und winkten die beiden zu sich ins Wasser. Merle sah einen Busen im Wasser aufblitzen und schob David weiter.

Dann drang Stöhnen an ihr Ohr, und Merle bekam Gänsehaut. David hielt vor einem der Separees an. Eine Nische mit einem Bett, nackte Körper, ineinander verschlungen. Merle prallte zurück. Das war sehr viel Haut.

Aber dann konnte sie den Blick nicht abwenden und ertappte sich dabei, wie es ihr gefiel, wie die Bilder zu einem Gefühl in ihrem Körper wurden.

David zog sie weiter. Ein weiteres Separee war dunkel, ein anderes leer. Und dann waren sie schon am Ende des Ganges. Es blieb ihnen nichts, als umzukehren. Jetzt hatten sie alles gesehen, und Merle wusste, es gab keine Ausrede mehr, nicht irgendwo mitzumachen oder anzufangen.

Sie ging neben David zurück in Richtung der Lounge. Sie passierten die ganzen plüschigen Separees zum zweiten Mal und hörten das gleiche Stöhnen – oder war es jetzt lauter?

Es kam Merle intensiver vor, weshalb sie sich nicht mehr traute hinzusehen. Der kurze Prickelmoment war verflogen.

Lachend kam das Schwimmbadpaar aus der Poolarea gelaufen. Der Mann jagte die Frau, ihre Brüste hopsten vor ihnen her und ihre Füße hinterließen nasse Spuren auf dem Fliesenboden.

»Komm«, sagte David und zog sie zu dem Becken. Am

Rand sprudelte es aus einigen Düsen, es roch nach Chlor, aber sie waren allein.

David streichelte ihren Nacken und kam etwas näher. »Du bist die Schönste hier, Schatz«, raunte er in ihr Ohr.

Schließ die Augen, sagte Merle sich selbst, als sie am Beckenrand stand und auf die sanft sprudelnden Wellen schaute. Hier sind wir wenigstens erst mal allein. Hier kann man gut anfangen, abseits von den seltsamen Szenen da draußen. Schieb all diese Bilder und Fragen weg und lass dich fallen, Merle, und dann wirst du schon rausfinden, ob das hier was für dich ist. Bevor du das nicht machst, weißt du es nicht.

Sie drehte sich zu ihm und legte die Arme um seinen Nacken. Sie spürte seine Hände durch den Satinstoff auf ihrer Taille und ließ sich küssen.

David kam näher und drückte sich an sie. Sie wusste, dass sie zurückküssen sollte, dass sie sich auch an ihn pressen musste, denn Reibung erzeugt Wärme, und ohne Wärme gibt es keinen heißen Sex.

Aber Merle drückte sich nicht an seinen Körper, sie wich ihm aus. Es war wie ein Impuls, über den sie nicht nachdachte, ein kleiner Schritt rückwärts – und zwar ins Wasser.

Mit einem spitzen Schrei fiel sie zurück, suchte Halt und fand keinen. Mit einem lauten Platschen landete sie im Pool. Geschminkt und frisiert wie sie war, in Dessous, Satinmantel und mit hohen Lederpumps an den Füßen tauchte sie unter.

Japsend tauchte sie wieder auf. Erschreckt über sich selbst suchte sie Davids Blick, aber er sah gar nicht zu ihr.

Er schaute zu einer schönen Schwarzhaarigen, die gerade im Durchgang zum Schwimmbereich stand und Merle auslachte. David lachte auch. Dann schien er sich zu erinnern, dass seine Freundin gerade ins Wasser gefallen war, und sah zu Merle.

Sie spürte Wut und Scham. Ihre Wimperntusche ließ sie mit Sicherheit wie ein Panda aussehen, während da vorn eine perfekte Mandelaugenprinzessin stand und David ihre Brüste zeigte.

Merle tauchte wieder ab. Jetzt war es auch egal. Wenn sie schon mal im Wasser war, konnte sie hier wenigstens verschwinden.

***

Merles Hände zitterten, als sie den Fön einschaltete. Sie hielt ihn gegen ihr nasses Höschen und biss sich wütend auf die Unterlippe.

Sie trug einen neuen Satinmantel, der Push-up-BH war im Müll und die halterlosen Strümpfe auch. Neben ihr auf dem Boden standen ihre nassen Pumps – ausgestopft mit Papierhandtüchern, und aus ihren Haaren tropfte noch immer das ekelhafte Swinger-Club-Chlorwasser.

Die Tür ging auf und David lachte sie an. »Wo bleibst du denn?«

»Wie? Wo bleibe ich? Wo bleibst du?«, fragte sie. Dann begriff sie, schaltete den Fön aus und ließ ihn sinken. »Du willst hierbleiben?«

»Du nicht?«

»Natürlich nicht, David. Ich musste platschnass durch die komplette Lounge laufen und föne meine Unterwäsche.«

»Ja und? Danach können wir doch …«

Sie schüttelte den Kopf. »Ich kann nicht. Ich will nicht. Ich will das alles nicht.«

»Ich dachte, dir macht das mit dem Pool nichts, dass du das auch witzig findest.«

»Siehst du mich lachen?«

»Nein, Schatz.«

»Nenn mich nicht so!«, herrschte sie ihn an.

Er schwieg betreten.

Merle seufzte. »Ja, vielleicht nehm ich das wieder mal alles zu ernst. Und es ist übrigens auch mein Ernst, wenn ich sage, dass ich gehen will.«

Er sah sie enttäuscht an. Merle war zu erschöpft, um darauf zu reagieren. In diesem Augenblick wusste sie nicht mal, ob sie es schlimm finden würde, wenn er alleine hierbleiben wollte. Gerade noch war sie eifersüchtig gewesen, aber jetzt spürte sie nichts. Zumindest nicht in Bezug auf ihn.

Sollte David doch mit den Mandelaugen rummachen. Er war ja auch nur hier, um ihr eins auszuwischen, oder um etwas auszugleichen, was sie aus dem Gleichgewicht gebracht hatte. Sie konnte es ihm nicht mal richtig vorwerfen. Aber das hieß nicht, dass sie sich in diesem Swinger Club wohlfühlte.

Er setzte sich auf eine Holzbank und nickte. »Okay. Dann gehen wir.«

»Echt?«

»Ja, ich mach das doch nicht ohne dich.« Er lächelte.

»Gut«, antwortete sie, fühlte sich aber wenig erleichtert.

»Kann ich dir helfen?«, fragte er. »Soll ich dir was zu essen holen? Nudelsalat?«

Merle lachte.

12. Kapitel

Fiona stand auf, nahm ihre Kaffeetasse vom Tisch und stellte sie in die Spüle.

»Wir melden uns«, sagte Simon und ging voran zur Tür. Er öffnete, während sie ihre normale Brille gegen eine Sonnenbrille austauschte, und reichte ihr die Hand. »Hat mich gefreut, dich kennenzulernen.«

»Mich auch. Echt tolle Wohnung habt ihr hier.«

Sie ging leichtfüßig die dreckige Treppe hinunter, vorbei an beschmierten Wänden. Die Stufen knarrten unter ihren Füßen, und Simon kehrte in die Küche zurück.

»Ich mag sie.«

»Das war ja klar«, sagte Tinia und verdrehte die Augen.

»Wieso?«, fragte Dose. »Sie war doch nett. Und witzig.«

Tinia lachte. »Dose, das sagst du nur, weil sie über *deine* Witze gelacht hat. Sie selbst hat doch gar keine gemacht.«

»Das zeugt trotzdem von Humor.«

»Geht«, gab Tinia zurück. »Und Simon, du mochtest sie nur, weil sie langweilig aussieht und keine Konkurrenz bei den Männern für dich ist.«

Simon verschränkte die Arme vor der Brust. »So wie du, Beauty Queen?«

»Erstens«, gab Tinia trotzig zurück, »hat ein gutes Selbstwertgefühl noch keinem geschadet, zweitens hat meine Stufe mich zur hübschesten Abiturientin gewählt, und …«

Simons Lachen unterbrach sie. »Welche Stufe wählt denn so was? Das ist doch Kinderkacke. Außerdem: Was ist das denn schon wert, wenn man bedenkt, dass du auf einer Dorfschule warst und in deiner Stufe höchstens dreißig Leute waren.«

»Und drittens«, fuhr Tinia unbeirrt fort, »was ist Fiona überhaupt für ein Name? So heißt doch keiner. Zumindest nicht, wenn man dann auch noch diese raspelkurzen Haare hat. Warum hat man überhaupt so straßenköterfarbene Borsten?«

Dose verschränkte die Arme vor der Brust und hob eine Augenbraue. »Ja, das ist ein valider Grund gegen sie, Glitzerfurz. Fiona sollte nicht einziehen, weil sie kurze Haare hat.«

Simon nahm eine Packung Kekse aus seinem Regalfach neben der Tür und öffnete sie. Er schüttete sie zu den übrigen auf dem Teller. »Ich mochte, dass sie ihre Tasse weggeräumt hat. Das zeugt von Ordentlichkeit und Verantwortungsbewusstsein.«

Tinia seufzte genervt und warf den Kopf zurück. »Oder es ist spießig. Sie ist doch offensichtlich total langweilig. Wollen wir hier in einer Spießer-WG leben?«

Simon runzelte die Stirn. »Besser als im Kindergarten.«

Dose seufzte und leerte die Kaffeekanne. »Ich hab das Gefühl, es ist leichter, wenn Merle da ist.«

»Aber Merle macht jetzt Karriere als Konrektorin und muss lange arbeiten«, sagte Simon und nahm einen Keks.

»Ja, ich weiß«, gab Dose zurück und nahm den alten Filter aus der Kaffeemaschine. Er holte einen neuen aus dem Schrank und löffelte Kaffeepulver hinein. »Also, wenn der nächste Kandidat nicht uns alle überzeugt, dann weiß ich auch nicht weiter …«

»Wann kommt der eigentlich?«, fragte Tinia.

»Interessante Frage«, sagte Simon. »Darf er denn pünktlich sein, oder hat er dann bei dir auch gleich wieder verschissen?«

»Und wenn ich ihn mag, schläfst du dann auch mit ihm?«

»Bitte erschießt mich einfach«, flehte Dose, aber das Klingeln an der Tür erlöste ihn aus diesem sich ständig wiederholenden Streit.

Tinia sprang auf, zog ihr lila T-Shirt glatt und ging zur Tür.

Sie öffnete schwungvoll und strahlte. Vor ihr stand ein gut aussehender Typ, Mitte zwanzig. »Stefan? Hi, ich bin Tinia.«

Er zeigte hinter sich. »Eure Haustür ist kaputt.«

»Ja, da ist der Vermieter … äh … dran«, sagte sie und räusperte sich. »Komm rein.«

Er nickte und ging mit skeptischem Blick durch den Flur.

»Das ist die WG«, sagte sie. »Simon und Dose.«

»Hi«, sagte Simon und Dose prostete Stefan mit seiner Kaffeetasse zu. »Setz dich. Willst du auch einen?«

»Nein, danke.« Stefan setzte sich.

»Schön, dass du da bist.« Simon lächelte. »Also, wir suchen so schnell wie möglich jemanden, der bei uns einzieht. Das Zimmer zeigen wir dir gleich. Das ist eine Fünfer-WG, aber Merle muss arbeiten. Was machst du so?«

»Ich arbeite auch.«

»Und als was?«, fragte Dose.

»Als Optiker.«

»Ich find Brillen so cool«, sagte Tinia.

Simon musterte sie. »Seit wann?«

Dose zog sich einen Stuhl heran, drehte ihn um und setzte sich falsch herum darauf. Er sah Stefan an. »Ignorier die beiden, sie haben sich da in etwas reingesteigert. Romantische Verwicklungen.«

»Hey!«, protestierte Tinia. »Das klingt, als hätten wir was miteinander.«

»Haben wir nicht«, versicherte Simon dem neuen Kandidaten.

Stefan nickte. »Wie alt ist das Haus?«

»Von 1908.« Dose trank schlürfend Kaffee. »Ein echtes Schmuckstück.«

Stefan lächelte schief. »Ja, wenn man es restauriert hat, dann vielleicht.«

Simon nickte. »Es könnte Farbe vertragen. Das sag ich auch immer.«

»Seit wann?«, fragte Tinia.

»Jedenfalls«, ging Dose dazwischen, »wollen wir auch was über dich erfahren. Was machst du so?«

»Ich geh arbeiten. Und ins Fitnessstudio. Ich treffe mich mit Freunden.«

»Politische Ausrichtung?«, fragte Dose.

Stefan wich zurück. »Was?«

»Wo schlägt dein Herz? Mitte links? Links? Du wählst doch nicht die CDU, oder?«

»Dose, das ist ja wohl seine Privatsache«, protestierte Tinia.

»Politik ist niemals Privatsache«, widersprach Dose. »Das Private ist politisch. Ich hoffe, du bist Feminist.«

»Bist *du* denn Feminist, Dose?«

»Was? Klar. Gleichberechtigung, immer. Für alle.« Er hob den Zeigefinger und zeigte auf Stefan. »Du glaubst doch nicht, dass wir die schon erreicht haben, oder? Weil, wir haben noch viel zu kämpfen. Auch wir Männer müssen uns dafür einsetzen.«

Stefan sah unsicher von Dose zu Simon, der hob die Schultern. »Ich bin schwul.«

Dose lehnte sich zurück und knallte seine Kaffeetasse auf den Tisch. »Simon, dass du immer denkst, dass das reicht, macht mich wahnsinnig. Du bist nicht politisch, du bist eine Kokette.«

»Wirklich?« Simon strahlte. »So hab ich das ja noch gar nicht gesehen.«

»Andere Frage«, wandte sich Dose wieder an Stefan. »Was für Klopapier benutzt du? Und wie viel?«

»Was?«

»Und sag nicht, dass du feuchtes benutzt. Das Einzige, was noch schlimmer für die Umwelt ist, als tonnenweise vierlagiges Flausch-Klopapier in der Toilette runterzuspülen, ist feuchtes Toilettenpapier. Ich mein, wir haben doch eine Verantwortung, oder nicht?« Dose beugte sich vor und sah ihn scharf an. »Das ist mir alles sehr ernst.«

Stefan schluckte und stand auf. »Also, ich denke, das hier ist doch nichts für mich.«

»Was? Aber du hast das Zimmer doch noch gar nicht gesehen.«

»Ja, nein … Ich muss jetzt auch echt los.« Mit diesen Worten drehte er sich um, Simon folgte ihm, war aber nicht schnell genug.

Stefan schlug die Tür hinter sich zu. Sie fiel so donnernd ins Schloss, dass Simon schon befürchtete, dass sie aus den Angeln fallen würde.

Tinia stand zwischen Simon und der Küche, fuhr herum und funkelte Dose wütend an. »Bist du bescheuert, solche Fragen zu stellen?«

»Aber das sind doch wichtige Themen, auf die wir uns einigen müssen.«

»Nein, wir müssen uns auf einen Mitbewohner einigen.«

»Und den hättet ihr gewollt? Ihr beide?«, fragte Dose. »Den?«

»Ja«, antwortete Tinia prompt.

»Simon?«

»Ja, der war nett.«

»Er war ein arroganter Sack. CDU-Wähler, das seh ich doch sofort.«

»Gar nichts siehst du, Dose.« Tinia stemmte die Hände in die Hüften. »Du hast den einzigen Kandidaten vergrault, der in Frage kam.«

»Ach, andererseits fliegen wir ja eh bald raus.« Simon seufzte.

»Was?« Tinia fuhr herum. »Wir hatten uns darauf geeinigt, einen neuen Mitbewohner zu suchen, oder nicht? Wir wollten alles dafür tun, hier zu bleiben, und das Zimmer vermieten, oder nicht?«

»Ja, aber ich hab kein gutes Gefühl …«

»Simon«, begehrte Tinia auf. »Du hast niemals gute Gefühle. Nie-niemals. So was kennst du gar nicht!«

»Schrei doch nicht so.«

»Doch!«, brüllte sie. »Das kann doch alles nicht wahr sein.«

»Ich kann nichts dafür, dass ihr der Wahrheit alle nicht ins Gesicht sehen wollt!«, schrie Simon zurück, drehte sich um und verschwand in seinem Zimmer. Schwungvoll warf er die Tür ins Schloss.

Tinia zuckte zusammen, dann wandte sie sich an Dose. »Und überhaupt, ich benutze auch feuchtes Klopapier.«

»Was?« Er sah sie entsetzt an. Nach einem kurzen, enttäuschten Flackern färbte sein Gesicht sich rot vor Wut. »Hast du denn gar kein Verantwortungsbewusstsein?!«

»Es ist Klopapier und nicht der Dritte Weltkrieg, Dose.«

»Bist du da sicher, Tinia?«

»Ich bin nur froh, dass du noch keinen unserer Kandidaten angepinkelt hast.«

»Sei nicht kindisch.«

Sie rang die Hände. »Ich?! *Ich*?!«

Da klingelte es schrill an der Tür. Das Klingeln hörte überhaupt nicht mehr auf.

»Haben wir noch einen Kandidaten?«, fragte Dose.

»Nicht dass ich wüsste«, rief Tinia über das Dauerklingeln hinweg und hielt sich die Ohren zu.

Dose stapfte zur Tür und riss sie auf.

»O gut, endlich«, sagte Philipp mit finsterer Miene und nahm den Finger vom Klingelknopf. »Ihr seid sehr laut.«

***

»Sturmklingeln ist doch keine Lösung«, hörte Merle, als sie in den Hausflur kam. Doses Stimme schallte ihr entgegen. Sein Bass füllte das ganze Haus.

Sie seufzte und blieb stehen. Es klang nicht so, als würde das Mitbewohnercasting gut laufen. Während Merle genervt die Treppe raufging, hörte sie, wie Dose das Recht auf leidenschaftliche Meinungsäußerung verteidigte. Es konnte auch nicht einmal etwas normal laufen in dieser WG.

Jetzt sagte Dose irgendwas davon, dass es ein Grundrecht auf Türenknallen geben müsse, weil, wenn man Gefühle nicht rausließe, dann würde man psychisch krank, was dann wieder das Gesundheitssystem in die Knie zwingen würde.

Genervt blieb Merle ein paar Stufen vor ihrer Wohnungstür stehen. Sie sah Dose, der sich im Türrahmen positioniert hatte, Tinia, die halb hinter ihm stand und der das alles sehr peinlich zu sein schien – und sie sah Philipp. Er wandte sich zu ihr.

»Hi, Merle«, sagte er müde.

»Hallo.«

»Deine Mitbewohner waren sehr laut, und ich hatte Nachtdienst.«

»Nachtdienst. Oho«, sagte Dose. »Das macht dich aber auch nicht zu einem besseren Menschen.«

Merle nahm die letzten Stufen. »Darum geht es doch gar nicht. Philipp ist Chirurg, er muss tagsüber manchmal schlafen.«

»Chirurg«, wiederholte Dose. »Schönheitschirurgie?«

»Was?«, fragte Philipp. »Nein.«

»Aha.« Dose musterte ihn. »Wahrscheinlich gekauft von der Pharmaindustrie.«

»Oder er ist einfach nur Arzt, Dose.«

Er schüttelte den Kopf. »Das gibt es nicht. Die sind alle entweder Opfer oder Instrumente der Pharmaindustrie. Und das sind die größten Verbrecher, die unsere kapitalistische Welt jemals hervorgebracht hat.«

»Wie auch immer«, sagte Philipp. »Ich hatte heute eine achtstündige Herz-OP, hab heute Nacht wieder Dienst und muss jetzt wirklich schlafen. Also, wenn ihr damit aufhören könntet, euch anzubrüllen und Türen zu schlagen, wär ich sehr dankbar.«

»Wir hören auf«, sagte Merle, bevor Dose seinem Vortrag noch irgendwas Konkretes über die Geldgier der Pharmaindustrie hinzufügen konnte. »Ich sorg dafür, dass sie still sind.«

»Danke«, sagte Philipp – und lächelte sie an. »Das wär toll.«

»Klar, kein Problem. Ich will ja auch meine Ruhe haben.«

Er nickte und ging die Treppe rauf. Dass er überhaupt lächeln konnte … Damit hatte sie nicht gerechnet. Sie sah ihm verwundert nach.

***

Der Duft von Blumen und frischem Grün schlug Merle entgegen. Über ihr erklang die Türglocke und rechts vor ihr baumelten Dekoherzen aus weißem Draht von der Decke. Sie hingen an pinken Schleifenbändern, und Merle fragte sich, wer so ein Gebilde entstauben wollte.

Simon kam geschäftig um die Ecke und blieb dann enttäuscht stehen. »Ach, du bist es.«

Sie lächelte. »Ja, und leider ist niemand gestorben in meiner Familie. Ich brauche keinen Totenkranz.«

Er stemmte eine Hand in die Hüfte. »Blumen für deine Mutter?«

»Ganz genau, ich bin auf dem Weg zu meinen Eltern.«

Er seufzte genervt, kam um den Verkaufstresen herum und zeigte auf die Eimer. »Sonnenblumen, Rosen, Spraynelken, Pfennigkraut, gelbes Bupleurum und Limonium?«

»Ja, klingt gut. Mach, was du für richtig hältst, es wird wie immer herrlich aussehen.«

»Natürlich wird es das.« Er riss die einzelnen Blumen aus den Eimern.

»Du bist gestern Abend gar nicht mehr aus deinem Zimmer gekommen.«

Er nickte und sortierte die Blumen vor sich auf dem

Arbeitstisch. »Da ich bald ausziehen werde, verbringe ich dort jetzt so viel Zeit wie möglich.«

»Sag mal, hast du schon mal was von diesem Wahnsinnskonzept Optimismus gehört?«

»Ja, aber das führt zu Hoffnung, und Hoffnung führt zu Enttäuschung. So wie ich mir immer Beerdigungen wünsche und dann Sonnenblumen an Pfennigkraut binde, als wär all das hier«, er zeigte auf die Blumen vor sich, »noch am Leben. Dabei ist es tot. Schnittblumen sind tot, Merle.«

»Stimmt«, sagte sie. »Da hab ich noch nie drüber nachgedacht. Wie traurig.«

Er musterte sie. »Wirklich nicht? Noch nie?«

Sie hob die Schultern. »Dose hat mir von dem Casting gestern erzählt. Ihr müsst euch zusammenreißen, sonst finden wir nie einen neuen Mitbewohner.«

»Ich halte das für sinnlos.«

Sie nickte. »Aber du bist überstimmt worden. Wir haben entschieden, dass wir jemanden suchen.«

»Wir haben das zwischen Tür und Angel entschieden.«

Merle hob die Schultern. »Trotzdem. Ein neuer Mitbewohner muss her.«

»Was sehr schwierig ist«, sagte Simon und drapierte einige Rosen um die Sonnenblume herum. »Denn Dose scheint gerade in einer fäkalen Phase zu stecken. Er hat einen Kandidaten gestern auf seine Klopapiergewohnheiten hin überprüft.«

Merle suchte in ihrer Riesenhandtasche nach dem Geldbeutel und verdrehte die Augen. »Seit wann sind wir uns alle eigentlich so uneinig?«

»Seit wann betrügst du deinen Freund?«

»Ja.« Sie sah ihm nachdenklich in die Augen. »Seit wann?«

Er forschte in ihrem Blick und drapierte das Pfennigkraut im Strauß. »Du gefällst mir nicht. Das liegt bestimmt an all dem Tod hier. Du solltest besser schnell gehen.«

»Simon, du gefällst mir auch nicht. Du wirst immer nervöser und pessimistischer.«

»Ich kann nicht noch pessimistischer werden. Mein Pessimismus ist bereits das Ende der Fahnenstange.«

»Ja, das dachte ich auch.« Merle lächelte. »Aber seit dem ersten Brief der Hausverwaltung geht es dir noch schlechter.«

Er nickte, als täte es ihm gut, dass jemand sein Leid ernst nahm. Sie sah ihn an. »Simon, du solltest eine Therapie machen.«

»Darauf antworte ich nicht.«

Sie verdrehte die Augen. »Einem Therapeuten könntest du jede Woche mindestens eine Stunde lang was vorjammern. Ist das nicht verlockend?«

Er schoss wütende Blicke über die Blumen hinweg zu ihr.

Sie wandte sich etwas ab und stieß an eins der weißen Drahtherzen. Es baumelte in der Luft. »David und ich waren in einem Swingerclub.«

Simon starrte sie an. Dann legte er den halb gebundenen Strauß weg, eilte um den Tresen herum und griff nach ihren Händen. Er fixierte sie. »Erzähl mir alles.«

»Geh zum Therapeuten!«

Er stemmte empört die Hände in die Hüften. »Das ist Erpressung.«

»Ja«, antwortete sie leichthin.

»Du Monster.«

»Es war ein echter Swingerclub, diese Geschichte wird dich was kosten.«

»Ich denk drüber nach«, nuschelte Simon zwischen zusammengepressten Lippen.

»Bitte? Ich hab dich nicht verstanden.«

»Ich denk drüber nach.«

Merle schüttelte den Kopf und holte eine Visitenkarte raus. »Nein, du rufst diese Nummer an. Kollege von meiner Mutter.«

»Ja, ich ruf da an.«

»Und du machst einen Termin.«

Simon sah sie wütend an, dann nickte er und steckte das Kärtchen in seine Hemdtasche. »Kommen wir zum Swingerclub.«

Sie lächelte zufrieden, dann huschte ein Schatten über ihr Gesicht. »Nach der Sache mit Fridolin hat David beschlossen, dass er mir verzeiht und dass wir unsere Beziehung ein bisschen aufregender gestalten sollen. Damit keiner von uns überhaupt den Wunsch hat fremdzugehen.«

»Verstehe. Er ist klug.«

»Ja? Ich glaube, er wollte einfach mal in einen Swingerclub, und ich konnte leider wirklich nicht Nein sagen.«

»Und? Wie war es? Hast du mit anderen Typen geschlafen? Hat er mit 'nem anderen Typen geschlafen?«

Merle runzelte die Stirn. Dann lachte sie. »Das hättest du wohl gern.«

Er wischte mit der Hand durch die Luft. »Dein David ist ein heißes Gerät.«

»Hast du schon mal überlegt, dich in jemanden zu verknallen, der nicht emotional oder von der sexuellen Ausrichtung her absolut unverfügbar ist?«

»Nein. Denn dann kommt es womöglich zu einer Beziehung und …«

»Die ist sinnlos. Jaja.«

»Nein. Davor hab ich Angst«, widersprach er und senkte den Kopf.

Merle hatte Simon selten so ehrlich erlebt, aber bevor sie das Thema weiter erörtern konnten, sah er sie schon wieder neugierig an.

»Jetzt sag schon. Wie heiß war der Sex?«

»Wir hatten keinen. Ich bin beim Knutschen ausgerutscht und in den Swingerpool gefallen. Mit Schuhen und allem. Und danach war irgendwie alles komisch. Wobei der Club eigentlich auch vorher schon komisch war.«

»Oh.« Simon sah enttäuscht aus.

»Wir hatten seit dem Clubbesuch überhaupt keinen Sex mehr.«

»Wann wart ihr denn dort?«

»Vor zwei Wochen. Weißt du, was mich wundert? Der Swingerclub hat unsere Beziehung mehr aus dem Tritt gebracht als die Sache mit Fridolin.«

»Aber ohne deinen Seitensprung wärt ihr doch nie in den Club gegangen, Merle. Kannst du das überhaupt trennen?«

»Nein.« Sie sah wieder zu dem baumelnden Herz und seufzte. »Aber wir waren auf einem guten Weg, bis wir im Club waren. Das dachte ich zumindest. Und jetzt fühlt sich alles komisch an. Ich will nicht mehr, dass er mich anfasst.«

»Also, mich könnte er anfassen.«

Merle lachte. »Das meinst du doch gar nicht so, wie du es sagst. Du findest David vielleicht ganz süß, aber du willst einzig und allein, dass Elias zurückruft.«

Simon machte eine traurige Miene. »Ja.«

»Das wird er nicht.«

»Das sind harte Worte.«

»Ja, an dieser Stelle könnte dein Pessimismus dir wirklich mal helfen.«

»Pessimismus hilft immer. Aber nun zu den wirklich wichtigen Dingen. Hast du in diesem Club wenigstens heißen Sex gesehen?«

»Ich hab Nudelsalat gegessen.«

»Merle, bist du sicher, dass du in einem Swingerclub warst?« Simon runzelte die Stirn. »Es klingt eher wie die Geburtstagsparty meiner Tante, die ein Haus mit Pool und viele Freunde hat, aber keinen Geschmack.«

»Es gab Sex. In den Separees wurde gestöhnt und gevögelt. Aber das sieht eigentlich langweilig aus. Nackte Körper, die aufeinanderklatschen. Sex sieht ja in echt nicht aus wie im Film. Sex muss man haben, nicht anschauen.«

»Du vielleicht nicht.«

Sie nickte. »Ja, jeder, wie er will.«

Aber was wollte sie denn jetzt? Was für eine Beziehung wollte sie zu David, wenn sie ihn gerade nicht einmal mehr berühren konnte?

Merle verstand die Welt nicht mehr. Und um sie herum schwebten leere, weiße Herzen aus Draht in der Luft. Saisonartikel, die in ein paar Monaten keiner mehr wollte und die in spätestens einem Jahr in Kisten gepackt werden und im Keller irgendwelcher Reihenhäuser am Stadtrand verstauben würden.

»Es tut gut, über so was zu reden, weißt du.«

»Kann ich mir nicht vorstellen«, antwortete Simon.

Sie seufzte. »Doch. Manchmal helfen einem Worte, die man ausspricht, eine Entscheidung zu treffen.«

»Was denn für eine Entscheidung?«, fragte er. Aber sie antwortete nicht.

13. Kapitel

Merle schlug die Autotür hinter sich zu und lief über die Straße. Ihre Hände zitterten, als sie bei David klingelte. Sie eilte die Stufen zu seiner Wohnung hinauf.

Er stand in T-Shirt und Boxershorts in der Tür und strahlte sie an. Er sah süß aus, frisch aus dem Bett.

»Na, das ist aber eine Überraschung«, sagte er. »So gefällt mir das. Spontane Besuche vor der Arbeit.«

»Ja … Nein«, sagte sie und blieb draußen im Flur stehen.

»Komm rein.«

Sie zögerte, aber dann sah sie ein, dass sie nicht hier draußen sagen konnte, was sie zu sagen hatte. Also folgte sie ihm in die Wohnung.

»Willst du einen Kaffee? Toast?«

Sie schüttelte den Kopf und stand jetzt unschlüssig in dem kleinen Wohnungsflur.

Er küsste sie. »Alles in Ordnung?«

»Ich hab nicht geschlafen, aber das ist jetzt auch egal.«

Er legte die Hände auf ihre Taille. »Oder hattest du was anderes vor …?«

Sie wich zurück und stieß mit dem Rücken an die Tür. Sie schob ihn weg. »Sex? Nein.«

Jetzt wurde auch David blass. Er zog seine Hände zurück und schien nicht mehr zu wissen, wohin damit. Sie baumelten verloren an ihm herunter. Er schien zu spüren, was in der Luft lag.

»Ich bin nicht spontan. Ich war es nie, und ich werde es nie sein, David.« Sie lächelte traurig. »Ich hab nicht mit Fridolin geschlafen, weil ich Thrill abseits von Plänen und kalendarischer Ordnung wollte. Das war kein Aufbegehren gegen unsere womöglich spießige Zukunft. Es war …«

Sie verstummte. Sie fuhr sich nervös mit der Hand durch die Haare. Ihr Inneres war leer und erschöpft. All die Gedanken der letzten Tage, die Fragen und das Wachliegen hatten an ihr gezehrt.

David schwieg. Er sah sie nur an. Was sollte er auch sagen? Es war an ihr, die richtigen Worte zu finden.

»Ich kann immer noch nicht glauben, dass du mir verzeihen willst.«

»Ich liebe dich«, brachte er hervor.

»Ja, David, aber ich weiß nicht, ob du mir je verzeihen *kannst.* Wirst du dich nicht immer an mir rächen wollen? Oder wenigstens irgendwie dafür sorgen, dass wir quitt sind?«

»Vielleicht … Ist das nicht verständlich?«

Sie nickte. »Sehr verständlich. Das ist auch nicht der Grund, weshalb ich da bin. Ich will, dass du ehrlich zu *dir* bist. So ehrlich, wie ich zu mir sein muss.« Sie atmete tief durch und suchte seinen Blick. »Ich hätte nicht mit Fridolin …«

»Sag das doch nicht immer«, unterbrach er sie. »Macht es dir Spaß, das Bild von euch beiden immer wieder in meinen Kopf zu pflanzen?«

»Nein. Entschuldigung.« Merle räusperte sich. »Das alles wär jedenfalls nicht passiert, wenn du und ich … wenn das noch wäre, was ich will.«

»Was willst du damit sagen?«

»Ich mache Schluss, David. Du brauchst jemand anderen, jemanden für Swingerclubs und getrennte Wohnungen. Und ich brauche Zeit für mich. Ich war nicht mehr glücklich mit dir. Ich will ein anderes Leben als du.« Sie presste die Lippen aufeinander, er sagte nichts, und die Stille wurde unerträglich.

»Es ist vorbei, David«, brachte sie leise hervor und dann noch einmal: »Ich mache Schluss.«

Er senkte den Blick, seine Augen glitzerten verdächtig. Sie ging auf ihn zu und wollte ihn ein letztes Mal umarmen, aber diesmal wich er aus.

»Geh«, sagte er. »Bitte geh einfach.«

»Aber … Es fällt mir auch nicht leicht.«

Jetzt hob er den Kopf und sah sie an. In seiner Miene war nur noch beißender Spott zu lesen. »Du Arme.«

Er drehte sich um, ging in die Küche und gab sich sehr geschäftig an seiner Kaffeemaschine. Er leerte das Sieb und klopfte den Siebträger mehrfach laut auf den Mülleimer.

Sie ging einen Schritt in seine Richtung. »Es tut mir leid.«

Er hieb weiter auf den Mülleimer ein und ignorierte sie. Merle nickte und legte eine Hand auf die Klinke. Es tat ihr weh, ihn so zu sehen, aber sie war nicht mehr diejenige, die ihn trösten konnte.

Ich bin nicht, was du willst, dachte sie, aber sie sagte

es nicht. Denn das war vermessen. Wirklich wissen konnte sie nur, dass er nicht mehr das war, was sie wollte. Und dieser Satz hätte ihm wehgetan.

Sie verließ Davids Wohnung so leise sie konnte. Langsam ging sie die Treppe hinunter. Nach zwei Stufen schluchzte sie auf. Sie sank auf die Treppe und hielt sich an den Streben des Geländers fest. Tränen liefen ihr über die Wangen.

Drei Jahre Beziehung: vorbei. Der Traum von einer gemeinsamen Zukunft, von Kindern: vorbei. David stand ein paar Meter hinter ihr, zwischen ihnen kaum mehr als eine Wand, und litt Höllenqualen. Wegen ihr.

Merle schluchzte. Sie suchte nach Taschentüchern in ihrer Handtasche und putzte sich die Nase. Dann zog sie sich hoch und ging langsam nach unten. Auf der Straße angelte sie ihr Handy aus der Tasche und rief in der Schule an. Sie meldete sich krank.

Sie ließ das Handy zurück in ihre Handtasche gleiten, stieg ins Auto und fuhr durch die Gegend. Irgendwann stieg sie aus und lief durch die Gegend.

Sie wusste nicht, wie lange sie gelaufen oder wie viel Uhr es war, als es zum ersten Mal besser wurde. Es war einfach da, ein neues Gefühl. Es war noch zart, aber Merle erkannte es: Es war Erleichterung.

***

Simon öffnete die Augen. Es war finster. Er blinzelte und erkannte verschwommen seinen Wecker. Gleich acht, er musste aufstehen. Natürlich. Wenn er mal nachts aufwachte, dann nicht um drei oder vier, wo man noch Stunden süßen Schlafs vor sich hatte.

Selbstredend wachte Simon immer so kurz vorm Weckerklingeln auf, dass sich Weiterschlafen nicht lohnte. Weil der Wecker ihn hasste. Und da konnte Merle ihm erzählen, was sie wollte, solche Probleme konnte kein Therapeut der Welt lösen.

Er setzte sich auf. Es war immer noch dunkel, er tapste zum Fenster und zog seine Vorhänge beiseite. Die Dunkelheit blieb. Er erschrak und wich zurück.

Wo war die Sonne? Es war doch Sommer, sie müsste längst aufgegangen sein. Simon stützte sich am Schreibtisch ab und nickte. Jetzt war es so weit, jetzt war seine innere Finsternis nach außen gedrungen. Er saß in psychosomatischer Dunkelheit fest. Merle hatte recht gehabt, er hätte längst eine Therapie machen sollen. Vor Jahren schon. Sein Pessimismus war zu viel für eine einzige Seele. Ein Herz allein konnte so viele schlechte Erwartungen gar nicht bewältigen.

Langsam ging er einen Schritt auf das schwarze Fenster zu und hob die Hand. Er legte seine Finger an das Glas. Und dann sah er Licht. Durch kleine Risse und Löcher fiel Tageslicht auf das Fenster.

Simon begriff und lachte über sich selbst. Aber nur kurz. Dann wandte er sich um, stürmte aus seinem Zimmer und eilte in die Küche. Er trat auf den Balkon hinaus und sah das ganze Unglück. Um ihn herum wurde ein Gerüst aufgebaut.

Teilweise hing schwarzgraue Folie davor, teilweise flatterte sie dahinter, zwischen der Hauswand und dem

Gerüst. So war es vor Simons Zimmer. Er sah sich fassungslos um. Kein Zimmer ihrer Wohnung, das zur Straße rausging, hatte noch Licht. Simons nicht, Tinias nicht, Doses nicht. Sie waren von der Sonne abgeschnitten.

Simon machte sich Kaffee. Hatte er das nicht kommen sehen? Gut, vielleicht nicht genau das, aber in etwa so was, und man konnte ihm nicht vorwerfen, dass er sie nicht alle gewarnt hatte. Jawohl. Er stellte die Milch zurück in den Kühlschrank und knallte die Tür zu. Hier wurden in letzter Zeit öfter Türen geknallt. Sie waren eine sehr leidenschaftliche WG geworden durch den ganzen Scheiß.

Ein spitzer Schrei unterbrach seine selbstgerechten Gedanken. Er stellte die Tasse weg und sah in den Flur. »Tinia?«

Es polterte aus ihrem Zimmer. Simon eilte über den Flur und riss die Tür auf. Im matten Licht, das aus dem Flur ins Zimmer fiel, sah er seine Mitbewohnerin. Er schaltete das Deckenlicht ein.

Tinia lag auf dem Boden, neben ihr ein umgefallener Hocker. Sie trug einen glitzernden Minirock und ein Crop-Top und starrte ihn an. »Ich bin gestolpert.«

»Was du nicht sagst.«

»Ich konnte nichts sehen«, flüsterte sie mit aufgerissenen Augen.

Er verschränkte die Arme vor der Brust, lehnte sich an den Türrahmen und sah auf sie herab. »Hat dir dein Zauberpulver nicht die Augen geöffnet?«

»Hä?«

Er schüttelte den Kopf, drehte sich um und wollte die

Tür hinter sich wieder schließen, als sie erneut aufschrie: »Nein, nicht, es ist so dunkel, wenn ich allein bin.«

Er runzelte die Stirn und sah sie an. Sie hatte wirklich Angst.

»Es ist Morgen«, sagte sie hektisch und sprang auf. »Ich weiß, dass Morgen ist. Ich fühle das. Ich habe eine gute Intuition.« Sie beugte sich in seine Richtung und flüsterte: »Die Sonne ist weg.«

Er kam in den Raum. »Tinia, beruhig dich.«

»Die Welt ist kaputt«, sagte sie keuchend und gestikulierte wild. »Über Nacht ist was kaputtgegangen, das schwör ich dir in die Hand.«

»Tinia!« Er fing ihre Hände ein und sah ihr in die Augen. »Die Sonne ist nicht kaputt. Kannst du mir einen Gefallen tun und drei Mal tief durchatmen?«

Sie sah ihn mit großen, flackernden Augen an. Er konnte sie gar nicht hassen in diesem Augenblick, denn sie war gestern feiern gewesen und nicht sie selbst.

»Tinia? Komm, wir machen es zusammen.« Er öffnete den Mund und sog Luft in seine Lungen. Sein Brustkorb weitete sich, er sah sie erwartungsvoll an. Sie schaute nur zurück. Er atmete aus und rüttelte an ihren Schultern. »Komm, du kannst das. Tief einatmen. Auf drei, ja? Eins, zwei, drei.«

Er öffnete wieder den Mund, sie sah ihn an, dann tat sie es ihm nach. Sie atmeten tief ein.

Simon nickte. »Gut. Und jetzt aus. So.« Langsam pustete er Luft aus.

Tinia atmete ebenfalls aus.

»Toll machst du das. Noch mal.«

Sie atmeten, und Simon spürte an ihren Schultern, dass sie ruhiger wurde. Er nahm ihre Hand. »Komm, ich zeig dir was.«

Er zog sie über den Flur zu Merles Zimmer. Sie war in der Schule, also öffnete er die Tür und ging einfach rein. Sonnenlicht durchflutete den Raum.

Tinia ließ Simons Hand los und lief zum Fenster. Sie schaute hinaus und strahlte. »Da bist du ja.«

Simon stellte sich neben sie. »Ja, die Sonne ist nicht kaputt.«

»Ich glaub, ich hab zu viel gekokst.«

Er sah sie von der Seite an. »Das ist das erste Vernünftige, was ich seit Wochen von dir höre. Komm, ich zeig dir noch was.«

Sie folgte ihm in die Küche und auf den Balkon.

Ihr Blick wurde klarer, als sie draußen stand und alles mit eigenen Augen sah. »Die haben uns zugebaut? Mit einem Gerüst?«

Er nickte. »Die Fassade wird neu gemacht.«

»Heute? Mit einer Plane? Warum wussten wir davon nichts?«

»In dem Schreiben stand nur was von Gerüst«, erinnerte sich Simon. »Oder?«

»Diese scheiß Hausverwaltung …«

»Geht's dir besser? Willst du vielleicht ein Wasser?«

Sie nickte, folgte ihm zurück in die Küche und ließ sich auf die Bank plumpsen. Simon füllte ihr Glas mit Wasser.

»Danke.«

Er nickte und setzte sich mit seinem Kaffee zu ihr.

»Für alles«, sagte sie. Und dann schwiegen sie beide. Und es war ein bisschen wie früher vor der Sache mit Elias. Tinia schien das auch zu denken, denn sie lächelte ihn über ihr Glas hinweg an. Sie prosteten sich zu und lachten.

Die Küche war dunkel. Die Deckenlampe hing von der Decke und erleuchtete die zusammengewürfelten Möbel, die Oberschränke, die nicht zu den Unterschränken passten, und das Ikearegal, in dem sie ihre Vorräte aufbewahrten.

»Ich dachte, ich werde wahnsinnig«, sagte Tinia. »Ich dachte, es liegt an mir.«

»Ich dachte das auch kurz«, gab Simon zu.

»Ich dachte echt, die Drogen haben mich verrückt gemacht.«

Er runzelte die Stirn. »Na ja …«

Sie verdrehte die Augen. »Du bist so spießig.«

»Im Ernst? Ich rette dich aus der Dunkelheit und beruhige dich, und du kannst nicht anders, als mich zu beleidigen?«

»Du kannst ja offensichtlich auch nicht anders, als mich zu verurteilen«, gab sie zurück.

»Die Drogen sind scheiße. Wir sagen das doch nur, weil wir uns Sorgen machen.«

»Worum sorgt ihr euch? Darum, dass ich ein besseres Leben hab als ihr? Mehr Spaß als ihr?«

Simon stand auf und stellte seine Kaffeetasse in die Spüle. Er verließ die Küche, ohne sich noch einmal umzudrehen. »Du kannst mich mal.«

»Du mich auch«, rief sie ihm nach.

Er ging in sein Zimmer. Er war der einzige Vernünftige hier. Er brauchte keine Therapie. Er hatte diese Sonnenfinsternis 1A gemeistert. Inklusive Drogenparanoia von seiner Mitbewohnerin. Jawohl, er war hier ein Fels in der Brandung. Und er sollte in Therapie? Lächerlich.

14. *Kapitel*

Merle sah sich unsicher im Spiegel an. Ihre grellen Turnschuhe blendeten sie beinahe. Sie hatte sie ewig nicht getragen. Sie hatten Wochen mit den Leggins und dem Sporttop ganz unten im Schrank gelegen. Vielleicht waren es auch schon Monate.

Aber bevor Merle jeden Morgen wach im Bett lag und bereute, was sie David angetan hatte, konnte sie auch joggen gehen. Bewegung ist schließlich gesund.

Wenig später eilte sie die Treppen hinunter. Sie wollte nur raus und vor all ihren Gefühlen davonlaufen. Besonders den Schuldgefühlen. Aber wenn das Leben ein Wettrennen wäre, würden weder Merle noch die schönen Emotionen gewinnen, sondern die Schuldgefühle. Sie waren immer dabei.

Und dann kam ihr im Hauseingang ausgerechnet Philipp entgegen, der in der Nacht mit Fridolin alles gehört hatte und glaubte, jemand anders hätte sich vergnügt.

Sie rang sich ein unverbindliches Lächeln ab. »Na, Dienst gehabt?«

Er schüttelte den Kopf. »Nein, ich war feiern«, sagte er, als wundere er sich selbst darüber. »Bis jetzt. Wie viel Uhr haben wir?«

»Sechs Uhr morgens.«

»Krass. Also, das hab ich schon ewig nicht mehr gemacht.« Er stemmte die Hände in die Hüften. »Bei euch in der WG ist das sicher anders, oder?«

Sie dachte an Tinia und lachte. »Ja, irgendwer macht bei uns immer die Nacht durch.«

Er streckte sich, sein T-Shirt rutschte etwas hoch und gab den Blick auf seinen Bauch frei, auf eine schmale Straße an Haaren, die vom Bachnabel zum Hosenbund führte. Merle riss den Blick los. »War bestimmt ein guter Ausgleich.«

Er ließ die Arme sinken. »Ja, man kommt auf andere Gedanken. Das ist gut. Joggen könnte ich jetzt jedenfalls nicht.« Er zeigte auf ihre Schuhe.

Merle strich sich eine Haarsträhne zurück und steckte sie wieder in den Pferdeschwanz. »Ich war ja diesmal nicht feiern, da geht das. Wo warst du denn?«

»Im Katerklub, kennst du den?«

Sie nickte, weil sie da tatsächlich vor vier Jahren zwei oder drei Mal gewesen war.

»Eigentlich wollten wir ins Saxophon, aber da war eine Neunziger-Party, und dafür bin ich nicht ironisch genug.«

»Nicht ironisch *genug*? Bist du das denn überhaupt?«

»Nein, wohl nicht. Kein bisschen. Kannst du ironisch feiern?«

»Klar«, sagte sie schnell und wusste gar nicht wieso. Sie ging ja nicht tanzen. »Aber im Saxophon war ich ewig nicht.«

»Wo gehst du denn so hin?«

Sie schluckte und suchte fieberhaft nach irgendwas

Coolem, wo sie in den letzten Wochen wenigstens einmal kurz reingeschaut hatte. Spießig wirkte sie oft genug. »Zum Beispiel in die alte Mehlfabrik oder den Flamingo.«

An Letzterem war sie nur vorbeigelaufen, aber sie hatte durchs Fenster ein Foto von der pinken Dekoration gemacht, und das zählte doch sicher auch. »Und das Shakespeare ist auch ganz gut, eigentlich nur eine Bar, aber manchmal gibt es da Livemusik, und dann kann man auch tanzen.« Was Merle noch nie getan hatte, aber wenigstens wusste sie davon.

Sie wollte einfach nicht mehr, dass ein Mann sie für langweilig hielt. Zumindest heute nicht. Je mehr Abstand sie von David hatte, desto mehr verletzte sie, welche Meinung er von ihr gehabt hatte.

»Krass, du kennst dich ja echt aus.«

»Ein bisschen. Hat dir das Feiern geholfen, sie zu vergessen?«

»Meine Ex?«

Merle nickte.

»Ja, ein bisschen.« Philipp sah nachdenklich aus, als fühle er in sich hinein. »Tatsächlich hab ich den ganzen Abend nicht an sie gedacht. Bis jetzt. Und jetzt ist es auch nicht schlimm.« Er lächelte.

»Super.« Sie lächelte auch und öffnete die Haustür. »Schlaf gut.«

»Lauf nicht zu schnell.«

»Wieso?«

»Du siehst ein bisschen erschöpft aus. Überanstreng dich nicht, ja?« Er tippte sich an die Stirn, als trüge er einen Hut, drehte sich um und eilte nach oben.

Merle seufzte, trat hinaus auf den Bürgersteig und lief los. Sie hatte ihre spießige Seite erfolgreich verstecken können, aber nicht die Trennung und die schlaflosen Nächte.

Na gut, man konnte eben nicht alles haben.

***

»Vielleicht willst du ja hier warten«, sagte Tinia und sah Dose an.

Er schüttelte den Kopf. »Mein Name steht im Mietvertrag, ich lass dich nicht meine Kämpfe austragen.«

Sie räusperte sich. »Also, manche großen Regierungschefs machen das. Sie schicken dann Verhandlungsexperten und Diplomaten und so. Das ist eine alte und wohlgepflegte Tradition in vielen Kulturen.«

Er sah an ihr vorbei auf die Tür, hinter der die Hausverwaltung saß, und schüttelte den Kopf. »Ich komme mit.«

»Dose, ich weiß ehrlich gesagt gar nicht, ob die dich da reinlassen.«

»Pah! Noch hab ich kein Hausverbot bekommen.«

»Und das ist doch gut. Wenn du jetzt ein bisschen Gras über die Sache wachsen lässt, dann bekommst du vielleicht gar keins mehr. Oder wenigstens keine Anzeige. Ich denke nun mal, dass es gut wäre, wenn du nicht noch mehr Pferde aufscheuchst.«

»Pferde? Jetzt hör aber auf.« Er schob sie zur Seite und öffnete die Tür. Tinia konnte gar nicht so schnell gucken, wie er schon auf dem ersten Treppenabsatz war, und eilte ihm nach.

»Dose, bitte sei vernünftig. Es steht doch echt was auf dem Spiel.«

Er machte eine wegwerfende Handbewegung. »Weiß ich doch.«

Sie nahm zwei Stufen auf einmal, um mit Doses langen Schritten mitzuhalten. »Versprich mir, dass du nichts machst, ja?«

»Ich werde niemandem auf den Schreibtisch pinkeln.«

Sie standen vor der Tür der Hausverwaltung, und Tinia sah ihn unglücklich an. Er trug wieder einmal ein T-Shirt voller Löcher. »Mir wär es lieber, wenn du auch nichts sagst. Gar nichts.«

»Aber ich bin sehr gut mit Worten.«

»Ja, klar, total«, sagte sie schnell. »Aber was, wenn wir was anderes probieren? Ich rede, und du stehst furchteinflößend hinter mir. Schweigend …«

»Schweigend?«

»Ja, du hast doch diese enorme, körperliche Präsenz. Ich finde, die sollten wir für uns nutzen.«

Er nickte ernst. »Ja, meine Präsenz ist gewaltig.«

»Und sie wirkt noch besser, wenn du dabei nichts sagst.«

»Gute Argumente, Glitzerfurz.« Er hob die Hand, damit sie einschlagen konnte. »Gute Strategie.«

Sie gab ihm High Five und öffnete die Tür. Die Brille erstarrte, als sie den Raum betraten.

»Herr Schmitt, Frau …?«

»Baumler«, antwortete Tinia. »Sie haben ein Gerüst vor unser Haus gebaut.«

Die Sekretärin lächelte panisch. »Das … davon weiß ich nichts«, antwortete sie und griff nach dem Telefon. »Ich rufe die Polizei.«

Tinia verschränkte die Arme vor der Brust. »Machen Sie das. Und dann lassen wir uns von denen nach Hause fahren und zeigen ihnen, wie wir leben müssen: ohne Sonnenlicht.« Sie fixierte die Sekretärin. »Von der Plane haben Sie nichts geschrieben. Haben Sie schon einmal ohne Tageslicht gewohnt? Keins in der Küche, keins in ihrem Schlafzimmer, keins im Wohnzimmer?«

Die Brille räusperte sich. »Ich bin über die Details der Sanierungsarbeiten nicht informiert.«

Tinia nickte. »Wir offensichtlich auch nicht. Und deshalb gehen wir gleich weiter zu Herrn Jablonski.«

Sie ließ die Sekretärin an ihrem Telefon stehen und ging von Dose gefolgt den Flur entlang. Auch Jablonski erhob sich blitzartig von seinem Stuhl, als sie eintraten. Er wurde blass.

Tinia ging auf ihn zu und strahlte. Sie reichte ihm die Hand. »Tinia Baumler. Wir hatten letztes Mal nicht so richtig Gelegenheit, uns kennenzulernen.«

Jablonski war von ihrer Freundlichkeit eindeutig überrascht und drückte ihre Hand. Dann sah er finster zu Dose. »Das liegt aber nicht an mir. Sie dürften überhaupt nicht hier sein.«

Tinia setzte sich ihm gegenüber auf den grauen Schwingsessel und gab sich arglos. »Ach, und weshalb?«

»Nicht Sie, er«, sagte Jablonski und setzte sich ebenfalls wieder hin.

Dose baute sich hinter Tinia auf und schaute finster.

Sie konnte ihn und seine Wut in ihrem Rücken nahezu spüren.

»Er hat Hausverbot.«

Tinia legte den Kopf schief. »Nun, das müssen Sie uns aber schon mitteilen, oder? Genau, wie Sie uns ausführlich über Sanierungsvorhaben informieren müssen.«

»Das haben wir.«

Sie schüttelte den Kopf. »Vor unserem Haus steht ein Gerüst samt Plane. Die komplette Seite zur Straße hat kein Licht mehr. Das haben Sie nie angekündigt.«

»Natürlich haben wir das.«

Tinia schüttelte den Kopf und lächelte weiter. »Nein, nur das Gerüst. Und auch das erst für später. Über die scheiß Plane haben wir kein Schreiben bekommen.«

»Vielleicht ist es in der Post verloren gegangen.«

»Oder Sie haben keins geschickt, damit wir uns so sehr ärgern, dass wir ausziehen.«

Sein Blick verfinsterte sich. »Bei uns geht alles mit rechten Dingen zu.«

Tinia rückte auf ihrem Stuhl etwas vor und sah Jablonski tief in die Augen. »Das sagen Sie jetzt einfach so, aber ich muss damit leben, dass ich kein Tageslicht mehr in meinem WG-Zimmer habe. Und auch keins in der Küche.« Sie sah ihn mit großen Augen an. »Meine Welt ist dunkel geworden. Sie haben sie dunkel gemacht.«

Er zerrte an seiner grauen Krawatte. »Aber Frau Baumler, ich habe doch nicht persönlich Ihre Fenster abgehängt, und schon gar nicht, um Ihnen etwas wegzunehmen.«

»Wer dann?«

Er schwieg und suchte nach Worten.

Sie nickte. »Ach so. Und ich dachte, Sie haben hier was zu sagen.«

»Ja, doch. Das hab ich natürlich.«

Sie strahlte wieder. »Gut, das find ich toll.«

Nun rutschte ihm ebenfalls ein Lächeln heraus. »Es tut mir natürlich sehr leid, dass Sie von den Maßnahmen so überrascht wurden.«

»Und mir erst.«

Jetzt lachten sie beide.

»Schön, dass ihr euch so gut versteht«, zischte Dose.

»Schsch«, machte Tinia und langte nach hinten, um seinen Arm zu tätscheln. Sie erwischte seine zur Faust geballte Hand, ließ sich davon nicht abbringen und lächelte ihr Gegenüber weiter an.

»Herr Jablonski, so geht das mit uns nicht weiter. Mit Ihnen und meiner WG, also mir … Das ist doch kein Zustand. Was machen wir denn da?« Sie klimperte mit ihren Wimpern.

Er lehnte sich zurück und gab sich selbstsicher. »Ich sag Ihnen was: Wir kriegen das schon hin.«

»Wenn einer das kann, dann Sie«, versicherte Tinia und glaubte, Doses Zähne hinter sich knirschen zu hören.

Er lachte gönnerhaft. »Ich kann nur mein Bestes versuchen. Lassen Sie mich kurz Ihr Projekt überprüfen …« Er klickte mit der Maus herum und sah auf den Bildschirm. »Und das Budget …«

»Budget …«, knurrte Dose hinter Tinia, und sie drehte sich sorgenvoll um. Aus seinen Augen schienen Funken zu sprühen. Sie kniete sich verkehrt herum auf den

Schwingsessel, nahm Doses Gesicht in ihre Hände und sah ihn beschwörend an.

»Reiß dich zusammen«, zischte sie.

»Frau Baumler, das ist doch alles gar kein Problem«, sagte Jablonski jetzt.

Tinia drehte sich wieder um, rutschte auf die Sitzfläche zurück und strahlte ihn an. »Sehen Sie, ich wusste, wenn ich erst mit dem richtigen Menschen hier spreche, dann kommen wir auf einen grünen Zweig.«

Er drehte sich zu ihr, legte die Unterarme auf den Schreibtisch und verschränkte die Finger ineinander. Sein Blick war verheißungsvoll. »Unser Investor legt großen Wert auf einen reibungslosen Übergang.«

Dose schnaubte. Tinia schlug hinter sich, ohne ihn anzusehen, und lächelte nach vorn.

Jablonski fuhr fort: »Und selbstverständlich stellen wir Ihnen und Ihrer ganzen WG während des Umbaus Hotelzimmer zur Verfügung.«

»Wirklich?« Zum ersten Mal war Tinias Strahlen an diesem Nachmittag echt.

»Wir sind keine Unmenschen, Frau Baumler.«

»Natürlich nicht. Wir ziehen gern in ein Hotel um, damit Sie mehr Zeit zum Renovieren haben.«

»Und Sie bekommen natürlich noch einmal alle Unterlagen zugeschickt«, versicherte er. »Das muss irgendwo untergegangen sein. Sie bekommen einen Zeitplan und die genaue Herleitung der Modernisierungsumlage.«

»Der was?«, fragte Tinia.

»Ach, da geht es um ein paar Euro, die es dann nach der Sanierung mehr kosten wird. Wir haben die zukünftige Mieterhöhung noch einmal genauer kalkuliert. Es ist dann auch transparenter für Sie.«

»Transparenter? Und teurer, oder? Ein paar Euro?«

»Pro Quadratmeter«, sagte Jablonski schnell. »Aber das steht dann alles ganz genau in dem Schreiben. Ich hab hier erst mal eine Liste mit Hotels, die ...«

Weiter kam er nicht, Dose stürmte an Tinia vorbei und brüllte: »Am Arsch, Jablonski! Drauf geschissen!«

Jablonski blinzelte irritiert und wich in seinem Sessel zurück, während Dose über den Schreibtisch zu klettern schien und Gift und Galle spuckte. An seiner Schläfe traten blaue Zornesadern hervor und ließen ihn noch blasser wirken. Seine Faust donnerte auf die Tastatur. Sie brach durch. Kleine Splitter flogen durch die Luft, und Tinia starrte das zertrümmerte Plastik fassungslos an.

»Wir wollen kein Hotel! Wir gehen in kein Hotel!«, machte Dose schreiend deutlich.

Tinia riss den Blick von der kaputten Tastatur los und fasste ihn beruhigend am Arm. »Doch, natürlich. Dose ...«

»Lass mich.« Er schüttelte sie ab, griff nach der Liste, die Jablonski hochhielt, und riss sie in der Mitte durch. »Damit können Sie sich den Arsch abwischen! Wir sind keine verwöhnten Konsumbonzen, wir brauchen kein Hotel. Wir brauchen bezahlbaren Wohnraum!«

Er riss die zwei Hälften noch einmal durch. »Sie wollen uns doch nur raushaben, damit wir nie wieder einziehen. Ihre scheiß ›Modernisierungsumlage‹ will ich gar nicht sehen, Sie falscher Schleimpilz.« Er riss weiter, Wort für Wort: »Nicht! Mit! Uns!«

Jablonski stand nun auch auf, seine Miene war finster.

Das Lächeln und das Joviale, an dem Tinia so hart gearbeitet hatte, waren verschwunden.

»Sie müssen in kein Hotel, Herr Schmitt. Um genau zu sein, ist das Angebot jetzt auch vom Tisch. Sie müssen ausharren.« Er grinste. »Oder ausziehen.«

»Herr Jablonski, er meint das nicht so, er ...«

»Doch«, ging Jablonski finster dazwischen. »Das tut er, Frau Baumler. Und Sie sollten sich einen neuen Mitbewohner suchen. Es ist zu Ihrem Besten.«

»Tinia ist sehr glücklich mit mir. Die ganze WG ist es. Wir brauchen kein Hotel«, sagte er wieder.

»Sie kriegen auch keins.«

»Gut«, sagte Dose finster und warf die Papierfetzen in die Luft. »Konfetti.«

Tinia starrte auf die fliegenden Schnipsel, dann wurde sie am Arm gepackt und aus dem Zimmer gezogen.

***

»Und du hast sie in den Arm genommen und getröstet?«, fragte Merle überrascht.

Simon nickte. »Tinia war völlig fertig. Sie kam gar nicht klar. Sie hat mich gebraucht.«

Merle nickte fröhlich. »Natürlich hat sie das, Simon. Und du brauchst sie auch.«

»Was?« Er schmierte sich Frischkäse auf die Scheibe Vollkornbrot und biss ab. Um sie herum flackerten Kerzen und tauchten die finstere Küche in angenehmes Licht. Die Parkbank und der Tisch warfen Schatten auf die Holzdielen am Boden.

»Ich brauch Tinia nicht«, widersprach Simon Merle kauend.

Sie seufzte und schnitt eine Tomate in Scheiben. »Doch, ihr wart doch mal so was wie beste Freunde. Tinia ist ausgelassen und nimmt alles locker. Sie ist deine fröhliche Seite.«

Simon schluckte und schüttelte den Kopf. »*Du* bist meine fröhliche Seite.«

»Nein, Simon. Ich bin deine erwachsene Seite. Ich bin die Vernunft von allen hier.«

»Vernunft?«

»Wenn du vernünftig wärst, hättest du den Therapeuten angerufen. Hast du das getan?«

»Du hast mit dem kleinen Hipster geschlafen und Davids Herz gebrochen. So ein schönes Herz …«

»Du meinst nicht sein Herz, du oberflächlicher Fatzke. Du findest ihn einfach heiß.« Sie grinste und belegte ihr Käsebrot mit Tomatenscheiben.

»Ich finde Menschen immer innen und außen schön, Merle. Ich bin nicht oberflächlich. Wenn ich jemanden gut aussehend finde, dann ist er auch ein guter Mensch.«

»So wie Elias? Der euch beide innerhalb kürzester Zeit vernascht und fallen gelassen hat? Ja, ich bin sicher, er ist ein sehr guter Mensch.«

Simon runzelte verärgert die Stirn, beugte sich vor und zeigte mit dem Buttermesser auf sie. »Wenn du den ständig wieder aufs Tableau bringst, dann vergesse ich ihn nie. Und du wunderst dich, dass ich Tinia nicht verzeihen kann? Wo du doch selbst immer wieder Salz in diese Wunde streust.«

Merle schluckte ihren Bissen Käsebrot hinunter. »Aber Tinia und du seid euch doch wieder grün. Ich mein, du hast doch gerade gesagt, dass du sie getröstet hast.«

»Ja. Das war ein Ausnahmezustand. Ich bin ja kein Unmensch. Aber das ändert im Grunde gar nichts. Die Welt ist schlecht, Merle. Die Menschen erst recht. Und Tinia auch.«

Merle seufzte und goss ihnen Eistee nach. »Dazu sag ich jetzt einfach nichts mehr. Nie wieder.«

»Ich wär dir sehr dankbar.«

»Außer du rufst den Therapeuten nicht an. Solltest du das nämlich nicht tun, werde ich dir ständig mit Tinia und Elias auf die Nerven gehen.«

Simon sah sie grimmig an.

»Und wusstest du, dass eine Therapie helfen kann, gar nicht erst in so Eliassituationen zu kommen?«, fragte sie.

Draußen flog die Tür auf und knallte gegen die Wand. Es schepperte, die Kerzen flackerten im Zugwind, eine erlosch.

»Man könnte meinen, wir wollen diese Wohnung hier selbst in Schutt und Asche legen«, murmelte Merle und griff nach dem Feuerzeug.

»Oder Tinia ist einfach ein Trampel«, sagte Simon und sah in den Flur, wo hinter der Wohnungstür Putz von der Wand bröckelte.

Tinia stürmte mit geballten Fäusten in die Küche. »Wir hätten Hotelzimmer haben können«, schnaubte sie. »Ich hatte den Jablonski so weit, dass er uns allen ein

Zimmer bezahlt. Aber dann hat euer Lieblingsrevoluzzer alles zunichtegemacht. Schon wieder! Aaaahrgh!«

Ihr Kopf war puterrot. Merle zündete die Kerze noch mal an.

Dose stand hinter ihr und hob den Zeigefinger wie ein Oberlehrer. »Wir haben es ihm gezeigt. Wir lassen uns nicht kaufen. Uns kann man nicht mit einem glänzenden Hotelzimmerschlüssel blenden.«

»Mich schon.« Tinia fuhr herum. »Ich hätte das Zimmer gern gehabt. Mit Badewanne und Zimmerservice. Täglich kommt jemand und räumt auf.«

»Du glaubst doch nicht im Ernst, dass du ein Zimmer mit Badewanne bekommen hättest, Glitzerfurz. Höchstens Motel One.«

»Ich mag Motel One!«, brüllte sie ihn an. »Da ist es sehr hübsch.«

»Aber klein«, gab Simon zu bedenken.

Dose zeigte dankbar und triumphierend auf ihn. »Simon ist meiner Meinung.«

»Das hab ich so nicht gesagt …«

»Das ist mir auch egal«, rief Tinia. »Ich nehm dich nie wieder irgendwohin mit, Dose. Du kannst keinen einzigen Satz ohne Arsch oder Scheiße sagen.«

»Wenigstens hat er Jablonski nicht auf den Schreibtisch gekackt«, sagte Merle, dann sah sie Dose ernst an. »Das hast du doch nicht, oder?«

»Nein, natürlich nicht.«

»Ich geh ins Bett«, sagte Tinia und quetschte sich an ihm vorbei.

Dose funkelte die beiden am Tisch fröhlich an. »Ich

bin zurück, Freunde. Der Kämpfer ist wieder da. Der Konsum, die Korruption und der Kapitalismus können sich warm anziehen.«

»Ah«, machte Merle und hob die Karaffe an. »Eistee?«

»Ja, gern«, sagte Dose und setzte sich zu ihnen.

Sie betrachtete sein schwarzes T-Shirt mit den Löchern. Dose hatte sich also nicht »warm angezogen«. Merle hätte nicht gedacht, dass das alte Shirt einmal das kleinste Problem sein würde, wenn Dose irgendwelche Termine wahrnahm.

15. Kapitel

Das Telefon klingelte, kaum dass Merle durch die Tür gekommen war. Sie stellte die Einkaufstüten ächzend ab und versuchte, ihre Hand aus dem verdrehten Tütenhenkel zu befreien. Mit einem Ruck kam sie los und griff nach dem Festnetztelefon direkt neben der offenen Küchentür, hinter der die Dunkelheit klaffte.

»Hallo«, meldete sie sich.

»Hallo, Merle.«

»Dose, was gibt's? Wo bist du?«, fragte sie und drehte sich verwundert zu seinem Zimmer. Doses Schicht im Roten Piraten begann erst um 20 Uhr. Tagsüber war er eigentlich immer zu Hause.

»Ich bin in Lingen«, antwortete er.

»Wo?«

»In Niedersachsen. Ich hab doch gesagt, dass ich zurück bin.«

»Hä?«

»Dass der Kämpfer in mir zurück ist, Merle«, sagte er genervt. »Ihr habt recht gehabt. Ich bin eingerostet. Eingeschlafen. Früher hab ich noch wirklich gekämpft. Da war ich ja jedes Wochenende an einer anderen Front, hab demonstriert und hab's den Bullen gezeigt.«

»Du kämpfst gegen Bullen?«

»Nein. Ich kette mich ans Gleis. Wegen des Atomtransports.«

»Ach so.« Dann wurde ihr bewusst, was er gesagt hatte. »Was?«

»Merle, wir können nicht stillschweigend zusehen, wie die Politik uns zum Spielball von Lobbyisten macht. Deshalb hab ich mich vor ein paar Wochen ein paar Kollegen aus dem Piraten angeschlossen. Sie haben die Demo hier organisiert.«

»Ja, klar. Ich unterstütze, was du tust. Klar. Aber das wird doch friedlich bleiben, oder?«

»Merle«, brachte er enttäuscht hervor. »Ich bin Pazifist.«

»Okay, gut.«

»Ich wollte nur nachhören, ob das Schreiben von der Hausverwaltung endlich da ist.«

»Ja, hast du die SMS von Tinia nicht bekommen?«

»Hab mein Handy vergessen.«

Sie seufzte. »War ja klar. Also, das Schreiben ist da. Sie wollen eine … wie haben die das noch mal genannt?« Sie holte ihr Handy aus der Handtasche und suchte die Nachricht. »Modernisierungsumlage von 5,40 €.«

»Was? So viel?«

»Ja, Sackgesichter.«

»Das sind über 700 Euro mehr Kaltmiete im Monat.«

»Das hast du so schnell ausgerechnet?«

Er lachte freudlos. »Fünfundzwanzig Jahre kellnern, Merle. Fünfundzwanzig Jahre Kopfrechnen. Also, was machen wir dagegen?«

»Ich weiß nicht …«

»Sitzt ihr schon zusammen?«

Merle sah sich in der leeren Wohnung um. »Äh …«

»Habt ihr erste Ideen? Was sagt Tinia? Sie mag gegen meine Methoden sein, aber sie ist doch immer sehr kreativ. Ich respektiere das.«

Merle dreht sich um. »Ich weiß gar nicht, ob sie da ist? Simon ist auch noch auf der Arbeit.«

»Kann man euch denn gar nicht allein lassen?«, fragte Dose empört.

»Wenigstens hat bis jetzt keiner woanders hingepinkelt als ins Klo.«

»Drastische Maßnahmen erfordern drastische Gegenmaßnahmen.«

»Mhm … Nur dass wir eine andere Definition davon haben, was eine angemessene Maßnahme ist, Dose.«

Er seufzte schwer. »So kann das nicht weitergehen, Merle. Wir können nicht immer nur warten und schüchterne Briefchen schicken.«

»Nicht?«, fragte sie spöttisch. »Was du nicht sagst.«

»Ich hab ja wohl das Recht, meine Meinung zu ändern, oder?«

»Ja, ja. Wann bist du denn zurück?«

»Am Wochenende. Aber ich hab hier mit jemandem gesprochen, der jemanden bei uns kennt, der pro bono Mietrechtsfälle annimmt. Ein Anwalt. Ich werde ihn vorbeischicken«, sagte er jovial. Als hätte er Macht. Seine Stimme klang wie die eines Fabrikpräsidenten von 1962.

Merle lachte. »Sehr wohl. Soll ich derweil Ihren Anzug in die Reinigung bringen und Ihrer Frau Blumen schicken? Oder doch lieber Alkohol?«

»Was?«

»Nichts.«

»Merle, das ist eine ernste Sache.«

»Ja, hast ja recht. Gut, dass du dich umgehört hast. Schick deinen Freund vorbei.«

Sie legten auf, und Merle nahm ihre Einkäufe. Sie wollte in die Küche gehen und riss dabei das Festnetztelefon vom Tischchen. Ohne es zu merken hatte sie sich in die Schnur eingedreht, die den Hörer mit dem Telefon verband.

Sie stellte die Tüten erneut ab, stieg aus dem Kabel und stolperte dabei über die Einkäufe.

»Verdammtes Telefon, verdammte Dunkelheit«, seufzte sie.

***

Merle öffnete die Waschmaschine und verdrehte die Augen. Sie war voll mit nasser Wäsche. Merle stellte den Korb ab, den sie einhändig an ihren Körper drückte, und sah sich nach dem zweiten um. Er stand nicht an seinem Platz.

Kurz überlegte sie, ob sie in Tinias Zimmer gehen sollte, um ihn zu suchen, aber dann ließ sie es. Dort war es stockfinster. Und wenn sie Licht anmachte, dann würde sie bloß Chaos sehen und wahrscheinlich keinen Wäschekorb. Selbst wenn er in diesem Raum war, würde Merle ihn nicht finden.

Sie schüttete ihre dreckige Wäsche auf den Boden und zog Tinias nasse Wäsche aus der Maschine in den Korb. Sie holte ein glitzerndes Nichts nach dem anderen hervor. Dann einen Minirock, dann Shorts. Wenn man das so sah, könnte man meinen, Tinia täte nichts anderes als feiern.

Stimmt ja auch, dachte Merle bei sich. Tinia war ständig bis spät in die Nacht unterwegs. Sie war gern bunt und aufgebrezelt, und bestimmt funkelte sie auf der Tanzfläche wie tausend hübsche Strasssteine.

Merle stopfte ihre eigenen Sachen in die Maschine. Blusen, T-Shirts, langärmelige T-Shirts, pastellfarbene Röcke, alle knielang … Sie kam sich vor wie eine Nonne. Besaß sie denn gar nichts Aufregendes? Und wenn sie es hätte, würde sie es tragen?

Das Telefon klingelte, bevor sie eine Antwort auf die Fragen hatte. Sie stand auf, ihre Knie knackten.

»Unfassbar, wie alt ich bin«, murmelte sie und ging in den Flur. Das Telefon klingelte ungeduldig. »Ja, ja doch«, murmelte sie und nahm ab. »Hallo?«

»Ich habe ein R-Gespräch von Daniel Schmitt für Sie«, sagte eine fremde Stimme in neutralem Tonfall. »Nehmen Sie das Gespräch an?«

»Wie bitte? Ja, ja natürlich.«

»Merle, hier ist Dose«, sagte er. Sie glaubte, ein gewisses Drängen zu hören.

»Der Anwalt war noch nicht da«, erklärte sie, immer noch verwirrt.

»Ja«, sagte er. »Nein, ich weiß, egal. Ich ruf wegen was anderem an, ich …« Er verstummte.

»Was ist denn los?«

»Nichts. Also, das ist im Grunde wirklich eine Lappalie.«

Merle hob eine Augenbraue. »Welcher Art?«

»Der juristischen«, sagte er kleinlaut, dann schnell: »Offensichtlich ist es verboten, sich an ein Bahngleis zu ketten. Per Gesetz. Oder sich der Festnahme zu widersetzen.«

»Was?«, entfuhr es Merle. »Dose. Wo bist du?«

»Im Gefängnis.«

»O Gott. Geht es dir gut?«

»Natürlich, hab schon Schlimmeres durchgemacht. Und überhaupt habe ich auch schon Schlimmeres getan, aber für das hier sitz ich jetzt. Für eine kleine Demonstration. Absolut lächerlich.«

»Dose, verarsch mich nicht.«

»Das liegt mir fern«, sagte er betont aufgeräumt. »Es ist wirklich alles halb so wild. Ich komm auf Kaution raus, der Pflichtverteidiger hier sagt, das wird eine Anzeige nach sich ziehen. Aber es wird mit Sozialstunden erledigt sein. Und ich darf Deutschland vorerst nicht verlassen.«

»Fein«, spottete Merle und schüttelte fassungslos den Kopf. »Wie alt bist du eigentlich?«

»Im Herzen jung.«

Sie verdrehte die Augen. »Und jetzt?«

»Jetzt wär es super, wenn du mich, äh … also … abholen könntest.«

»Wie bitte?«

»Du bist die Einzige, die ich kenne, die ein Auto hat.

Und«, er wurde wieder leiser, »die die Kaution hinterlegen kann, damit ich aus der Untersuchungshaft rauskann.«

»Kaution?!«

»Es ist wirklich keine so große Summe. Also kaum, eigentlich.«

Sie nahm den Telefonhörer von ihrem Ohr und starrte ihn an.

»Du verdienst am besten von allen Menschen, die ich kenne«, hörte sie ihn dumpf aus dem Hörer. »Merle? Bist du noch da?«

Sie atmete tief durch und hielt den Hörer wieder ans Ohr.

»Ja, ich verdiene am besten. Mit einem Kinderquäljob.«

»Ach was.« Er lachte unsicher. »Was du alles Großartiges für die nächste Generation tust … Dafür gibt es gar keine Worte.«

»Ich mache diese Kinder zu Soldaten, die nicht eigenständig denken können. Hat ein Freund mal gesagt.«

»Also, der ist ein Arschloch. Und er nimmt das alles zurück. Du leistest tolle Arbeit. Du verdienst mit Fug und Recht so viel. Du solltest mehr bekommen. Von Steuergeldern.«

Sie seufzte. »Hör auf, mir Honig ums Maul zu schmieren. Ich komm ja schon.«

»Du bist die Beste.«

»Sowieso, Dose.«

»Die Allerbeste.«

Merle legte ohne ein weiteres Wort auf, startete die

Waschmaschine und griff ihre Handtasche vom Boden neben dem Telefontisch. Das hier war ein Irrenhaus. Sie lebte in einem Irrenhaus.

***

Simon öffnete genervt das Bullauge der Waschmaschine und zog seine Wäsche heraus. Den Arm voller nasser Kleidung, stand er ratlos im Bad, dann ließ er sie kurz entschlossen auf den Boden fallen. Er kippte den Wäschekorb, der voll mit Merles gewaschenen Sachen war, in der Badewanne aus, stieg über einen glitzernden Haufen, der eindeutig Tinia gehörte, hinweg und füllte den Korb mit seinen nassen Sachen.

Offensichtlich befand es hier niemand mehr für nötig, seinen Kram aufzuhängen. Von Tinia war die WG nichts anderes gewohnt, aber von Merle?

Er angelte seinen Wohnungsschlüssel vom Schlüsselbrett neben der Wohnungstür. Als er sie öffnete, blätterte Lack von ihrem Rahmen ab. Dumm, dass man das nicht auf den Vermieter schieben konnte. Türen mussten sie selbst lackieren.

Dose hatte mal gesagt, lackierte Türen sähen ihm zu sehr nach Snobs aus. Er wollte diese Wohnung nicht »totsanieren«. Simon seufzte. Vom ganzen Türenschlagen in den letzten Tagen lag ein kleiner Berg Lackreste unten auf dem Boden. Einzelne Stückchen verteilten sich in einem Bogen um die Tür. Ein Halbkreis aus Lackresten, der entstanden war, weil sie die Tür öffneten und den Boden nicht besonders oft putzten.

Vielleicht sollten sie damit mal anfangen. Aber es war schwer, sich zu motivieren, wenn die Kündigung drohte oder gefühlte 8 Euro Mieterhöhung pro Quadratmeter. Putzen oder nicht? Das war doch unter diesen Umständen völlig egal. Putzen war sinnlos.

Simon schleppte seine nasse Wäsche die Treppen hoch. Im fünften Stock war der Dachboden. Er würde ausgebaut werden, mit einer schicken Wohnung samt Terrasse, von der aus man über die Stadt schauen konnte und der ein Gerüst mit Abdeckplane nie etwas würde anhaben können. Noch aber war dort oben nur der Trockenboden.

Tinia nutzte ihn gar nicht, sie war zu faul und trocknete die Wäsche in ihrem Zimmer. Dose auch. Er besaß sowieso nur zwei Hosen und vier T-Shirts. Ein Paar Socken, ein bisschen Unterwäsche. Alles schwarz. Im Herbst trug er eine Lederjacke, im Winter einen Parka, das waren seine Outfitvariationen. Wobei der Parka nicht schwarz, sondern grün war. Der einzige Farbtupfer in Doses Garderobe.

Simon besaß natürlich wesentlich mehr farbige Kleidung, gute Hemden, sorgfältig ausgewählte Chinos, und er würde einen Teufel tun, das alles zwischen seinen ebenso sorgfältig ausgewählten Möbeln zu trocknen. Das würde die Luftfeuchtigkeit erhöhen, und das war schlecht für die Stimmung.

Nicht dass Simon jemals in wirklich guter Stimmung war, aber er unterschied doch zwischen neutral, schlecht und sehr schlecht. Und meistens war neutral am besten, es war anzustreben.

Jetzt musste er aber erst mal die Wäsche aufhängen. Ächzend ging er an den Türen im vierten Stock vorbei. Warum musste dieser verdammte Trockenboden auch so weit oben sein? Warum hatten sie keinen Aufzug?

Wobei, nach der Sanierung vielleicht …?

Er schob den Gedanken beiseite. Nach der Sanierung würden sie allesamt auf der Straße sitzen. Damit war zu rechnen.

Ein seltsamer Geruch stieg Simon in die Nase. Er blieb stehen und runzelte die Stirn. War das Zigarettenrauch? Außerdem meinte er, Alkohol auszumachen, vergorenen Alkohol. Ein Geruch wie eine Altglastonne, einer, der sehr verkaterten Männern aus den Poren kroch.

Während er noch schnupperte, raschelte es plötzlich über ihm, dann ein Husten, dann … war das ein Furz?

Simon sah sich um. Hinter den Wohnungstüren war es still. Er schluckte und betrat den vorletzten Treppenabsatz. Stufe für Stufe ging er nach oben, unter ihm knarrten die Dielen. Der Gestank nahm zu.

Simon verzog das Gesicht und lugte vorsichtig um die letzte Ecke. Er schrie auf und ließ den Wäschekorb auf halber Treppe fallen.

Oben vor der Tür zum Trockenboden lag ein obdachloser Mann mit Vollbart. Seine Beine waren nackt, Simon sah eine schlabbernde Unterhose. Der Mann grinste ihn zahnlos an, hob einen Tetrapack Wein und prostete Simon zu.

»Ich wohn jetzt auch hier«, lallte er.

Simon drehte sich um und rannte die Treppe runter.

»Ey, Kumpel, hast du vielleicht 'ne Kippe für mich?«, rief der Mann ihm nach. Simon rannte schneller, hastete atemlos in die Wohnung und donnerte die Tür hinter sich zu.

16. Kapitel

»Ich schwöre, du hättest jeden von den Polizisten haben können. Und mindestens eine von den Polizistinnen.«

Merle fuhr auf der Treppe herum und funkelte ihn wütend an.

Er lächelte. »Ich sag das nicht nur, damit du mir verzeihst. Sondern, weil du echt eine Wirkung auf Männer hast. Und du solltest das wissen.«

Sie hob drohend den Zeigefinger und beugte sich zu ihm runter. »Kein Wort, bis wir zu Hause sind, hab ich gesagt.«

»Sind wir doch.«

Sie schüttelte den Kopf. »Noch sind wir nicht in der Wohnung.«

»Einer hat mich gefragt, ob du Single bist. Die anderen haben nur geguckt, aber ich kenn so Blicke. Merle, die Polizei liebt dich. Weißt du, was das für ein Pfund ist? In meiner Szene stünden dir alle Türen offen.«

»Seid ihr nicht eh gegen geschlossene Türen? Gegen Grenzen und Mauern?«

Er stemmte die Hände in die Hüften und schüttelte den Kopf. »Du kannst wirklich keine Komplimente annehmen. Wie lange willst du sauer auf mich sein?«

»Für immer.«

»Das hab ich nicht verdient«, protestierte er.

Sie öffnete den Mund, um was zu sagen, schloss ihn dann aber nur wieder und verdrehte die Augen. Sie wandte sich um und ging weiter.

Ihre Glieder waren schwer. Es war spät. Auf der Rückfahrt hatte sie überlegt, Dose an der Raststätte zurückzulassen. Sie hatte ihn aussetzen wollen, so wütend war sie auf ihn. Aber sie wusste, dass sie es nicht konnte. Nicht mal dann, wenn sie nicht diejenige gewesen wäre, die die Kaution hinterlegt hatte.

»Ich weiß wirklich nicht, warum die Männer hier nicht Schlange stehen. Hier vor unserer Tür.«

»Halt einfach die Klappe, Dose.«

Gähnend nahm Merle die letzten Stufen in Angriff, dann blieb sie überrascht stehen. Vor ihrer Tür stand ein Mann. Er war etwas älter als sie, Ende dreißig. Er war blond und sah aus, als ob er seine Ferien an der Nordsee mit Surfen verbrachte. Er schob seine Hornbrille auf der Nase zurecht und lächelte sie an. »Hi.«

Dose lachte. »Siehst du, geht schon los, Merle.«

Sie ignorierte ihren Mitbewohner und wandte sich an den Fremden. »Können wir dir helfen?«

Er schmunzelte. »Eigentlich soll ich euch helfen. Ich bin Max.«

»Der Anwalt«, entfuhr es Dose. Er umarmte Max, der es etwas perplex über sich ergehen ließ.

»Junge«, sagte Dose, »gut, dass du da bist. Wir haben viel zu besprechen. Komm, komm rein.«

Merle hatte kaum die Tür aufgeschlossen, als Dose sie

ihr quasi aus der Hand riss und aufstieß. »Herein in die letzte Bastion gegen die Gentrifizierung.«

Merle sah Max an. »Ist es nicht ein bisschen spät zum Arbeiten?«

Er folgte ihr in den Wohnungsflur. »Ach, ich arbeite immer nachts. Besonders die Pro-bono-Sachen.«

»Wo sind die Unterlagen? Die neuen Schreiben, die wir bekommen haben?«, fragte Dose und sah sich suchend um.

»In der Küche, glaub ich.«

Er verschwand, und Merle stellte ihre Handtasche ab. »Aber es ist nach Mitternacht.« Sie seufzte und unterdrückte ein Gähnen. »Du kannst doch jetzt nicht noch für uns rackern. Und das pro bono.«

»Aber wir können ihn nicht bezahlen«, rief Dose aus der Küche. »Nach der Sache mit der Kaution ist erst recht kein Geld mehr da.«

Max sah sie fragend an.

Merle lächelte schief. »Er war im Gefängnis.«

»Ah.«

In diesem Augenblick durchquerte Dose mit diversen Papieren und Ordnern in der Hand den Flur. »Das war nicht alles. Wo ist der Rest? Bei Tinia? Bestimmt fliegt das wieder in ihrem Chaos rum. Ist sie da?«, fragte er, ohne die beiden anderen anzusehen. Dann beantwortete er seine eigene Frage selbst: »Bestimmt nicht, freitagabends ist sie nie da.«

Er verschwand in Tinias Zimmer.

Merle stemmte die Hände in die Hüften und sah Max erschöpft an. »Ich hoffe, du weißt, was du dir hier antust.«

»Das sehen wir dann ja gleich, wenn Daniel alle Unterlagen zusammenhat.«

»Nenn ihn nicht so«, riet Merle grinsend. »Niemals. Er heißt Dose.«

»Okay. Und wie nenn ich dich?«

»Merle.«

»Schöner Name.«

»Danke.«

Für einen kurzen Augenblick sahen sie sich in die Augen. Max hatte schöne Augen. Groß und blau.

»Was steht ihr denn hier rum?«, unterbrach Dose sie forsch. Beladen mit Unterlagen, zeigte er umständlich, damit nichts runterfiel, auf die Küche. »Können wir dann jetzt?«

Aber bevor er sich auf den Weg zur Küche machen konnte, ging Simons Tür auf. Er tapste verschlafen in den Flur. Mit zerknitterter Hose und faltigem Hemd. Seine Haare standen in alle Richtungen.

»Da seid ihr ja endlich.« Er gähnte. »Ich hab auf euch gewartet, aber dann bin ich eingeschlafen.«

»Simon, das ist Max, der Anwalt, von dem ich dir gestern erzählt hab«, sagte Merle. »Max, das ist Simon.«

»Hi«, sagte Simon und schien erst in diesem Augenblick aufzuwachen. Seine Augen weiteten sich. »Dose, du musst mir helfen.«

»Nein, nicht jetzt. Wir haben Krisensitzung. Ruf den Glitzerfurz an, sie soll nach Hause kommen.«

Aber Simon schien ihn gar nicht gehört zu haben, er eilte um Dose herum, packte ihn an den Oberarmen und sah ihn flehend an. »Doch, es ist wichtig. Mein Wäschekorb ist noch oben, und alles darin ist nass. Es fault bestimmt schon. Oder schimmelt.«

»Wovon redest du?«, fragte Merle.

Dose fixierte ihn. »Vielleicht ist er noch gar nicht wach. Vielleicht schlafwandelt er.«

»Red nicht in der dritten Person mit mir«, beschwerte sich Simon. »Ich bin wach. Ich steh genau genommen noch immer unter Schock. Und der scheiß Jablonski von der scheiß Hausverwaltung hat gesagt, dass er das begrüßt, dass jetzt ein stinkender Penner in unserem Hausflur wohnt. Denn er, also Jablonski, sieht das als Dienst an der Gemeinschaft, wenn wir jemandem Obdach gewähren, der keins hat. Aber der stinkt ganz elendig und hat keine Hose an. Und er raucht, und dann schläft er bestimmt ein und ist eine Gefahr für uns alle. Dann brennt das alles nieder. Das hab ich dem Jablonski auch gesagt, weil dann kann er sich seinen restaurierten Super-Altbau abschminken, dann macht er damit keine Kohle. Aber er wollte nicht die Polizei rufen, und überhaupt seien wir doch gegen die Polizei und links genug, einen Obdachlosen aufzunehmen. Und ich so: Ich doch nicht!«

Merle blinzelte verwirrt und tauschte einen Blick mit Max, der noch weniger verstanden haben musste als sie. Sie ging zu Simon, zog ihn von Dose weg und manövrierte ihn zu dem Sesselchen neben dem Telefontisch.

»Eins nach dem anderen«, sagte sie. »Wolltest du Wäsche aufhängen und hast einen Obdachlosen oben vor dem Dachboden gefunden?«

»Ja, das hab ich doch gesagt«, antwortete er, als sei sie

schwer von Begriff. »Die Haustür ist immer auf, seit das Schloss nicht mehr geht. Und jetzt ist der eingezogen. Wir sollen mehr Miete bezahlen, und er zahlt gar nix, und ich hab nicht mal Sonnenlicht. Und in meiner Wäsche entsteht gerade wahrscheinlich neues Leben.«

»Hol sie doch runter«, schlug Max vor.

Merle seufzte. »Er hat Angst vor Obdachlosen.«

»Herrgott«, sagte Dose, drückte Max die Unterlagen in die Hand und verschwand in den Hausflur.

»Ich geh da nie wieder hoch«, sagte Simon. »Nie wieder.«

»Du beruhigst dich jetzt erst mal.« Merle ging in die Küche, schaltete Licht an und setzte Wasser für Tee auf.

Eine Dreiviertelstunde später war Dose zurück, stellte Simons Wäsche ab und erzählte, dass Herbert wirklich ein ganz netter Kerl sei, quasi unverschuldet in die Obdachlosigkeit gerutscht, kaum Drogen, Alkohol nur in vernünftigen Mengen und dass man ihm das Rauchen nun wirklich nicht verbieten könne, denn das sei die einzige Freude, die er im Leben noch habe, seit der Hund tot sei. Wobei das mit dem Hund wohl auch ein bisschen Herberts eigene Schuld gewesen sei, denn er hätte ihm noch was anderes außer Bier zu fressen geben müssen. Das habe Herbert so nicht gesagt, aber Dose habe an der Stelle mal eins und eins zusammengezählt.

Max wandte sich an Merle. »Jetzt bin ich mir nicht mehr so sicher, ob ich weiß, worauf ich mich einlasse.«

* * *

Merle unterdrückte ein Gähnen. Dose verteilte Kaffee. Normalerweise fand sein säuerlicher Filterkaffee wenig Anklang in der WG. Sie waren sonst alle Milchschaum-Junkies, die die Padmaschine anbeteten. Aber es war sehr spät, und keiner hatte die Kraft, jetzt noch Milch aufzuschäumen. Und der Tee reichte um diese Zeit auch nicht mehr.

Tinia war inzwischen nach Hause gekommen. Es war nicht Simon gewesen, der sie angerufen hatte, sondern Merle. Wenn Simon anrief, nahm sie gar nicht mehr ab. Aber jetzt war sie zurück, wirkte angetrunken, aber wenigstens nicht high. Sie verteilte Milch in die Kaffeetassen.

»Will jemand ein bisschen Likör haben?«

»Likör?« Max sah von den Unterlagen auf, die er immer noch überflog, und hob eine Augenbraue.

Tinia nickte. »Baileys.«

Dose schnaubte. »Nein, danke.«

Merle schob Tinia ihre Tasse hin. »Ich nehm welchen.«

Tinia sprang auf, stellte die Milch in den Kühlschrank und holte den Baileys aus ihrem Regalfach. Jeder außer Dose bekam einen Schuss in seinen Kaffee, auch Max, der seine Tasse nun sehr skeptisch betrachtete.

»Na dann«, sagte Merle und hob ihren Kaffee an. »Auf in den Kampf.«

Sie prosteten einander zu. Max trank und sah überrascht auf die Baileysflasche. »Gar nicht so schlecht.«

»Doch«, widersprach Dose. »Es ist sehr schlecht.«

Max tat so, als hätte er ihn nicht gehört, und breitete die Unterlagen vor sich auf dem Tisch aus. »Also, ihr habt recht, die Mieterhöhung wird saftig werden. Euer Vermieter hat das Recht, elf Prozent der Modernisierungskosten auf die Miete aufzuschlagen, und das wird er tun.«

Merle nickte. »Das ist unterm Strich fast doppelt so viel Miete, wie wir jetzt zahlen.«

»Ja, geplant sind eine neue Fassade, Isolierglasfenster vorne, neue Wasserleitungen und neue Bäder, außerdem Dachgeschossausbau, ein Fahrstuhl wird eingebaut und das Treppenhaus saniert.«

»Aber ich will keinen Fahrstuhl«, sagte Tinia. »Wir wohnen doch nur im zweiten Stock.«

Max lächelte entschuldigend. »Ja, aber das müsst ihr trotzdem mitbezahlen. Ihr müsst nicht den Dachgeschossausbau mittragen oder die Kosten für das Gerüst, aber die der Sanierung, denn das Haus ist danach auch wärmegedämmt und besser zu heizen.« Er blätterte durch den Stapel Briefe, die sie in den letzten Wochen von Jablonski bekommen hatten. »Also, hier ist aufgeführt, dass ihr ein Architektenhonorar bezahlen sollt, weil die Isolierglasfenster von einem Architekten geplant werden. Das ist strittig.«

»Heißt das, das können die uns nicht aufbrummen?«, fragte Dose mit leuchtenden Augen.

»Es heißt, dass man versuchen kann, das vor Gericht abzustreiten. Gerichte haben da unterschiedlich entschieden.«

Merle seufzte. »Also im Klartext: Wenn wir dagegen klagen und Pech haben, bleiben wir auf den Gerichtskosten und der Umlage des Architektenhonorars sitzen.«

»Ist möglich, ja.«

»Aber die haben uns doch komplett verarscht«, begehrte Tinia auf. »Die haben uns über nichts informiert, und plötzlich war hier alles dunkel.«

»Das stimmt, und das ist gut für euch. Ich hab die Daten auf den Briefen verglichen. Die Hausverwaltung ist verpflichtet, euch drei Monate vor Beginn der Umbaumaßnahmen zu informieren. Im Detail und über alles. Das haben sie nicht gemacht. Sie waren eigentlich immer zu spät.«

»Ha!«, triumphierte Dose. »Die können uns gar nichts, das ist alles nicht rechtens.«

Max räusperte sich und sah unglücklich in die Runde. »Nicht ganz. Das heißt nur, dass ihr die Mieterhöhung erst ein paar Monate später zahlen müsst. Wenn die Hausverwaltung ihre Maßnahmen nicht zeitig ankündigt, verschiebt das nur die jeweiligen Fristen. Aber ihr müsst trotzdem zahlen.«

»Aber das kann doch nicht sein«, sagte Tinia. »Dürfen die das einfach so über unseren Kopf hinweg entscheiden?«

»Leider ja. Eine Mieterhöhung ist nur dann ausgeschlossen, wenn das so im Vertrag steht. Euer Mietvertrag schließt das aber nicht aus.«

»Also können wir nichts tun«, murmelte Merle.

Auf dem Tisch flackerten Kerzen, die Deckenlampe baumelte über ihnen, das Licht war fahl. Merle saß neben Tinia auf der Parkbank. Jetzt konnte sie nicht mehr, sie musste gähnen. Sie wollte sich an Tinias Schulter lehnen.

Dose saß verkehrt herum auf einem Stuhl am Kopfende. Er schlürfte Kaffee und mahlte mit den Zähnen, immer abwechselnd.

»War ja klar«, sagte Simon. »Wach bis um vier Uhr morgens, und wofür? Für nichts.«

»Das heißt, wir können nichts gegen diese Luxussanierung tun?«

»Es ist keine Luxussanierung, Dose. Goldene Wasserhähne oder Fußbodenentwässerung im Bad, das wäre Luxussanierung. Das hier aber ist eine Modernisierung, die – zugegeben – nicht ganz so glücklich verläuft. Und dass ihr das Hotel ausgeschlagen habt, hilft eurer Sache auch nicht.«

Enttäuschte Gesichter blickten Max an.

»Aber ihr müsst natürlich die Miete mindern«, fuhr er fort. »Das rechne ich euch gleich mal aus, und dann könnt ihr rückwirkend auch für den letzten Monat die Miete reduzieren. Immerhin lebt ihr hier im Dunkeln.«

»Ich lebe immer im Dunkeln«, sagte Simon und stand auf. »Und jetzt häng ich meine Wäsche in meinem Zimmer auf und schlafe dann in einem Biotop.«

Er verließ die Küche. Merle sah ihm nach, zu müde, um ihn zurückzuholen.

Dose stellte seine Tasse ab. »Und was, wenn wir das mit der Klage gegen das Architektenhonorar versuchen?«

Max hob die Schultern. »Es ärgert zumindest eure Hausverwaltung.«

»Dann machen wir das.«

»Moment«, sagte Merle. »Das hast du nicht zu entscheiden, Dose.«

»Und warum nicht?«, fragte er bissig.

»Weil du am Ende auch nicht bezahlen wirst, wenn es nicht klappt. Oder wirst du das?«

Dose zeigte mit dem Finger auf sie. »Du hast hier nicht mehr Stimmrechte als wir, nur weil du reich bist.«

»Ich bin nicht reich«, sagte Merle müde.

»Aber fast so arrogant wie die Reichen«, knurrte Dose.

»Wo kommt das denn jetzt her?«, fragte Merle.

Tinia lehnte sich an ihre Schulter. »Wir müssen da noch mal drüber schlafen, oder, Merle-Perle? Es ist spät, wir sind alle gereizt. Einfach schlafen …« Sie gähnte.

Merle strich ihr kurz über den pinken Schopf. »Ja, du hast recht.«

Max nickte und stand auf. Er sammelte die Unterlagen zusammen. »Ich mach mir auch noch mal Gedanken. Kann ich das hier mitnehmen?«

»Klar.«

Es war nach vier Uhr, als Merle endlich im Bett lag. Die Sonne würde in weniger als einer Stunde aufgehen. Aber das würde außer ihr niemand in dieser Wohnung mitbekommen, denn alle anderen Zimmer gingen zur Straße raus. Und dort war es immer finster.

17. Kapitel

Die Musik wummerte aus den Boxen, die Bässe schlugen in Merles Körper ein. Neben ihr stürzte Tinia einen Tequila, warf die Arme in die Luft und tanzte davon.

»Komm schon, Merle-Perle«, rief sie, verschwand zwischen den anderen Menschen im Club und tauchte wenig später auf der Tanzfläche wieder auf. Merle sah ihre fluoreszierenden Armbänder durch die Luft wirbeln.

Sie leerte ihren Gin Tonic und folgte Tinia. Sie war gekommen, um zu tanzen – sie würde tanzen. Für einen kleinen Moment fühlte sie sich unsicher auf der Tanzfläche, dann schloss sie die Augen und folgte dem Beat und den Bässen.

Tinia hatte allein gehen wollen, aber Merle hatte sich kurz entschlossen an sie drangehängt. Es war Samstagabend, sie war gestern spät im Bett gewesen, nach der Küchensitzung mit Max. Warum also nicht heute mit dem Die-Nacht-Durchmachen weitermachen?

Merle hatte im Schrank noch ein cooles Minikleid gefunden, es mit Sneakern kombiniert und extra viel Eyeliner aufgetragen. Es war ganz leicht gewesen, sie konnte es noch. Und jetzt tanzte sie, genau wie vor fünf Jahren.

Es folgte ein guter Song auf den anderen, Tinia hüpfte um sie herum und stand dann plötzlich auf einer Box ein paar Meter weiter. Drei Lieder später knutschte sie in der Ecke. Aber Merle war es egal, sie brauchte keinen Sparringpartner. Sie wusste, dass sie ohne Tinia niemals losgegangen wär, aber jetzt wo sie einmal im Flamingo drin war, wollte sie einfach nur tanzen. Auch gern allein. Vielleicht sogar am liebsten allein.

Sie stellte sich an der Bar an und bestellte noch einen Gin Tonic. Sie wartete zwischen zwei retrokitschigen Porzellanflamingos und suchte dann mit dem Drink in der Hand nach dem Außenbereich des Clubs. Durch einen pinken Perlenvorhang ging es hinaus in den Hinterhof an der Spree. Auf einer Terrasse über dem Fluss gab es eine zweite Tanzfläche, am Ufer standen Loungesessel. Alles entweder pink oder lindgrün, selbst die Lichter, die auf die Diskokugeln fielen und über das Gelände tanzten, waren pink.

Merle nahm die Holztreppe, die zur Flusstanzfläche hinaufführte. Sie setzte sich oben auf das Geländer und trank ihren Gin Tonic. Die Eiswürfel klirrten im Glas, und eine sanfte Brise wehte zu ihr herauf.

Und dann stieß jemand plötzlich mit seinem Glas an ihres und sagte: »Zum Wohl, Merle.«

Sie sah auf, er war wie aus dem Nichts aufgetaucht. »Max?«

»Hi, bist du öfter hier?«

Sie schüttelte den Kopf und trank. »Nein, zum zweiten Mal in zehn Jahren oder so.«

»Und? Gefällt's dir heute?«

»Ja, ich tanze viel.«

Er zwinkerte ihr zu. »Wirklich? Davon seh ich nichts.«

Merle sprang vom Geländer runter, drückte ihm ihr Glas in die Hand und ließ ihn stehen. Sie schlängelte sich zur Tanzfläche durch und ließ sich gehen. Sie drehte sich um sich selbst und plötzlich tanzte er direkt vor ihr. Scheinbar konnte er sehr gut einfach auftauchen. Wie aus dem Hut gezaubert. Die Gläser waren verschwunden, und Max lächelte sie an.

Vielleicht war er gar kein Surfer, sondern Tänzer. Merle hatte noch nie jemanden gesehen, der so gut tanzte, zumindest keinen Mann. Er wirkte nicht affig oder exaltiert. Er hatte auch keine Moves, die man von einem Balletttänzer erwartet hätte oder einem professionellen Hip-Hop-Tänzer. Er war einfach er selbst im Rhythmus der Musik.

Und ehe Merle sich versah, tanzte er hinter ihr – und sie näherte sich ihm mit jeder Tanzbewegung weiter an. Sie flossen ineinander, Beat für Beat, bis Merle seine Brust an ihrem Rücken spürte und seine Hände auf ihren Hüften.

Sie hätte ewig so weitertanzen können, aber dann drehte Max sie zu sich um. Sie legte ihre Hände in seinen Nacken, seine blieben, wo sie waren. Er kam näher und noch näher, bis nichts mehr zwischen sie passte, außer einem Kuss.

Merle schloss die Augen. Er schmeckte nach Moscow Mule. Sie vergaß die Musik und hörte keinen Rhythmus mehr außer dem ihrer Körper.

»Willst du noch was trinken?«, raunte er irgendwann.

»Ja«, antwortete sie und ließ sich zur Bar ziehen.

***

Es dröhnte in ihrem Kopf. Merle wollte ihre Augen öffnen, aber sie fühlten sich verklebt an. Es dauerte einen Moment, bis sie scharf sah. Ein wenig Tageslicht fiel durch einen Vorhang und auf ihr Minikleid auf dem Boden.

Sie setzte sich auf, was sofort mit einem Donnerschlag in ihrem Kopf quittiert wurde. Sie stöhnte, neben ihr schnarchte jemand leise.

Sie sah zur Seite, langsam, um weitere Schmerzen zu vermeiden, und sah einen blonden Schopf auf fremden Kissen. Nach und nach kehrten Erinnerungen zurück. Bruchstücke, Küsse, Leidenschaft … Gin Tonic.

Sie war in Max' Wohnung. Es war schon hell geworden, als sie hier angekommen und in dieses Bett gefallen waren. Merle hob die Decke und sah an ihrem nackten Körper hinunter. Im Augenwinkel entdeckte sie aufgerissene, leere Kondompackungen. Dabei hatte sie nur tanzen wollen. Sie war doch wirklich glücklich gewesen, allein mit der Musik.

Gut, wenigstens waren Max und sie nicht zu besoffen für Vernunft gewesen. Als Merle aufstand, war sie sich allerdings sicher, dass Vernunft gestern keine weitere Rolle mehr gespielt hatte. Wie viel um Himmels willen hatte sie getrunken?

Ihr war hundeelend. Jede Bewegung fühlte sich an wie ein Sturm auf hoher See. Und zwar für einen Seekranken. Sie griff nach ihrem Kleid und pausierte, bis das Schlimmste vorüber war. Jedes Kleidungsstück, das sie aufhob, kostete sie eine Ewigkeit. Das Anziehen selbst war eine weitere Herausforderung. Zwei Mal fürchtete Merle, Max vors Bett zu kotzen.

Dann endlich stand sie angezogen an der Tür. Sie sah ein letztes Mal zu ihm. Sie wollte ihn nicht wecken, denn dann hätte sie reden müssen. Und sie wollte nicht reden, mit niemandem. Reden wäre sicher mit unmenschlichen Schmerzen verbunden. Oder mit Kotzen. Oder mit beidem.

Merle schleppte sich die Treppen hinunter auf die Straße. Das Haus hatte einen Aufzug, aber vor dem hatte sie Angst. Nicht dass sie in den hineinspuckte.

Zum Glück war es nicht besonders heiß draußen. Das Wetter war erträglich. Merle war sicher, dass Sonne sie umgebracht hätte, und es war bestimmt schon Mittag. Sie hätte ihr Handy rausholen und die Zeit überprüfen können, aber sie konzentrierte sich lieber darauf, einen Fuß vor den anderen zu setzen und zu atmen.

Die Stadt war groß. War Berlin schon immer so groß gewesen? Sie lief zwei Haltestellen, um so wenig wie möglich in der U-Bahn zu sein. Die U-Bahn bewegte sich schnell und unvorsichtig, die Luft im Waggon war schlecht. Merle hielt es vier Haltestellen lang aus. Weitere drei Haltestellen lief sie.

Dass sie es nach Hause und in ihr Zimmer schaffte, grenzte an ein Wunder. Als sie ihr Bett erblickte, verspürte sie zum ersten Mal an diesem Tag positive Gefühle. Sie wollte sich hineinwerfen, hielt sich aber zurück. Keine schnellen Bewegungen heute. Sie hatte gerade das eine Knie auf dem Bett positioniert, als ihr Handy klingelte.

Ächzend wandte sie sich zur Tür und griff nach ihrer Tasche. Matt suchte sie nach dem Telefon, es hörte nicht auf zu klingeln, ein unerträgliches Gefühl im Kopf. Sie kannte die Nummer auf dem Display nicht. Das Handy hörte endlich auf zu klingeln, aber während sie noch den Lautlos-Knopf suchte, fiel ihr das Handy zwei Mal aus der Hand und klingelte dann erneut.

Sie verzog das Gesicht und ging dran.

»Ja?«

»Hallo Merle, hier ist Max. Ich hab deine Nummer aus den Unterlagen von Dose wegen des Mietrechtfalls. Ich hoffe, es ist okay, wenn ich anrufe.«

»Ja«, murmelte sie, auch wenn es ein wirklich schlechter Zeitpunkt war. »Wie geht es dir?«

»Ganz gut, ein bisschen müde vielleicht«, antwortete er.

»Echt? Ich bin komplett zerstört«, sagte sie und arbeitete sich wieder zum Bett vor. »Ich vertrag einfach nichts mehr.« Sie legte sich langsam hin. »Wobei ich vielleicht nie was vertragen hab.«

»Es tut mir leid, dass es dir so schlecht geht.«

»Ja, mir auch.«

»Du hättest mich wecken können.«

Sie lachte und verzog dann vor Schmerzen das Gesicht. Lachen tat weh. »Ich bin mir nicht sicher, dass ich heute überhaupt was kann.«

»Ach je … Soll ich vorbeikommen? Gemüsesaft hilft. Ich hol welchen am Späti und mach dir ein Katerfrühstück.«

»Max, ich …« Es war ihr zu viel. In diesem Moment

wusste sie, dass sie lieber allein sein wollte. Sie wollte ihn nicht um sich haben, auch wenn es ihr wieder besser ging. Nicht dass sie ihn gar nicht sehen wollte, aber eben nicht so, wie der Tonfall seiner Stimme es zu wollen schien.

Sie wusste nicht mal so recht, warum sie gestern so weit gegangen war. Hätte sie nicht einfach nach Hause gehen können?

»Schon klar«, sagte er schnell.

Er klang verletzt, es tat ihr unendlich leid. »Max, ich bin frisch getrennt. Letzte Nacht war toll, aber … Ich brauch jetzt Zeit für mich. Ich hätte nicht so viel trinken sollen, ich hab vielleicht auch falsche Signale gesendet.« Zumindest hatte sie nichts in Richtung verliebt sein senden wollen. Sie kam sich dumm und gemein vor.

»Ja, nein, kein Problem«, kam es bemüht neutral zurück. »Ich dachte nur, vielleicht kann ich dir was Gutes tun.«

»Das ist lieb, aber nein. Danke.«

Sie legte auf und fand mit gefühlt letzter Kraft den Schalter für Lautlos. Dann klopfte es an der Tür. Oder vielleicht war es auch nur in ihrem Kopf. Es donnerte wie sieben Gewitter auf einmal.

Simon schob sich ins Zimmer, ohne dass Merle »Herein« gesagt hatte. »Wie siehst du denn aus?«

Sie seufzte. »Bitte geh, ich fühl mich nicht gut.«

Er grinste. »Hast du gesoffen?«

»Daran hast du Freude? Alles ist sinnlos, aber wenn es mir schlecht geht, dann bekommst du ein Hochgefühl?«

»Ja.«

»Wenigstens bin ich nicht der einzige schlechte Mensch in diesem Raum.«

»Ja, wie auch immer. Wir sind so weit.«

»Was? Wer? Wo?«

»Wir. Deine Mitbewohner. Wir haben in der Küche alles vorbereitet, um dir die Kandidaten für das Zimmer vorzustellen. Mit Fotos und Steckbrief und allem. Und Dose will unbedingt über die Klage wegen dem Architekten abstimmen.«

»Ich kann nicht.«

»Was?«, fragte diesmal er. Er verschränkte die Arme vor der Brust und fixierte sie. Sie sah all das aus dem Augenwinkel, dann musste sie wieder gerade die Decke anschauen, sonst wurde ihr schlecht.

»Du kannst nicht?«, fragte Simon. Er beugte sich über sie. »Du kannst immer. Du reißt dich immer zusammen. Wer bist du? Was hast du mit unserer Merle gemacht?«

»Ich glaub, ich muss kotzen.«

Simon schrie auf und wich zurück. »Iieh!«

»Kannst du mir einen Eimer holen?«

»Dose!«, rief Simon und schlich rückwärts Richtung Tür. »Merle braucht dich! Dose!«

»Nicht so laut«, murmelte sie und zog sich das Kissen über den Kopf. Dann hörte sie die anderen nur noch dumpf tuscheln. Sollten sie sich doch wundern. Oder ekeln. Ihretwegen konnten sie Merle auch den Gnadenschuss geben und sie von diesem Elend erlösen. Ihr war alles egal.

***

»Das sind nur zwei Kandidaten«, murmelte Merle und nippte an ihrem Anis-Fenchel-Kümmel-Tee. Ihr war noch immer flau, aber wenigstens konnte sie aufrecht sitzen, und keiner ihrer Mitbewohner hatte sie erschossen.

Tinia hatte ihr Tee gekocht und Dose hatte ihr den Eimer gebracht. Nur Simon blieb auf Abstand. Als sei sie ansteckend. Es belustigte Merle, und dass sie schon wieder schmunzeln konnte, wertete sie als gutes Zeichen. Die beiden Steckbriefe vor ihr auf dem Küchentisch hingegen nicht.

»Wir können dir auch noch Stefan zeigen«, sagte Simon.

»Nein«, widersprach Dose. »Diesen Verbrecher lass ich nicht in unsere Wohnung.«

Tinia verdrehte die Augen. »Klopapierbenutzung ist kein Verbrechen.«

»Sollte es aber sein. Überhaupt eine sehr gute Idee. Als Nächstes werde ich einen Protest gegen Drogerieartikel und für Achtsamkeit ins Leben rufen. Der ökologische Fußabdruck und feuchtes Klopapier, da könnte ich Abhandlungen drüber schreiben.«

»Ja, aber das liest dann keiner«, sagte Simon.

»Ich schick das an den *Roten Anzeiger*, die nehmen das mit Kusshand.«

»Sag ich doch.« Simon gähnte. »Liest keiner.«

»Warum ist eigentlich alles in deinem Leben rot?«, fragte Tinia. »Der Rote Pirat, der *Rote Anzeiger* …? Solltest du nicht lieber Rot statt Schwarz tragen?«

Dose starrte sie an. »Wie hast du nur das Abitur geschafft? Wird heute keine Politik mehr unterrichtet?«

»Bewirb dich doch als Politiklehrer«, schlug Merle müde vor. »Dann kannst du um 6:30 aufstehen und unsere kleinen Soldaten mit deinen Ansichten vertraut machen.«

»Ja, mach dich nur lustig«, sagte Dose. »Macht euch alle lustig. Eure Kinder und Kindeskinder werden sich noch umgucken.«

Simons Blick verfinsterte sich. »Meine Kinder? Bevor die sich umgucken, musst du erst noch diverse Demos für mein Recht auf Adoption organisieren.«

»Mach ich«, versprach Dose. »Da bin ich dran.«

»Du bist angeklagt und auf Kaution aus der Untersuchungshaft entlassen worden«, sagte Merle und schlürfte Tee. »Ganz zu schweigen vom Hausverbot wegen der Sachbeschädigung in Jablonskis Büro. Vielleicht solltest du dein politisches Engagement in nächster Zeit etwas zurückfahren, Dose.«

»Nein. Und sag mir nicht, was ich tun soll.«

»Es war ein nett gemeinter Vorschlag.«

Dose schüttelte trotzig den Kopf. »Risiko gibt's immer. Und wenn es mich meine Freiheit kostet. Die Revolution frisst ihre Kinder.«

»Wenigstens könntest du welche bekommen«, sagte Simon.

Tinia seufzte. »Wollten wir uns nicht für einen Mitbewohner entscheiden?«

Merle stellte ihren Tee auf den Tisch, nahm Tinia den Laptop ab und beugte sich über den Bildschirm mit den beiden Facebook-Profilen. Sie klickte und las sich die Mails noch mal durch, die die Bewerber verfasst hatten.

»Keiner von denen passt«, sagte sie. »Wir brauchen keine Unternehmensberaterin, die immer unterwegs ist und hier eigentlich nur ihre Koffer abstellt.«

»Aber sie berät Unternehmen in Sachen Nachhaltigkeit«, sagte Dose.

»Ich fand sie arrogant«, sagte Tinia.

Merle nickte. »So liest sich das auch, was sie hier schreibt.«

»Die Alternative ist ein sechzigjähriger Hippie, der immer nur weißes Leinen trägt und die Hälfte seiner Zeit mit Yoga verbringt«, begehrte Dose auf. Er zeigte zu dem Laptop. »Ich bitte euch. Wo ist der denn hängen geblieben? Der ist doch viel zu alt für eine WG. Und aus welchem Jahrzehnt sind bitte die Ideale, denen der anhängt? Voll peinlich. Ich mein, echt, werd erwachsen, Mann.«

Alle drei sahen Dose an.

»Was?«, fragte er irritiert.

Simon nickte gespielt ernst. »Ja, werd erwachsen, Mann.«

»Sag ich doch.« Dose stand und schenkte sich Kaffee nach. »Noch jemand?«

Alle schüttelten den Kopf. Merle klappte den Laptop zu.

»Was, wenn wir keinen von den beiden nehmen?«

Simon verschränkte die Arme vor der Brust. »Dann richtest du aber weitere Castings aus. Ich hab nämlich genug davon, mein Wochenende und meinen Feierabend mit Idioten zu verbringen, die du dann alle ablehnst.«

»Nein, ich meine, was, wenn wir das Zimmer doch frei lassen? Könnten wir nicht ein Wohnzimmer gebrauchen? Wir stellen eine Couch rein, zum Ausziehen, falls einer von uns mal Gäste hat, und einen Fernseher und machen es uns dort gemütlich.«

Tinia runzelte die Stirn. »Ich find die Küche gemütlich.«

»Ich könnte die zusätzliche Kaltmiete zahlen, und die Nebenkosten, die wir bis jetzt durch fünf geteilt haben, teilen wir durch vier. Aber wir werden dann ja auch weniger verbrauchen.«

»So gesehen«, überlegte Tinia, »wär ein Wohnzimmer doch hübsch.«

»Du bist so käuflich«, warf Simon ihr vor. »Widerlich. Und ich halte es für gefährlich, Möbel und Fernseher und alles zu kaufen, wenn wir doch eh bald alle obdachlos sind.«

»Ach verdammt«, entfuhr es Dose. Er sprang von seinem Stuhl auf und verschüttete etwas Kaffee. Er warf ein Küchentuch auf den Kaffeefleck, ließ es dort liegen und fuhr herum. In Windeseile baute er aus vier Toastbrotscheiben und vier Scheiben Mortadella zwei Sandwiches, nahm zwei Flaschen Bier aus dem Kühlschrank und eilte zur Wohnungstür.

»Bin gleich zurück«, rief er und verschwand.

»Dann nervt er wenigstens nicht mit der Klage.« Tinia seufzte.

»Ich bin dagegen.«

»Ich auch«, sagte Simon.

»Simon«, wandte sich Merle an ihn. »Was das Wohnzimmer angeht: Wir kaufen nichts Neues, meine Eltern wollen ihr Gästesofa loswerden, und Tinia hat bestimmt irgendeine reiche Freundin, die einen Fernseher übrig hat. Das kriegen wir schon kostengünstig hin. Allerdings …«, begann sie und machte ein ernstes Gesicht, »sind wir natürlich sehr von deinem Stilbewusstsein abhängig, Simon. Wenn du nicht mitmachst und uns mit deinem Gespür für Einrichtung unterstützt, dann wird es nie gemütlich, dann können wir es auch gleich lassen.«

»Das stimmt natürlich.«

»Wir brauchen dich, Simon.«

»Ich nehme an, ich könnte im Laden mal nach ausrangierter Deko vom letzten Jahr schauen. Und ein paar Topfpflanzen.«

»Oder wir machen das Zimmer richtig schick. Möbliert und alles«, überlegte Tinia. »Und dann vermieten wir es sehr teuer an Berlin-Touristen. Airbnb. Wenn das ganze Haus saniert ist, können wir doch voll viel Kohle nehmen, oder nicht?«

Merle sah sie fassungslos an. »Dass wir da noch nicht drauf gekommen sind.«

Tinia strahlte. »Wenn wir wochenweise vermieten, dann bekommen wir doch bestimmt den Großteil der Mieterhöhung raus, oder?«

Simon wollte widersprechen, aber dann gab er kleinlaut zu: »Das könnte uns retten.«

Merle seufzte. »Aber Dose wird das nicht gefallen.«

Simon hob die Schultern. »Wir überstimmen ihn.«

Merle wog den Kopf hin und her. »Trotzdem sollten wir ihm das schonend beibringen.«

Dose kam zurück und schüttelte empört den Kopf. Herbert wolle seine Stullen doch lieber getoastet, was er gestern noch verneint hatte.

»Der macht mich wahnsinnig«, murmelte Dose.

»Weil du dich wahnsinnig machen lässt«, sagte Tinia.

Es klingelte an der Tür. Merle erhob sich, es funktionierte ganz gut. Der Kater war verschwunden, nicht mehr lang, und sie würde Hunger bekommen.

Sie öffnete. »Philipp? Hi.«

»Hallo Merle.«

»Sind wir zu laut? Das kann eigentlich nicht sein.«

»Nein«, sagte er, und sie fand eine Sorgenfalte auf seiner Stirn.

»Habt ihr auch Wasser?«

»Was? Natürlich. Also, wenn wir den Hahn aufdrehen, dann …«

»Nein.« Er schüttelte den Kopf. »Habt ihr Wasser, das aus den Decken tropft?«

»Wie bitte? Nein, ich denke nicht …« Sie wandte den Kopf und sah nach oben. Da huschte Simon schon aus der Küche, riss die Tür zu seinem Zimmer auf, dann zu allen weiteren Räumen. »O Gott, war ja klar. O Gott. O Scheiße.«

Dose lehnte sich derweil in den Türrahmen zur Küche und musterte Philipp finster.

»Ich glaub, bei uns ist noch nichts«, sagte Simon atemlos.

»Und dass bei dir welches ist, geschieht dir recht«, knurrte Dose in Philipps Richtung. »Kapitalist.«

Philipp ignorierte ihn. »Ich hab überall Eimer aufgestellt. Dann endet der ganze Scheiß wenigstens in meiner Wohnung.«

»Wo kommt das Wasser denn her?«, fragte Merle.

Philipp hob die Schultern. »Von der Waschmaschine in der Wohnung über mir. Frau Peters hatte ein sehr altes Gerät, und das bei den alten Leitungen hier im Haus … Jedenfalls steht alles unter Wasser. Sie wird gleich von ihrem Sohn abgeholt, ich habe den Notdienst der Hausverwaltung angerufen.«

Dose brach in Lachen aus. »Als ob die was machen würden …«

»Ich hab eigentlich gute Erfahrungen mit denen«, sagte Philipp.

Dose sah ihn fassungslos an. »Gute Erfahrungen? Ja, natürlich sind die nett zu dir. Hoffen wahrscheinlich, dass du dein Erbe gleich in dieses Haus hier investierst und uns alle auf die Straße setzt. Und zwar mit der Kohle, für die du keine Sekunde gearbeitet hast.«

»Was?«, fragte Philipp halb verwirrt, halb verärgert.

»Ist der Haupthahn von Frau Peters denn jetzt abgedreht?«

»Ja, das ist alles gemacht. Aber das Wasser tropft noch immer aus meiner Decke. Und der Notdienst-Typ von der Verwaltung hat gesagt, dass ich in der ganzen Feuchtigkeit nicht schlafen kann.«

»Dann zieh halt ins Adlon«, spottete Dose.

»Selbst mein Bett ist durchnässt«, sagte Philipp und rieb sich die Nasenwurzel. »Egal, vorerst kann ich auf meiner Gästematratze im Flur schlafen. Ich muss erst ins Hotel, wenn die Bauarbeiten beginnen. Dann reißen die nämlich alle Decken auf und stellen überall Trockengeräte rein.«

Er rang sich ein Lächeln ab. »Und das obwohl es mir gerade eigentlich wieder ganz gut ging.«

»Ging es dem reichen Jungen denn schlecht? Hat ihn keiner lieb gehabt?«, fragte Dose und quengelte dann zynisch. »Buhuhu.«

»Jetzt halt doch mal die Klappe, Dose«, zischte Merle.

»Hör endlich auf, mir zu sagen, was ich tun soll!«

Sie ignorierte Dose und lächelte Philipp an. »Zieh doch zu uns«, sagte sie. »Wir haben ein Zimmer frei.«

»Ich dachte, wir machen ein … äh«, Seitenblick zu Dose, »… Wohnzimmer daraus?«, fragte Tinia.

»Schsch«, machte Merle. »Das hat doch Zeit. Ein Nachbar braucht unsere Hilfe.«

»Sind wir das Sozialamt der Straße, oder was?«, fragte Dose zornig.

Aber Merle lächelte einfach weiter. »Willst du?«

Philipp strahlte. »Ja, gern. Danke.«

18. Kapitel

Merle runzelte die Stirn. »Warte«, sagte sie zu Philipp, der die Matratze am unteren Ende festhielt.

Sie stand vor der Wohnungstür und hatte den vorderen Teil der Matratze unter den Arm geklemmt. »Ich hatte die Tür doch extra aufgelassen.«

»Muss wohl zugefallen sein«, sagte Philipp.

»Ja, oder zugeworfen worden sein … Wo hab ich denn den Schlüssel?« Sie suchte ihre Hosentasche ab. »Ich hatte den doch dabei …«

»Klingle doch einfach«, schlug er vor.

Merle sah zur Klingel auf der anderen Seite der Matratze. »Dafür musst du ein Stück zurück.«

Sie manövrierten die Matratze wieder ein paar Stufen hoch. »Wenn es hier nicht so schmutzig wär, könnten wir sie auch einfach abstellen«, ächzte Philipp.

»Hätte, hätte, wäre, wenn«, murmelte Merle und schob sich zwischen Matratze und Wand durch. Mit dem Ellbogen kam sie an die Klingel und drückte sie.

Tinia machte ihnen auf, aber sie war am Handy und ignorierte Merle und Philipp und die Matratze. Sie diskutierte Partyoutfits mit Lisa, und es klang nicht so, als wäre Tinia mit Lisas Ideen einverstanden.

Merle und Philipp trugen die Matratze durch den Wohnungsflur in das Zimmer, das nun nicht mehr leer war. Ein paar Kartons, ein Regal und eine Kleiderstange standen schon drin.

»Sehr provisorisch«, sagte Merle.

»Wenigstens hab ich hier unten einigermaßen Ruhe. Man wird das Dröhnen der Trockengeräte kaum hören.«

Merle wog den Kopf hin und her. »Ich weiß nicht, ob du das da oben überhaupt mitbekommen hast, aber wir sind nicht die leiseste WG der Stadt.«

Er lachte und nahm die oberste von drei Kisten vom Stapel. »Es tut mir leid, dass ich so harsch und spießig war. Es ging mir wirklich nicht gut. Es hat echt gedauert, bis ich über meine Ex hinweg war.«

»Schon okay.«

»Und jetzt nehmt ihr mich auch noch auf.«

»Stell uns nicht hin wie Samariter«, sagte sie. »Du zahlst schließlich Miete.«

»Genau genommen zahlt das die Hausverwaltung. Aber egal. Ich könnte verstehen, wenn ihr mich hasst.«

»O keine Sorge, wir mögen dich nicht alle. Dose hasst dich.«

»Nein, er hasst eine Idee, die er von mir hat.«

»Du bist ihm nicht böse?«

Philipp hob die Schultern und packte ein paar Bücher ins Regal. »Nicht wirklich.« Er ordnete diverse Medizinbücher alphabetisch und drehte sich dann zu Merle um. »Ich weiß jedenfalls, dass ich dir das Zimmer zu verdanken hab. Dafür würd ich dich gern zum Essen einladen.«

»Das ist aber nett.«

Er grinste. »Ich bin nett.«

Sie nickte. »So langsam glaube ich das auch.«

***

Dose zapfte Bier. Es war vor acht, da war der Rote Pirat noch relativ leer. Die Stammkunden tauchten hier meistens erst ab zehn oder elf auf. Dose machte Striche auf Bierdeckel und brachte eine Runde Jägermeister an den Tisch bei der Tür. Als er wieder hinter der Theke war, stand Max vor ihm.

»Hey, alter Freund. ’n Bier?«

Max lachte. »Alter Freund? Wir kennen uns doch erst seit ’ner Woche.«

»Und in einer weiteren sind wir alte Freunde«, sagte Dose und stellte ihm ein Pils hin.

Max seufzte und setzte sich auf einen der Barhocker. »Dose, wir müssen reden.«

»Klar, dafür bin ich als Barkeeper nun mal da.«

Max nickte. »Ja, nein … es geht um euren Mietrechtfall.«

»Sicher, klar, Mann. Ich kann es kaum erwarten zu hören, was du für Pläne für unseren Fall hast«, sagte Dose und nickte dem Tisch am Fenster zu. »Noch ’ne Runde, Jungs? Kommt.« Er drehte sich um, nahm vier Gläser aus dem Regal und zapfte an.

Max sah ihm unglücklich dabei zu. »Ja, also …«

»Willst du das nicht besser bei uns zu Hause erklären?«, fragte Dose und stellte die Gläser aufs Tablett.

»Nein, es ist besser hier.«

Dose hob die Schultern. »Wenn du meinst.« Er trug das Tablett zu dem Tisch, verteilte Bier und klopfte auf Schultern und machte Striche auf Bierdeckel. Auf dem Rückweg nahm er noch zwei Weinbestellungen auf, und dann stand er wieder vor Max.

Der hielt sich an seinem Bierglas fest.

Dose hob eine Augenbraue. »So wird das aber warm.«

Max zog die Hände zurück. »Ich kann euren Fall doch nicht übernehmen.«

»Was?«

»Es tut mir leid, aber … Ich hab da so eine Art Gewissenskonflikt.«

»Weil ich denen einmal kurz auf den Schreibtisch …«

»Nein«, unterbrach Max. »Das ist es nicht.«

»Ist es wegen der Gefängnissache?«, fragte Dose weiter. »Wegen der Demo? Max, das hat doch gar nichts mit unserer Wohnung zu tun.«

»Ja, das weiß ich. Das ist es auch nicht. Es geht um Merle.«

Dose hob den Zeigefinger. »Lass dir von ihr nicht sagen, was du zu tun hast. Sie denkt immer, sie wüsste alles besser, aber sie ist auch noch sehr jung. Im Herzen alt, im Kopf kaum dreißig.«

Max räusperte sich. »Habt ihr euch gestritten?«

»Nein, ich streite nicht, ich bin Pazifist.«

»Ah. Du wirkst trotzdem irgendwie, als wärst du sauer auf sie.«

»Ist das ein Wunder? So wie sie sich aufführt? Hat

mich aus dem Gefängnis geholt und jetzt soll ich ihr ewig dankbar sein?«

»Hat sie nicht auch deine Kaution bezahlt?«

»Ja und? Das tut man unter Kameraden, oder nicht?«

»Na ja, aber Dankbarkeit erscheint mir da schon angebracht.«

»Erstens: Ich hab mich bedankt. Zweitens hat sie die anderen gegen mich aufgebracht. Die Klage wegen dem Architekten ist vom Tisch. Und drittens: Lass uns nicht über Merle reden.«

Max atmete ein und lächelte schief. »Ich hab mit ihr geschlafen, Dose.«

»Was? Wieso?«

»Wieso?«, wiederholte Max ungläubig.

Dose verschränkte die Arme vor der Brust. »Anwalt mit der Mandantin … Das ist aber sehr unprofessionell.«

Max runzelte die Stirn unter seinen blonden Strähnen. »Das sagt der Richtige.«

»Hey, ich habe *für* die Sache auf deren Schreibtisch gepinkelt. Nicht um sie zu sabotieren.«

»Jaaa«, antwortete Max gedehnt. »Das war aber nicht unbedingt für irgendwas gut.«

»Du hast deine Methoden, ich meine. Nur dass du deine jetzt gar nicht erst anwenden willst. Wegen ein bisschen Sex?«

»Nein, nicht nur … Ich fürchte, dass ich mehr will als Merle, und ich möchte sie im Moment nicht sehen. Ich merke, dass es mir schon schlecht geht, wenn ich nur an sie denke. Und sie ist doch Hauptmieter.«

Dose hob den Zeigefinger. »Der bin ich.«

»Ihr beide. Und was euren Konflikt mit der Hausverwaltung angeht, wäre es klug, nicht unbedingt deinen Namen nach vorn zu stellen.«

»Jaja.«

»Jedenfalls müsst ihr das doch ohne mich angehen, denn ich kann mich unmöglich auf eure Sache konzentrieren, wenn sie da ist«, sagte er und zog die WG-Unterlagen aus seiner Tasche. »Und es geht auch gegen meine Ehre, mit meinen Mandanten zu schlafen.«

»Und das hättest du dir nicht vorher überlegen können?«

»Hey!«, rief jemand. »Dose, wo bleibt der Wein?«

»Komm ja schon«, murmelte Dose und füllte zwei Weingläser. »Ich weiß eh nicht, warum jemand hier im Piraten Wein bestellt. Oder überhaupt irgendjemand irgendwo das tut. Elitenplörre.«

Max sah auf die Flasche in Doses Hand. »Das da ist von allen Eliten dieser Welt sicher sehr weit entfernt.«

»Auch wieder wahr«, sagte Dose und trug den Wein weg. Dann kam er zurück, warf sich lässig sein Küchentuch über die Schulter und lehnte sich neben Max an die Theke. »Vielleicht ist Monogamie auch der falsche Weg.«

Max stellte sein Bierglas ab. »Was?«

Dose nickte und stemmte die freie Hand in die Hüfte. »Ich hab im *Roten Anzeiger* neulich was über Polyamorie gelesen. Wenn du dich befreist von dem Gedanken des Besitzes, dann führst du viel glücklichere Beziehungen. Plural. Wenn du also Merle weiterhin andere Männer zugestehen würdest, dann könntest du dich auch mit anderen treffen.«

»Eine offene Beziehung?«

Dose schüttelte den Kopf und wischte den Tresen sauber. »Eben nicht, Kumpel. Es geht nicht darum, wahllos rumzuvögeln, sondern eine liebende Beziehung zu mehreren zu haben. Ihr müsstet euch gemeinsam auf weitere Partner einigen.«

»Weitere Partner?«, fragte Max und hob die Unterlagen an, damit Dose darunter herwischen konnte.

Dose nickte. »Ja, und dann fühlt Merle sich vielleicht nicht so eingeengt und sieht dich in ganz anderem Licht, und ihr könnt doch zusammen sein.« Er warf das Tuch wieder über die Schulter. »Und du kannst unseren Fall übernehmen.«

Max starrte ihn an.

»Wenn ich so drüber nachdenke, ist Polyamorie die Lösung für vieles in unserer eifersüchtig narzisstischen Gesellschaft. Alle wollen immer alles besitzen. Ekelhaft.«

Max leerte sein Bier und stand auf. »Ja, interessant, Dose.« Er lächelte dünn. »Aber ich denke, das ist nichts für mich.«

Dose fixierte ihn. »Du musst länger darüber nachdenken.«

»Nein, ich *muss* los.« Er zeigte auf einen Brief, der oben auf dem Stapel auflag. »Hier eure Mietminderungsankündigung. Schickt das der Hausverwaltung. Dann müsst ihr nur noch den Dauerauftrag ändern. Dagegen können die nichts machen.«

»Und dann?«

Max seufzte. »Dann zahlt ihr in vier bis sechs Monaten

mehr Miete oder ihr zieht aus. Sorry.« Er klopfte Dose auf die Schulter. »Danke für das Bier.«

Dose sah ihm nach, und erst als die Kneipentür hinter Max zufiel, war er sicher, dass sie mit Max eine große Chance darauf, die Wohnung zu behalten, verloren hatten. Wenn Max sich in den Fall reinarbeiten und Gerichtsurteile erforschen würde, würde er bestimmt was finden. Nach ein paar Wochen Recherche. Wenn Max wollte, aber er wollte nicht mehr. Er wollte stattdessen Merle. Und die bekam er nicht.

Dose sank auf den Barhocker, auf dem der vielversprechende Anwalt eben noch gesessen hatte. Er wusste plötzlich nicht mehr weiter. Sein Kampfgeist war müde, er selbst matt und erschöpft.

Was sollte er denn noch alles tun? Was konnte er denn tun? Inzwischen hatte er Hausverbot in der Hausverwaltung und eine Anzeige wegen Hausfriedensbruch erhalten. Von der Anzeige in Niedersachsen ganz zu schweigen.

Und dann machte sich langsam Wut in ihm breit. Nicht nur, dass die anderen kaum was taten, sie warfen ihm auch noch Steine in den Weg. Dose fühlte sich besonders von Merle sabotiert. Sie war entweder arbeiten oder schlief zu ihrer aller Nachteil mit irgendwelchen Männern. Sie hatte Fridolin in die Flucht geschlagen. Und wer suchte jetzt einen Nachmieter? Alle anderen.

Und dann hatte Merle auch noch den einzigen Menschen vergrätzt, der ihnen helfen konnte. Weil sie gern Sex hatte. Und dabei nur an sich selbst dachte.

Das freie Zimmer hatte sie im Alleingang an das Kapitalistenekel von oben vermietet, das nun wirklich keiner im Haus haben wollte. Oder in der Stadt.

Und diese Arroganz, mit der Merle ihn aus der Untersuchungshaft abgeholt hatte. Als wäre sie selbst ein Engel. Sie dachte, sie wäre über alles erhaben, aber in Wahrheit war sie egoistisch und zerstörerisch. Sie machte ihre ehemals gemeinsame Wohnung kaputt – ausgehend von ihrem Bett.

Dose presste die Lippen aufeinander. Nein, jetzt fühlte er sich nicht mehr schwach. Er hatte ein neues Feindbild. Er hasste Merle nicht, schon gar nicht so, wie er Philipp hasste, aber er musste ihr Einhalt gebieten – und ihr eine Lektion erteilen. Wenn er das nicht machte, wer dann? Es blieb am Ende eben immer alles an Dose hängen.

***

»Das ist meine Tür«, sagte Merle und kicherte.

Philipp nickte ernst. »Hier wohnst du also.«

»Ja, und wo wohnst du?«

Er zeigte gespielt lässig hinter sich. »Zwei Türen weiter.«

Sie sah am Badezimmer vorbei zu seinem Zimmer und tat überrascht. »So ein Zufall.«

Er schaute sich im Flur um. »Ich bin neu in der … Gegend.«

»Ist 'ne gute Gegend. Vielleicht ein bisschen laut. Aber sonst Toplage.«

Er lehnte sich an ihren Türrahmen. »Deshalb bin ich eingezogen.«

Merle sah mit gerunzelter Stirn auf die Risse in der Wand und die bröckelnde Farbe an den einzelnen Türrahmen. »Wegen der Lage?«

Er lächelte, es war ein ehrliches Lächeln. »Unter anderem.«

Das Essen war köstlich gewesen, der Wein auch. Sie hatten Steak gegessen und dann Eis in der Patisserie in der Parallelstraße geholt. Im Sommer hatten die bis Mitternacht geöffnet. Die Zeit war wie im Flug vergangen. Philipp war so offen und charmant gewesen, dass Merle sich kaum noch an den arroganten Spießer erinnern konnte, den er vor ein paar Wochen gegeben hatte.

Sie legte den Kopf schief und betrachtete ihn, seine breiten Schultern und die dunklen Locken. »Was waren die anderen Kriterien für deinen Einzug in diese Gefilde?«

»Meine Nachbarin.«

Sie spürte, dass sie rot wurde. Zum Glück war das Licht im Flur nicht besonders hell. Sie räusperte sich. »Das ist aber riskant. Wegen einer Frau einzuziehen.«

»Ja, ich weiß. Eigentlich bin ich gar nicht risikofreudig, aber sie … Also, diese Frau …« Er verstummte und sah sie nur an.

Die Zeit stand still. Merle fühlte sich gesehen, wirklich verstanden. Sein Blick war anders als alle Blicke, die je auf sie geworfen worden waren. Ihr Herz klopfte. Sie vergaß alles um sich herum, den bröckelnden Putz und die zukünftige Mieterhöhung, den Schmerz, die Verwirrung und die Schuld der letzten Wochen. Sie vergaß Tinias Drogeneskapaden, Simons Depressionen und Doses strafbare Handlungen. Alles, was sie sah, war Philipp.

Seine Ruhe, dass er angekommen war im Leben und dass er sich für sie interessierte.

Und dann kam er näher, und sie schloss die Augen. Merle spürte seine Lippen auf ihren, dann seine Zungenspitze, es waren zarte Berührungen, seine Hand lag auf ihrer Wange. Merle floss in seine Arme, das Herz schlug immer wilder in ihrer Brust.

Es war wie der erste Kuss seit Jahren. Sie wollte ewig hier stehen und knutschen. Seine Lippen spüren, seine zarten Berührungen, die immer leidenschaftlicher wurden …

Aber dann flog die Wohnungstür auf, und Philipp und Merle fuhren auseinander. Im Türrahmen stand ein dunkler Schatten: Dose.

Er musterte sie. Merle konnte sein Gesicht nicht sehen, aber sie fühlte einen scharfen Blick auf sich gerichtet. Langsam schritt Dose in den Flur, knallte die Tür hinter sich zu und verschränkte die Arme vor der Brust.

»Der auch noch?«, fragte er.

Sein Gesicht war jetzt besser zu erkennen. Merle strich sich eine blonde Haarsträhne zurück und lachte nervös. »Was meinst du?«

»Wird das sehr laut?«, fragte Dose weiter, statt zu antworten. »Ich hatte 'ne harte Frühschicht im Piraten und muss 'ne Mütze Schlaf abbekommen, und wenn du wieder so abgehst wie bei dem letzten Kerl, dann hol ich mir lieber noch Ohropax von Simon.«

»Was?«, fragte Merle völlig perplex.

Dose grinste dreckig, sah Philipp an und zeigte mit dem Daumen auf Merle. »Das macht die bei jedem neuen Mitbewohner, das kennen wir schon. Ich dachte zwar, sie hätte mehr Geschmack, aber gut, sie ist eben komplett zügellos. Hormongesteuert.«

Merle schluckte und suchte nach Worten. Doses stechender Blick erfasste nun sie. »Was ist, du Femme fatale? Brauch ich die Ohropax oder nicht? Denn ich hasse die klebrigen Dinger. Ich will die nicht in meinen Gehörgang reinpulen und morgen mit der Pinzette rausziehen. Aber ich mach es, denn das ist immer noch besser als dein Geseufze. Und das Geschrei.«

»Nein«, sagte Philipp schnell. »Lass, du brauchst nichts dergleichen.« Er sah sehr peinlich berührt aus. »Gute Nacht, ihr zwei.«

»Aber …«, begann Merle, doch da war er schon in seinem Zimmer verschwunden.

»Gut«, urteilte Dose abschließend, nickte mit finsterem Blick und ging in sein Zimmer.

»Aber …«, machte Merle wieder und stand allein im Flur.

19. Kapitel

Es sah nach Regen aus. Simon rechnete spätestens in zwei Stunden mit Regen. Dann würde er zwar längst beim Termin sein, aber wahrscheinlich regnete es dann durch, bis der Termin vorbei war. Denn dass dieser Regen ihn nicht beeinträchtigen würde, daran glaubte er nicht.

Simon wandte sich in Richtung der U-Bahn, als ein Kleinbus mit quietschenden Reifen vor dem Haus hielt und ein großer kräftiger Typ nach dem nächsten auf den Bürgersteig sprang. Sie gingen nacheinander an ihm vorbei ins Haus. Simon verfolgte sie fassungslos mit den Augen. Erst bei dem letzten fing er sich wieder.

»Entschuldigung. Was machen Sie denn hier?«

»Einziehen«, antwortete der Mann und zündete sich eine Zigarette an.

»Was? Wo denn?«

»4. OG rechts hat man uns gesagt.«

Simon sah die verkleidete Fassade hinauf. »Frau Peters ist also schon raus.«

»Davon weiß ich nichts. Wir sind immer nur für ein paar Wochen in der Stadt. Die Agentur hat gesagt viertes OG, Vorderhaus. Rechts. Die Küche soll einen Wasserschaden haben, aber die brauchen wir eh nicht.«

»Agentur? Welche Agentur?«

»Kerl!«, brüllte jemand in diesem Augenblick aus dem Haus. »Denkst du ans Bier!«

»Hol's doch selbst, du Pfeife«, brüllte Simons Gesprächspartner und schulterte seine Reisetasche. »Als hätte ich nichts zu schleppen«, sagte er zu Simon.

Simon räusperte sich. »Und weshalb seid ihr in der Stadt?«

»Unterschiedlich. Ich bin Maurer. Die Pfeife von eben ist Installateur.«

»Ihr seid Wanderarbeiter«, begriff Simon und sah noch einmal auf den Kleinbus. Er zählte die Sitze. »Aber ihr könnt doch nicht mit 14 Leuten in Frau Peters' Wohnung ziehen. Die hat doch höchstens achtzig Quadratmeter.«

Der Typ ihm gegenüber lachte. »Junge, das ist erst der erste Bus. Die Agentur sagt, da kommen noch zwei.«

»Aber das … das macht …« Simon rechnete.

»'ne Party«, grölte der Typ, während ein anderer, es musste die »Pfeife« sein, an ihnen vorbei zurück zum Bus stapfte.

»Pass auf, Jungchen«, sagte der rauchende Arbeiter. »Wir sind Schlimmeres gewöhnt. Wir haben Schlafsäcke und Luftmatratzen und machen in jeder Stadt das Beste draus.«

Simon nickte mit Panik im Blick. »Das Beste …«, wiederholte er.

»Klar doch. Wir alle arbeiten schwer und wir können auch schwer feiern. Und du siehst aus, als könntest du eine ordentliche Party gebrauchen.«

»Was? Nein.«

»Musst du wohin?«

Simon zögerte, er wollte wirklich nicht zu seinem Termin. Er bereute den Anruf längst. Aber eine Party mit diesen Typen erschien ihm noch schlimmer.

»Na komm. Wird lustig. Stell dich nicht so an.«

»Wie lange bleibt ihr denn?«

»Noch unklar. Ein paar Wochen. Wird 'ne Megasause, du bist herzlich eingeladen. Morgen auch, wenn du jetzt nicht kannst. Bier ist immer genug da.«

»Ja, aber dir verdanken wir das nicht«, knurrte die Pfeife, die gerade in diesem Augenblick an ihnen vorbeischlurfte und zwei Kästen ins Haus trug.

Dann wurde Simon so freundschaftlich wie schmerzhaft in die Schulter geboxt und die beiden Kerle eroberten grölend das Haus, während Simon mehr zur U-Bahn-Station rannte, als dass er ging. Er rannte auf etwas zu, vor dem er sich seit Jahren gedrückt hatte.

***

»Weshalb sind Sie hier?«, fragte Doktor Fabian.

»Weil meine Mitbewohnerin mir sonst nie erzählt hätte, wie es im Swingerclub war.«

Der Psychologe rückte seine Brille gerade. »Wie bitte?«

Simon seufzte. »Weil ich dem Leben keinen Sinn abgewinnen kann.«

»Ich glaube Ihnen nicht«, sagte Doktor Fabian. Er saß in einem hellen Sessel aus grobem Leinen. Seine ganze Praxis war hell und skandinavisch eingerichtet. Es fehlten

Blumen, wenn es nach Simon ging, aber sonst war es hier sehr schön. Die Tapete hatte sehr schmale silberne Streifen, die in der Sommersonne funkelten.

Simon lachte trocken. »Sind Ohropax der Sinn des Lebens, davon hab ich nämlich auch keine mehr. Wo soll der Sinn sein? In meiner Schlaflosigkeit. Seit dieser Herbert bei uns vor dem Trockenboden wohnt, ist die nämlich sehr präsent. Und Dose kann noch so überzeugt von Herberts liebem Charakter sein. Das ändert nichts an meiner Angst, dass der Obdachlose bei uns einbricht und besoffen zufällig genau das Regal umschmeißt, neben dem ich schlafe. Und dann bin ich tot, begraben unter Büchern. Und es muss ja nicht mal Raub oder Einbruch sein. Es reicht ja schon, wenn Herbert mit brennender Zigarette da oben einschläft. Dann steht das ganze Haus in Flammen. Das wäre das gleiche Ergebnis: tot.«

Doktor Fabian schmunzelte. »Könnten Sie sich vorstellen, dass der Sinn Ihres Lebens darin liegt, sich zu beschweren?«

Simon überhörte ihn und überlegte weiter. »Andererseits kann ein Toter nicht von der wilden Party vierzig grölender Arbeiter gestört werden. Das wiederum ist fast ein Lichtblick.«

»Oder Sarkasmus.«

»Was?«

»Ich bin zuversichtlich, dass wir den Sinn Ihres Lebens finden.«

»Wirklich?«

»Wirklich.«

***

Merle war nervös, als sie in den Wohnungsflur trat. Sie war extra schnell von der Schule nach Hause gekommen, weil sie nach gestern unbedingt mit Philipp reden wollte.

Sie schloss die Tür hinter sich, und dann donnerte draußen im Hausflur eine Horde Elefanten vorbei. So erschien es ihr zumindest. Verwundert sah sie auf die vibrierende Klinke.

»Das sind unsere neuen Nachbarn.«

Sie drehte sich um, Philipp stand vor ihr. Er lächelte nicht, er sah müde aus.

»Sie sind vorübergehend bei Frau Peters einquartiert. Ganz nette Kerle. Nur leider vor allem sehr laut und im Schichtdienst. Ich war eben oben. Es ist damit zu rechnen, dass immer mindestens zehn von ihnen zu Hause sind. Und feiern.«

»Mist«, sagte sie und stellte ihre Tasche ab. »Du, Philipp, können wir reden?«

Er nickte. »Aber ich hab nicht viel Zeit.«

»Ich hatte einen tollen Abend gestern«, begann Merle. »Das Essen war super, und ich hatte so viel Spaß mit dir.«

»Ich hatte auch Spaß«, gab er nüchtern zurück.

»Ich vernasche nicht alle neuen Mitbewohner. Dose hat Müll erzählt.«

»Hat er das?«

Merle rieb sich die Nasenwurzel. »Ja, ich bin keine Femme fatale. Ich bin das Gegenteil.«

»Also hast du nicht mit dem letzten Bewohner des Zimmers geschlafen?«

»Doch, aber das war nur einmal.«

»Und es war sehr laut. Ich erinnere mich.«

Sie senkte den Blick. »Ja, das tut mir leid. Und die Nacht mit dem Anwalt war eine betrunkene Aktion, an die ich mich kaum erinnere.«

Philipp hob eine Augenbraue, dann schüttelte er sich. »Das geht mich alles nichts an. Du kannst machen, worauf du Lust hast. Es ist nur: Ich erinnere mich an deine Nacht mit diesem Hipster. Bis gestern dachte ich, das wär Tinia oder Dose mit einer Frau gewesen. Aber du warst es. Und warst du da nicht noch mit deinem Ex zusammen? Du hast erzählt, ihr seid erst einen Monat getrennt.«

»Ja, das stimmt. Deshalb ist Fridolin auch ausgezogen.«

»Also, du schläfst mit ihm, und dann muss er ausziehen? Und was hat David dazu gesagt?«

»Er hat mir verziehen.«

»Und jetzt seid ihr getrennt?«

Sie nickte. »Ich hab Schluss gemacht.«

»War das bevor oder nachdem ihr im Swingerclub wart?«

»Was? Woher weißt du das?«

»Tinia hat das alles erzählt, beim Frühstück. Das ist auch egal, Merle. Ich will nur darauf hinaus, dass wir sehr unterschiedlich sind. Ich will ein ruhiges Leben, du bist ständig feiern. Du hast gern viel Sex mit vielen Männern, ich …« Er hob die Schultern. »Ich will *eine* Frau, eine Beziehung. Ich bin schon von meiner Ex betrogen worden, das tu ich mir nicht noch mal an. Ich will so nicht leben oder lieben. Ich muss vertrauen. Und du scheinst die Dinge da wesentlich lockerer zu sehen.«

»Lockerer? Ich?« Merle versuchte, sich durch Philipps Augen zu sehen. Welches Bild war denn da bitte entstanden? Wie hatte das passieren können? Sie war keine Femme fatale. Das war ja lächerlich.

»Ich such mir eine andere Wohnung für den Übergang. Mein Haus braucht nicht mehr so lange«, sagte er jetzt und ging an ihr vorbei. »Und jetzt muss ich zur Arbeit.«

»Philipp, warte. Ich bin anders, als du denkst.«

Jetzt sah er sie wütend an. »Hast du all das gemacht, was ich aufgezählt hab, oder nicht?«

»Ja.«

»Dann will ich dich nicht weiter treffen, Merle. So einfach ist das. Du musst ein Nein akzeptieren.«

Weg war er. Und sie sah auf die Tür und dachte bei sich: Doch, doch das kannst du.

Sie dachte es zum ersten Mal. Sie erinnerte sich an den Kuss von gestern und spürte einen Stich in ihrem Herzen.

Und dann kam Simon nach Hause, noch während sie im Flur stand, und hatte Ohropax für alle dabei. Er verteilte sie in den Zimmern und redete dabei von seiner Schlaflosigkeit und dem Ende der Zivilisation und davon, dass er nie wieder Ruhe finden würde. Oder sehr bald sehr viel Ruhe, aber wenn er da so drüber nachdachte, würde er doch lieber erst dreißig werden wollen. Das hätte auch Doktor Fabian dargelegt. Nicht alt werden hieße nun mal jung sterben, und wer würde sich dann über das Leben beschweren, wenn er tot war? Das hatte Simon jedenfalls zu denken gegeben.

Merle wusste nicht, wie lange er schon um sie herumwuselte und plapperte. Irgendwann stand er jedenfalls vor ihr und machte ein sorgenvolles Gesicht. »Bist du ein Kunstwerk, oder warum bewegst du dich nicht von der Stelle?«

Sie sah ihn an.

»Es ist auch nicht unbedingt eine gute Stelle für Kunst«, sagte er weiter. »So ganz ohne Tageslicht.«

»Ich war wirklich kein guter Mensch in den letzten Wochen, oder?«

Simon lachte. »Nein. Aber zu deinem Glück rechne ich immer mit dem Schlimmsten, und du hast auf jeden Fall noch Luft nach unten.«

Merle nickte. »Gut zu wissen.«

20. Kapitel

Am nächsten Tag kam Merle spät von der Schule. Sie hatte nicht nach Hause gewollt. Nicht, während Philipp auszog. Sie wollte nicht dabei sein, wenn er seine Matratze raustrug und betonte, dass er ihre Hilfe nicht brauchte.

Niedergeschlagen schloss sie die Autotür hinter sich und schleppte sich die Gärtnerstraße entlang bis zu ihrem Haus. Ihre Handtasche, die Schulbücher und die zwei Ordner schienen Tonnen zu wiegen. Und sie selbst auch. Das waren ihre Schuldgefühle. Jedes einzelne davon konnte es gewichtstechnisch mit einem Wildschwein aufnehmen. Und sie selbst fühlte sich auch wie ein Schwein. Ein Schwein unter Hormoneinfluss. Oder wie hatte Dose sie genannt?

Sie war wütend auf ihn. Sie sah die schwarze Plane vor ihrem Haus von Weitem, und die Wut steigerte sich. Auf Jablonski war sie auch sauer. Und auf sich selbst, weil sie kaum Zeit gehabt hatte, sich richtig um diese Sache mit der Sanierung und der Mieterhöhung zu kümmern. Weil sie zu sehr mit sich selbst beschäftigt gewesen war.

Sie näherte sich ihrem Haus – und blieb verwundert stehen. Auf dem Bürgersteig stand eine Reihe hellblauer Kabinen, davor Dose, Tinia und Simon. Sie starrten die

Dixieklos an und schwiegen. Merle blieb bei ihnen stehen.

Dose drehte sich zu ihr und reichte ihr schweigend einen Zettel. Merle faltete ihn auseinander, es war eine Notiz von Jablonski, dass zwecks der Sanierungsarbeiten das Wasser im Haus abgedreht werden musste. Leider eher als geplant, nach dem Unglück in der Peters-Wohnung, aber die Bewohner konnten natürlich ab sofort auf die mobilen Toiletten vor dem Haus ausweichen, die die Verwaltung extra für diesen Zweck angemietet hatte. Außerdem würde Wasser in Kanistern für den nötigsten, täglichen Bedarf angeliefert.

Merle ließ den Zettel sinken und hauchte: »Was?«

Tinia hielt ihr ihre Faust hin und öffnete sie. Merle sah auf viele kleine, rote Plastikmünzen. »Wertmarken«, erklärte Tinia tonlos. »Für das Schwimmbad in der Parallelstraße.«

»Zum Duschen«, ergänzte Simon.

»Aber …«, begann Merle, dann starrte auch sie fassungslos auf die Reihe Klos.

Tinia ging langsam auf die Kabinen zu, atmete tief durch und öffnete sie. Sie schlug sie wieder zu und sprang zurück. »Boah, das riecht scheußlich.«

»Natürlich«, sagte Simon. »Wie das Leben.«

Tinia nahm Merle den Zettel aus der Hand und überflog ihn. »Aber hier stand doch, dass sie sauber sind.«

»Egal, wie sauber der Kapitalismus ist«, sagte Dose, »er stinkt wie die Pest.«

»Wir müssen uns Dixieklos mit einem Haufen Wanderarbeiter teilen«, fasste Simon die Situation zusammen.

Tinia zerknüllte den Zettel und warf ihn Dose vor die Füße. »Wir könnten jetzt in einem Hotel sitzen, du Arsch!«

»Das hat Jablonski doch nur gesagt, um dich zu beeindrucken«, widersprach Dose. »Vielleicht hätte er sich nie an sein Versprechen gehalten. Ist ja nicht so, dass diese scheiß Verwaltung sich sonst durch Verlässlichkeit oder Mieterfreundlichkeit hervorgetan hätte.«

»Lenk nicht ab!«, brüllte Tinia ihn an. »Du hast ihnen auf den Schreibtisch gepinkelt und gesagt, wir wollen kein Hotel. Das hier geht auf deine Kappe!«

Dose schüttelte den Kopf. »Wenn du schon jemanden beschuldigen willst, dann sie!« Er zeigte auf Merle.

»Mich?«

»Ganz genau. Wenn du unseren Anwalt nicht vergrault hättest, könnten wir die jetzt verklagen. Aber nein, du musst ja mit allem schlafen, was nicht bei drei auf den Bäumen ist. Egal, ob wir den später noch brauchen.«

»Ach ja?« Merle verschränkte die Arme vor der Brust. »Wo wir gerade bei Vergraulen sind. Du hast unseren letzten Mitbewohner vergrault.«

»Den wollte eh keiner.«

»Ich fand den okay«, sagte Tinia.

Merle zeigte mit dem Finger auf Dose. »Du wolltest Philipp nicht, und du hast ihn gezielt rausgeekelt. Das war keine WG-Entscheidung. Und jetzt hält er mich für das letzte Flittchen.«

»Das hast du dir selbst zuzuschreiben.«

»Nein!«, widersprach sie. »Das schreibe ich dir zu. Du hast mich hingestellt wie ein Männer fressendes Sexmonster. Mit Absicht. Damit ich scheiße vor ihm dastehe.«

»Nein, ich hab das getan, damit er geht«, sagte Dose.

»Herzlichen Glückwunsch. Er ist weg. Und er hasst mich.«

»Ist doch egal.« Dose wischte mit der Hand durch die Luft. »Ich hab dir einen Gefallen getan. Du willst doch immer, dass die Kerle gehen.«

»Ich mochte ihn!«, begehrte Merle auf. »Ich mag ihn. Bei ihm wollte ich nicht, dass er geht.«

»Nicht?«, fragte Tinia.

»Nein! Ich wollte ihn wiedersehen, aber das hat Dose mir versaut.« Merle wandte sich an ihn. »Du!«

Dose fuchtelte mit seinen Händen in der Luft rum. »Ja und? Du hast unseren Anwalt in die Flucht geschlagen.«

»Max kann hier doch nicht einfach das Wasser wieder anstellen«, sagte Merle. »Der kann überhaupt gar nichts für uns tun. Es wird Zeit einzusehen, dass wir nur die Möglichkeiten haben, auszuziehen oder mehr zu bezahlen. Dieser alberne Kampf muss auch mal vorbei sein.«

»Unterschätz Max nicht«, widersprach Dose. »Max kann 'ne ganze Menge. Vielleicht solltest du den Menschen in deiner Nähe mehr zutrauen, Merle.«

»Wir haben dir viel zugetraut, Dose!« Tinia ballte ihre Hände zu Fäusten. »Aber dann hast du Jablonski auf den Schreibtisch gepinkelt.«

»Wie oft muss ich mir das eigentlich noch anhören?«

»Für immer«, zischte Tinia und fixierte ihn wütend. »Immer und immer wieder.«

Dose schüttelte den Kopf. »Nein, das muss ich mir

nicht anhören. Nicht ich, der von der ersten bis zur letzten Sekunde für diese Wohnung gekämpft hat.«

»Du würdest noch im Gefängnis sitzen, wenn ich dich nicht rausgeholt hätte.« Merle lachte bitter.

»Da bildest du dir mächtig was drauf ein, oder? Dass du mich rausgeholt hast. Und jetzt denkst du, du hast mich in der Hand? Oder dass du besser bist als ich?«

»Ich denke, dass du einige Fehler gemacht hast, Dose.«

»Wer bist du überhaupt, das zu beurteilen, Merle? Komm mal runter von deinem hohen Ross. Du bestimmst nicht, was gut und was schlecht in dieser Welt ist.«

»Alles ist schlecht!«, schrie Simon plötzlich dazwischen.

Sie sahen ihn überrascht an.

Er nickte. »Alles. Immer. Was regt ihr euch überhaupt auf? Wenn ihr mir nur einmal zugehört hättet, dann wärt ihr jetzt nicht überrascht. Denn ich hab euch gesagt, dass es so kommt.«

Tinia verdrehte die Augen. »Als hättest du die Dixieklos kommen sehen.«

»Ich hab Schlimmeres kommen sehen. Und ich bin vorbereitet. Meine Kisten sind gepackt. Ich bin hier in zwei Stunden raus!« Mit diesen Worten drehte er sich um und stapfte davon. »Als hätte sich anbrüllen einen Sinn.«

»Simon, warte!«, rief Tinia. »Wir haben immer noch die Airbnb-Idee.«

»Die was?«, fragte Dose.

»Wir können das leere Zimmer an Touristen vermieten. Wöchentlich. Das würde einen Großteil der Miete wieder reinbringen«, erklärte Merle.

»Airbnb?«, fragte Dose fassungslos. »Das sind die zweitschlimmsten Mietpreisverbrecher nach den ganzen Investoren. Die machen unsere komplette Infrastruktur kaputt. Alles wird zur Ferienwohnung, und nirgendwo gibt es noch günstigen Wohnraum. Wenn wir das machen, dann werden wir Teil des Problems. Dann sind wir Teil der Ursache. Seid ihr komplett bescheuert?«

Simon war stehen geblieben und sah zu ihnen. »Selbst wenn Dose nicht dagegen wäre: Ich kann nicht mehr. Meine Nerven sind am Ende. Doktor Fabian hat auch gesagt, dass ich auf mich aufpassen muss.« Er drehte sich wieder um und ging rein.

»Simon«, sagte Merle und ging ihm zwei Schritte nach, dann blieb sie kraftlos stehen.

Tinia überholte sie. »Er hat recht. Alles sinnlos. Wer weiß, wie lange das hier alles dauert, wie laut es wird. Ich kann keine Dixieklos benutzen. Nicht eine Woche oder einen Tag. Schon gar nicht Monate. Ich packe auch und zieh zu einer Freundin oder so.«

Merle und Dose blieben zurück. Sie sah ihn aus dem Augenwinkel an, seine schwarzen Haare, das blasse, stumme Gesicht und die verschränkten Arme vor der Brust.

In ihr brodelte es. Sie wollte ihn weiter anbrüllen, und doch hatte sie das Gefühl, dass alles gesagt war. Er sah sie einmal kurz an, dann ging auch er ins Haus.

Sie folgte ihm mit hängenden Schultern. Sie waren geschlagen – und sie waren zerschlagen.

***

Dass hier noch ein Backstreet-Boys-Poster hing, durfte man auch keinem erzählen. Es entlockte Merle fast ein Lächeln. Sie saß im Schneidersitz auf ihrem alten Bett in ihrem Jugendzimmer, während ihr Vater unten kochte und ihre Mutter sich draußen im Garten um die Begonien und Fuchsien kümmerte.

In einer Woche waren Sommerferien, dann würde Merle sich um eine neue Wohnung kümmern. Jetzt aber saß sie hier mit Nick, Brian, Howie, AJ und Kevin. Die fünf waren blind, aber sie hingen noch an der Wand. Nach einer intensiven Fan-Phase mit dreizehn hatte Merle sich von Boygroups distanziert und den Jungs auf dem Foto die Augen ausgestochen. Sie hatte eine kurze Punkphase durchlebt. Es fiel ihr erst jetzt wieder ein, als sie das Poster betrachtete. Sie war mal ein paar Monate lang schwärzer gewesen als Dose. Eigentlich nur, weil sie eine Doku über Vivienne Westwood gesehen hatte. Das hatte sie Dose nie erzählt. Er hätte sehr gelacht.

Als Merle einen neuen Kleiderschrank bekommen hatte, hatte sie ihn einfach vor das Poster gestellt. Jetzt war der Schrank weg und das Poster immer noch da.

Merle trug eine alte Jogginghose und ein schlabbriges T-Shirt. Sie hatte joggen gehen wollen, hatte aber keine Energie. Sie dachte an die letzten Wochen und war immer noch enttäuscht von sich. Wie sie mit den Männern umgegangen war, mit sich, mit der Situation in der WG … Es war, als wäre sie nicht sie selbst gewesen.

Sie hatte ausziehen und erwachsen werden wollen. Jetzt war sie tatsächlich ausgezogen und lebte statt in einer Wohnung mit ihrem Freund in ihrem Kinderzimmer.

Merle sank zur Seite, das weiche Kissen fing sie auf. Sie wollte es über ihren Kopf ziehen. Seit heute Morgen hatte sie sich zwei Mal dabei erwischt, wie sie vor Wut auf Dose mit den Zähnen knirschend in die Gegend gestarrt hatte. Drei Mal hingegen hatte sie den Impuls gehabt, ihm etwas zu erzählen, weil es ihn interessieren oder freuen könnte. Sie vermisste ihn, und sie hasste ihn.

Er war ein bisschen wie der Bruder, den sie nie gehabt hatte. Dennoch war er zu weit gegangen. Und es war ja auch nicht so, dass er sich bei ihr meldete. Oder dass Simon anrief. Er sah in weiterem Kontakt bestimmt generell keinen Sinn, während Tinia wahrscheinlich einfach mit ihren reichen Freunden und einem Haufen Ecstasy feierte. Tagelang. Nahm man überhaupt noch Ecstasy?

So oder so: Merles Handy lag schweigend auf dem Schreibtisch am Fenster, an dem sie früher jeden Tag Hausaufgaben gemacht hatte. Jetzt bereitete sie dort den Unterricht vor und kontrollierte den Vertretungsplan. Zum Glück war in den letzten Tagen vor den Ferien wenig zu tun.

Ja, jetzt war wenig zu tun, wo sie hier zu Hause saß und Zeit gehabt hätte. Andererseits hatte sie eh keine Kraft. Sie konnte sich nicht mal zum Joggen aufraffen, wofür sie sich dann wieder hasste.

Sie hätte niemals mit Fridolin schlafen sollen. Damit hatte alles angefangen. Sie setzte sich wieder auf. Wäre sie dann noch mit David zusammen?

Sie dachte an ihren Ex-Freund mit den blitzenden Augen, an seinen Charme und seinen seltsamen Drang, jung und spontan zu bleiben. Sie vermisste ihn nicht. Die ersten Tage ohne David waren seltsam gewesen, ja. Es tat ihr leid, dass sie ihn verletzt hatte – zwei Mal. Aber sie wollte nicht mehr mit ihm zusammen sein. Sie war nicht stolz darauf, aber sie hätte das wahrscheinlich nie begriffen, wenn sie nicht mit Fridolin geschlafen hätte.

War das Problem nicht viel mehr ein anderes? Merle hatte immer nur an sich selbst gedacht, die letzten Wochen. Selbst dann, wenn sie dachte, sie täte Dinge für andere, für Dose oder Tinia, hatte sie am Ende doch nur ihre Position bestätigt. Wie um zu beweisen, dass sie wichtig war.

David hatte ihr nie das Gefühl gegeben, wichtig zu sein. Eher, dass sie falsche Entscheidungen traf: die Zusatzaufgaben in der Schule oder das Kümmern um ihre Mitbewohner. Falsch, alles falsch. Mehr Arbeit für Merle und keine Gegenleistung. Das hatte er ständig gesagt.

Ja, David war gut darin gewesen, sie zu verurteilen. Und Merle hatte es ihm nachgetan, sich verurteilt und ihre Mitbewohner, und sich viel zu wichtig genommen.

Und es war an der Zeit, damit aufzuhören.

21. Kapitel

Merle stand vor dem heruntergekommenen Haus im zweiten Hinterhof. Vor ihr hingen diverse hippe Schilder mit wilden Firmennamen für noch wildere Start-up-Ideen.

In der ersten Etage zum Beispiel befand sich etwas, das Kräuterkampf hieß. Dem Flyer zufolge, der in einem Ständer daneben zu finden war, war Kräuterkampf eine kostenpflichtige App, die diversen Krankheiten mithilfe von Kräutern, die man sowieso im Gewürzschrank hatte, den Kampf ansagte. Merle runzelte die Stirn. Man sollte also Menstruationskrämpfen mit gefriergetrocknetem Oregano beikommen?

Sie stellte den Flyer zurück und öffnete die Tür. Kopfschüttelnd ging sie nach oben. Rückblickend wirkte das Ausmalcafé-Franchise immer besser. Sie ging an zwei Medienagenturen vorbei, eine davon transmedial. Was auch immer das heißen mochte, es hatte auf jeden Fall mit einem Kickertisch und vierzehn Kisten Club Mate zu tun. Das nämlich sah Merle durch die offene Tür.

Ächzend kam sie im fünften Stock an. Sie musste wirklich öfter joggen gehen. Sie klingelte, irgendjemand machte ihr auf, ohne sich dafür zu interessieren, wer sie war.

Merle betrat das Loft. Die Wände waren unverputzt, die Fenster alt, aber auf den unlackierten Holztischen standen teure Mac-Computer. Zwischen den silbernen Ungetümen entdeckte sie auch Fridolin. Er telefonierte, das Handy mit der Schulter ans Ohr gedrückt, und packte einen hauchdünnen Laptop in seinen Turnbeutel. Neben seinem Computer lagen Ausmalvorlagen.

»Ja, da syncen wir noch unsere Kalender ... Ja, den Pitch hab ich schon in die Cloud gepackt, aber das braucht noch ’n paar Loops, denk ich. Alles klar, ich meld mich, wenn ich da bin.«

Er legte auf, und Merle kam näher. »Hi, Fridolin.«

»Du?« Er sah sie überrascht an.

»Ja, ich. Stör ich?«

»Nein, nicht so richtig. Ich muss nur zum Flughafen.«

»Cool, wo geht’s denn hin? Urlaub?«

»Ha, schön wär’s. Nein. Ich hab einen neuen Investor. In den USA. Und weil der keine Zeit hat, nach Berlin zu kommen, werde ich eingeflogen.«

»Das klingt toll. Herzlichen Glückwunsch.«

»Danke.« Er nickte und sah noch einmal in seinen Beutel. »Wo hab ich denn den Hard Drive ...?« Er kramte in dem Beutel, seine Tolle fiel ihm ins Gesicht. »Ach, da ist er ja. Puh.«

Sie sah sich um. »Hast du Ivo rausgeschmissen?«

»Ja, das war das Beste, was ich tun konnte. Ich geb die Illustrationen jetzt einem Freelancer in Auftrag.« Er warf einen letzten Blick auf seinen Schreibtisch. »So, fertig. Mein Taxi müsste gleich kommen. Wolltest du was Bestimmtes?«

»Ja, Fridolin. Ich will mich entschuldigen. Es tut mir leid, dass ich mich in dieser Nacht so hab gehen lassen. Nicht dass es nicht toll war. Das mein ich nicht. Aber ich hätte es nicht tun dürfen. Ich war noch mit David zusammen und habe ihn betrogen. Und damit war ich so beschäftigt, dass deine Gefühle überhaupt nicht sichtbar waren für mich. Und dann bist du ausgezogen, obwohl wir noch einmal hätten reden müssen. Wenigstens das hätte ich tun sollen. Mit dir sprechen.«

Er strich sich seine Tolle zurück. »Ja, hättest du. Das hat mir wehgetan. Ich mein, ich war nicht mega verliebt in dich. Ich wollte dich nicht heiraten oder so. Gut, ich hätte dich schon gern gedatet. Und ich hab mich gefühlt wie ein Ausrutscher, wie ein Fußabtreter. Als hättest du mich benutzt, nur um dich zu trennen. Und dann hast du dich nicht mal getrennt, sondern bist mit ihm zusammengeblieben.«

»Vorerst. Ja. Du hast mit allem recht. Ich war dumm und naiv. Es tut mir leid.«

Er lächelte leicht. »Ich nehm deine Entschuldigung an.«

»Danke, du bist echt der Coolste.«

Er zwinkerte ihr zu. »Ich weiß. Ich flieg jetzt schließlich nach L. A.«

»Wahnsinn, Fridolin.« Sie lachte. »Es ist schön zu sehen, dass es dir gut geht.«

Sein Handy piepste. »Das ist mein Taxi«, sagte er, ging um seinen Tisch herum und umarmte sie. »Ich muss runter, aber nimm dir ruhig noch ein paar Zendoodle-Templates mit.« Er zeigte auf die Ausmalbögen auf seinem

Schreibtisch und sagte noch im Gehen: »Und wenn du Bock hast, dann hau doch mal die Jungs von Green Feelings an. Die machen die besten grünen Smoothies der Stadt. Sie sitzen da vorn.«

Merle folgte seinem erneuten Fingerzeig, und als sie sich wieder zu ihm drehen wollte, war er weg. Zum ersten Mal seit einer Ewigkeit fühlte sie sich etwas leichter.

Sie wollte keinen Smoothie, aber von den Ausmalbögen steckte sie sich drei ein.

***

Es stank nach Benzin. Merle ging zwischen den Autos hindurch, bis sie den Aufgang zur obersten Etage des Parkhauses gefunden hatte. Im Sommer parkten hier keine Autos, hier war eine Beach Bar. Es war Sand aufgeschüttet und weiße Loungebetten aufgestellt worden. Für einen Euro bekam Merle ein Bändchen, und dann stand sie zwischen Segeltuchliegen und einer kleinen Bude, in der Flammkuchen gebacken wurden. Etwas weiter hinten links war eine Bar mit einer langen Schlange davor. Menschen in Maxikleidern und kurzen Hosen standen für Getränke an. Rechts hinten waren Toilettenwagen.

Merle sah sich um, dann entdeckte sie Tinia auf einer aus Baumarktpaletten gezimmerten Bank direkt an der Balustrade. Sie trug ein Basketballtrikot als Kleid und ein glitzerndes Haarband. Sie hatte Merle entdeckt und winkte lachend.

Merle hatte sie kaum erreicht, da sprang Tinia schon

von der Bank und umarmte sie. »Voll schöne Idee von dir, dass wir uns treffen.«

Merle runzelte die Stirn. »Du bist mir nicht böse?«

Tinia setzte sich auf die Rückenlehne. »Quatsch, wieso denn?« Sie nahm ein Radler von dem Blumenkübel und reichte es Merle. »Hier, damit wir uns nicht zwei Mal anstellen müssen.«

»Danke.« Merle setzte sich auf die Rückenlehne neben sie und schaute über die Stadt. Ganz hinten sah sie den Fernsehturm und irgendwo zwischen dem Turm und hier war die Gärtnerstraße. Dort stand das Haus, in dem sie zusammen gewohnt hatten. Sie stießen an.

»Ich bin eigentlich gekommen, um mich bei dir zu entschuldigen.«

»Wofür?«

»Dafür, dass ich in den letzten Wochen nur um mich selbst gekreist bin.«

Tinia legte den Kopf an ihre Schulter. Ihr pink gesträhnter Pferdeschwanz kitzelte. »Ach Merle-Perle, du hast doch 'nen Knall. Hör auf, immer zu denken, dass du für andere da sein musst. Wenn es dir schlecht geht, musst du das nicht. Dann kannst du dich doch um dich selbst kümmern. Mit wem du willst.«

»Ja, aber vielleicht wollte ich das gar nicht mit diesen Männern machen.«

Tinia lachte. »Ja, das kenn ich. Merkt man manchmal erst hinterher, ne?«

»Ich hätte euch mehr helfen müssen. Bei der Mitbewohnersuche zum Beispiel. Und vielleicht hätte ich lieber mit Jablonski reden sollen.«

Tinia hob den Kopf. »Willst du sagen, ich kann das nicht?«

Merle betrachtete das ernste Gesicht ihrer jungen Freundin. Tinias Haare mochten pink sein, und sie war ganz schön impulsiv, aber sie war nicht dumm. Ganz im Gegenteil.

»Und nur dass du es weißt, ich hab nix mehr eingeworfen, seit ich ausgezogen bin. Doch, einmal noch, aber der Trip war mies und dann war ich allein in dieser neuen WG und dachte, das kann es doch auch nicht sein.«

»Echt?«

Tinia hob die Schultern. »Ich hab alles in dieser Richtung ausprobiert, irgendwie bin ich damit durch.«

Merle lachte in sich hinein und trank einen Schluck. »Nein, du hast recht. Dass wir uns mit Jablonski nicht einig geworden sind, lag nicht an dir. Kein Argument der Welt kann wieder ganz machen, was Dose zerschlagen hat.«

»Idiot«, zischte Tinia.

»Ich vermisse ihn.«

»Ich auch.«

»Ach, das ist doch scheiße«, sagte Merle. »Wir haben uns an etwas aufgerieben, was wir nicht ändern konnten. Wir hatten doch nie wirklich eine Chance.«

»Nein, wahrscheinlich nicht.«

»Ich dachte immer, dass Jablonski und seine Investoren gewonnen haben, wenn sie die Wohnung zurückkriegen und uns rausekeln. Aber deshalb haben sie gar nicht gewonnen. Sie haben gewonnen, weil wir uns jetzt hassen.«

»Ich hasse niemanden«, sagte Tinia.

»Nicht mal Simon?«

»Doch, den schon. Aber das hat ja nichts mit Jablonski zu tun«, entgegnete Tinia und trank ihren bunten Cocktail aus.

»Du weißt, dass das der letzte kindische Zug an dir ist, oder?«

»Was?«

Merle lächelte. »Tinia, du hättest uns fast Hotelzimmer besorgt, obwohl Jablonski uns gar nichts geben wollte. Und das, nachdem Dose ihm schon auf den Schreibtisch gepinkelt hat. Du hattest die schlechtesten Voraussetzungen und hast ihn überzeugt. Du stehst darüber, dass ich unseren Pro-bono-Anwalt vergrault habe, und hast mit den Drogen aufgehört. Du bist reifer als wir anderen drei zusammen. Bis auf diese eine Sache …«

»Vielleicht will ich noch ein bisschen Kind bleiben.«

»Das glaube ich nicht.«

»Und ich glaube nicht, dass du hier bei mir Wiedergutmachung suchen solltest.«

»Wo dann?«

Tinia verdrehte die Augen und stand auf. »Ich hol mal 'ne neue Runde.«

»Du willst nur davon ablenken, dass du endlich mit Simon reden musst«, sagte Merle.

Tinia grinste und zeigte auf die Radlerflasche in ihrer Hand. »Das Gleiche noch mal?«

Merle nickte und wollte noch was fragen, aber da war Tinia schon weg. Sie stellte sich barfuß in der Schlange an, den weißen Sand zwischen den Zehen.

Merle betrachtete sie. Das Sonnenlicht spielte mit dem Glitzer ihres Haarbands. Sie hatte sich so große Sorgen um Tinia gemacht, und am Ende ging ausgerechnet die junge Studentin mit den wenigsten Verletzungen aus all dem hervor?

Merle sah wieder über die Stadt. Sie musste lockerer werden, viel lockerer.

22. Kapitel

Simon schob die weiße Kassettentür auf und zu. Sie quietschte unerträglich, dabei hatte er sie vor zwei Wochen, vor seinem Auszug, doch noch einmal geölt. In einem kurz aufflackernden Moment der Hoffnung, dass sie bleiben konnten, hatte er seine Zimmertür geölt. Aber sie quietschte schon wieder. Vielleicht war auch die ganze Wohnung verflucht. Mit Sicherheit aber war ihre Zeit vorbei.

Er ließ die Tür los und sah sich in dem dunklen leeren Flur um. Zum ersten Mal begriff er, dass es besser so war. Er gehörte nicht in eine Bruchbude mit Stuck. Er hatte Doppelkastenfenster nie gemocht. Er musste in einem Neubau leben.

Es kam einem Wunder gleich, dass er es jetzt tat. Der Sohn seiner Chefin hatte einen Nachmieter gesucht, und Simon hatte einen Tag nach seinem Auszug einen neuen Mietvertrag unterschrieben. Er musste keine Massenbesichtigungen über sich ergehen lassen und keine Anzeigen wälzen.

Simon beugte sich zu den zwei Kartons hinunter, die er und seine Umzugshelfer letzte Woche nicht mehr in den kleinen Sprinter bekommen hatten, als Dose hereinkam. Er sah Simon finster an.

»Hallo.«

»Hi.«

»Muss nur noch mal in die Küche. Da stehen irgendwo noch Kaffeefilter.«

Simon nickte, stellte die Kartons wieder ab und folgte ihm in die Küche. Dose öffnete die Oberschränke, sie waren alle leer.

»Wie geht es dir?«, fragte er.

»Du meinst angesichts der Sinnlosigkeit der menschlichen Existenz?«, fragte Dose spöttisch.

»Nein, einfach so«, antwortete Simon.

Dose war nur ein Schatten mit abstehenden Haaren, der jetzt zur Abstellkammer stapfte. Die Fenster waren noch immer verhangen. Auch diese Tür quietschte. Dose kramte und raschelte in der Kammer.

»*Einfach so* muss ich dir in vielem recht geben«, hörte Simon ihn sagen. Es klang dumpf.

»Das hör ich gern.«

»Ja, du kannst zufrieden sein, Simon. Du hattest recht, wir sind raus, der Kampf war sinnlos.« Dose tauchte mit vollen Händen wieder auf. »Alles ist sinnlos.«

Er stapfte an Simon vorbei in den Flur zurück. In seinem Arm stapelten sich mindestens zehn Kartons mit Kaffeefiltern. Simon zählte sie mit gerunzelter Stirn.

»Was?!«, pampte Dose. »Soll ich die wegschmeißen? Die gab's mal im Angebot, und ich verschwende weder Geld noch Ressourcen!«

Simon blinzelte. »Klar, verstehe.«

»Im Ernst? Willst *du* jetzt den Planeten retten, oder was?«

»Nein, also nicht wirklich, aber ich versteh schon, was du meinst.«

Dose sah grimmig auf den Stapel in seinen Armen, dann seufzte er. Es klang erschöpft. »Ich bin eigentlich nur aus Gewohnheit hier, um die zu holen. Eigentlich sind sie mir scheißegal.«

»Was? Aber Dose, das sind ganz schön viele Packungen. Und die sind noch zu. Das kann dir nicht egal sein.«

»Ist es aber. Mir ist alles egal. Jablonski hat mich mürbe gemacht. Merle hat mich wütend gemacht, und ich bin auch nicht mehr der Jüngste.«

Simon hob eine Augenbraue. Was war das denn für eine verkehrte Welt? Ein depressiver Dose, während er selbst die Zukunft positiv sah, das war ihm nicht geheuer. Wenn er das Doktor Fabian erzählte … Ach, lieber nicht. Nicht dass der Therapeut Simon dann für geheilt erklärte und ihn nicht mehr sehen wollte. Und Simon hatte die wöchentliche Stunde, in der er ihm seine professionellen Ohren vollheulen konnte, sehr zu schätzen gelernt. Er wollte sie nicht mehr missen.

»Dose, das geht so nicht«, sagte er. »Du hast einen Kampf verloren, das ist kein Grund, für immer aufzugeben.«

»Doch.«

»Nein, du bist nicht du selbst, wenn du nicht mindestens einen Kapitalisten, den Konsum und die Korruption zerstören willst. Wo ist dein Kampfgeist? Und dein Biss?«

»Irgendwo in dieser Wohnung«, antwortete Dose. »Wird bald wegsaniert.«

»Nein, der zieht mit dir aus, auch, wenn du das selbst

nicht sehen willst. Ich lass nicht zu, dass du dich selbst aufgibst.«

»Weil das deine Abteilung ist?«

»Ja, ganz genau«, antwortete Simon. »Und weil ich weiß, was du brauchst, um glücklich zu sein: Hass.«

»Hass ist sehr anstrengend.«

»Ich weiß, Dose. Deshalb leiste ich ihn mir nicht. Deprimiert sein ist leicht, deshalb mach ich *das*. Ich mach es natürlich auch noch überaus gut, aber das ist eine andere Geschichte. Ich verrate dir ein Geheimnis: das ist alles nur Show. Das ist mir in den letzten Wochen bewusst geworden. Egal, worauf ich hinauswill: Ich lasse nicht zu, dass du mir das wegnimmst. Mach dich nicht unglücklich.«

»*Ich* hab mich nicht unglücklich gemacht. Das waren Jablonski und Merle und die Dixieklos.«

Simon ging einen Schritt auf ihn zu und fixierte ihn. »Wirklich, Dose? Wirklich?«

Sie standen einander gegenüber und sahen sich tief in die Augen, dann schließlich wich Dose seufzend zurück und schloss die Augen. »Vielleicht bin ich auch ein bisschen selbst schuld.«

»Ja, und es gibt noch so viel zu tun für dich. Und hast du mal überlegt, dir vielleicht wieder Ratten anzuschaffen? Das wär doch nett, oder nicht?«

Dose schwieg nachdenklich.

Simon redete weiter: »Vielleicht haben wir verloren, aber das heißt doch nicht, dass es nicht noch Tausende andere Berliner gibt, die von Gentrifizierung bedroht sind. Warum tust du dich nicht mit Max zusammen und machst was Gemeinnütziges in die Richtung?«

»Meinst du?«

»Ja, wenn das einer kann, dann du. Du hast doch über den Piraten ein Riesennetzwerk, und du kannst für Vermieter sehr unbequem sein. Das könnte man ja auch zu eurem Vorteil nutzen.«

Doses Miene hellte sich auf. Nur ein bisschen, aber Simon war sicher, dort einen kleinen Schimmer zu sehen.

Dose drehte sich zur Tür. Er war schon fast draußen, drehte sich dann aber noch mal um. »Ich hab jetzt ein Zimmer über dem Piraten. Komm doch mal auf ein Bier vorbei, ja?«

Simon lächelte. »Mach ich.«

Er war wieder allein. Er wohnte jetzt auch allein, in der hübschen, kleinen Neubauwohnung ein paar Straßen weiter. Er fühlte sich beflügelt. Er hatte Dose zurück auf die Bahn gestupst, so was hatte er noch nie für jemand anderen getan. Wer hätte gedacht, dass es sich so gut anfühlte, anderen zu helfen und für sie da zu sein?

Sein Blick fiel auf Tinias leeres Zimmer, und dann zückte er sein Handy. Er wollte gerade ihre Nummer wählen, als das Gerät klingelte. Tinias Name leuchtete auf dem Display.

»Ich wollte dich auch gerade anrufen«, sagte er.

Sie lachte. »Es tut mir leid.«

»Mir auch, Tinia«, sagte er.

Sie schwiegen einen kurzen Augenblick, dann plapperte Tinia los. »Hast du schon gehört, dass Merle wieder bei ihren Eltern wohnt?«

»Was?« Er lachte. »Merle wohnt bei ihren Eltern? Wir anderen haben doch auch was Neues gefunden.«

»Ja, ausgerechnet Merle …«

»Ich vermisse sie«, sagte er.

»Dann ruf sie doch an«, sagte Tinia.

»Stimmt.« Simon lachte wieder. »Ich muss mich erst daran gewöhnen, dass man sich jetzt nicht mehr einfach so zu Hause trifft.«

»Hauptsache, wir treffen uns noch.«

Die Wohnungstür ging wieder auf. Dose sah ihn verwundert an. »Hab ich richtig gehört? Du hast dich mit Tinia vertragen?«

Simon nickte.

»Und Merle wohnt bei ihren Eltern?«

»Sieht so aus«, antwortete Simon.

»Nur vorübergehend«, sagte Tinia ins Telefon.

»Vorübergehend«, gab Simon weiter.

»Ist das Dose?«, fragte Tinia. »Wie geht es ihm denn jetzt?«

»Ich weiß nicht recht. Dose, wie geht es dir?«

»Geht«, murmelte Dose und drehte sich um. »Muss was erledigen.«

Und dann war er verschwunden.

***

Philipp sah die schwarze Gestalt auf der Straße aus dem Augenwinkel. Er ging ans Fenster und runzelte die Stirn. »Dose …?«

»Die Decken hier in der ersten Etage sind höher, aber ganz oben ist es natürlich heller«, sagte Herr Schneider in Philipps Rücken.

»Mhm«, murmelte Philipp und sah, wie Dose immer näher kam.

»Also, ich persönlich würde in die oberste Etage ziehen, allein schon wegen der Dachterrasse«, erklärte Herr Schneider weiter. »Und hier unten können die Mieter ja ihre eigenen Küchen einbauen. Natürlich, wenn Sie Wert auf schönen Stuck legen, sind Sie in der Beletage besser aufgehoben. Ihre Entscheidung.«

»Ja, ich muss mal kurz nach unten«, murmelte Philipp und eilte zur Tür.

»Aber ich muss wissen, wo genau ich Ihre Küche planen soll, Herr Schmidt!«, rief Schneider ihm nach.

Philipp drehte sich auf der Treppe um, lief wieder ein paar Schritte nach oben und warf ihm den Schlüssel zu. »Überall. Machen Sie Vorschläge für alle Wohnungen. Ich vermiete sie mit Küche.«

»In diesem Preissegment?«

Philipp lachte. »Wollen Sie kein Geld verdienen?«

»Doch, natürlich.«

Wenig später öffnete Philipp die Haustür und trat hinaus. Er verschränkte die Arme vor der Brust.

»Was machst du hier?«

Dose hielt ihm ein paar Briefe hin. »Ich bring dir deine Post. Offensichtlich hast du noch keinen Nachsendeantrag gestellt.«

Philipp nahm sie an sich. »Du hast sie geöffnet?«

»Ja, ich musste doch wissen, wo dein Palazzo Protzo steht.«

»Hier steht er. Im Wedding. War's das?«

Dose seufzte. »Nein. Ich hab noch eine Bitte.«

Philipps Blick verfinsterte sich. »Du öffnest meine Briefe, beleidigst mich und jetzt soll ich dir einen Gefallen tun? Du hast wirklich Nerven.«

Dose atmete tief ein, es kostete ihn eindeutig Überwindung. »Es tut mir leid, was ich über das Haus und dich gesagt hab. Es sieht nett aus.«

Philipp seufzte. »Es war eine Bruchbude voller Mietnomaden. Ich tu mein Bestes, um es zu erhalten.«

»Ich hab dich gehasst für dieses Erbe. Dafür, dass du so weich fällst, wenn wir alle rausfliegen.«

»Ich weiß. Das hab ich mitbekommen.«

Dose nickte und strich sich durch die schwarzen Haare. Sie standen nach wie vor ab. »Jedenfalls sieht das hier alles ganz okay aus.«

Philipp hob eine Augenbraue. »Das sagtest du bereits.«

Dose räusperte sich. »Es geht um Merle. Sie ist ... ich habe eventuell ein bisschen übertrieben, als ich euch beim Knutschen erwischt hab. Sie hatte ein paar wilde Wochen, aber sie ist keine schwarze Witwe oder so. Sie ist nicht mal ein Partygirl. Ihre Trennung war hart. Das hat sie kompensiert, vielleicht auch ein bisschen was von früher nachgeholt ... Glaub mir, ich finde wildes Partyleben in Ordnung. Ehe, jeden Abend Couch und Kinder sind spießig. *Ich* würde mich eher erschießen. Merle aber will genau das.«

»Du willst mir also sagen, dass sie spießig ist?«

»Ja. Und du bist auch spießig, und ich finde, ihr solltet wenigstens noch mal miteinander reden.«

»Du hast wirklich eine seltsame Art, dich zu entschuldigen.«

»Ey, ich tu hier, was ich kann.«

Philipp sah in das zum Teil ernste, zum Teil verzweifelte und auch blasse Gesicht und musste lachen. »Das glaub ich auch.«

»Das ist mein Ernst, Mann. Ich hab Merle in ein falsches Licht gestellt, damit du endlich abhaust. Und das hab ich geschafft. Sonst hab ich nix hingekriegt in den letzten Wochen, aber das ist mir gelungen.« Er lachte freudlos. »Und ich bereue es.«

»Ich glaube dir. Aber das ändert nichts daran, dass Merle ihren Ex betrogen hat.«

»Ja, weil der kein Spießer war«, begehrte Dose auf. Er rang die Hände. »Das liegt doch auf der Hand.«

»Aha.«

»Ich sag ja nicht, dass ihr heiraten sollt. Die Ehe ist ein patriarchalisches Konzept, das Monogamie fördert und Alleinerziehende benachteiligt. Wenn ich nur an die Steuervorteile der Hausfrauenehe denke, könnte ich den Bundestag anzünden. Ich bin total dagegen. Ich sage jedem Paar, das ich kenne, dass es *nicht* heiraten soll. Das Problem ist, dass sie das trotzdem tun. Alle. Und ihr auch.«

»Merle und ich?«

»Ja.«

Philipp blinzelte irritiert. »Okay, du scheinst dir sehr sicher …«

»Ruf sie an! Alter, das ist alles, was ich sage.«

Philipp hob abwehrend die Hände. »Ist ja gut. Ich hab's verstanden.«

»Gut.« Dose nickte zufrieden, verknotete die Finger

hinter dem Rücken und trat einen Schritt zurück. Er musterte das Haus. Er sah aus wie ein adliger alter Mann gefangen im Körper eines Punks.

»Die Fassade sieht gut aus. Nicht so eine aufgemalte Scheiße wie da vorn.«

»Ja, der Stuck war noch gut genug erhalten, um ihn zu restaurieren.«

Philipp drehte sich um. »Ihr wisst aber schon, dass ich hier leere Wohnungen hab, oder?«

»Was meinst du?«

»Ich meine, dass ich Wohnraum habe und ihr welchen braucht. Warum ist eigentlich nie jemand auf die Idee gekommen, mich zu fragen?«

»Ich hab nicht gefragt, weil ich dich hasse. Und Merle hat nicht gefragt, weil sie dich liebt«, sagte Dose und trat an das Schaufenster des leeren Ladenlokals im Erdgeschoss rechts. Er schirmte die Augen mit der Hand ab und sah in die Räume hinein. Philipp starrte seinen schwarzen Rücken an.

»Sie liebt mich?«

Dose wandte sich zu ihm. »Ich könnte hier nicht wohnen, das ist alles zu bürgerlich.«

»Im Wedding?«

»Ja, darauf läuft das alles hinaus. Gentrifizierung. Auch hier. Und selbst wenn du nicht mehr Miete willst als in unserer letzten Wohnung. Viel zu schnöselig. Ekelhaft.« Er zeigte in das Ladenlokal. »Aber was machst du damit?«

»Weiß ich noch nicht. Links kommt meine Praxis rein, für das hier hab ich noch keine Pläne.«

»Aha«, sagte Dose und schaute wie ein Adler zurück durchs Schaufenster. »Aha.«

Philipp lehnte sich betont lässig neben ihn an die Häuserwand. »Und du meinst wirklich, dass Merle mich liebt?«

Dose schlug kameradschaftlich gegen Philipps Schulter. »Ruf sie an.« Dann ging er fröhlich pfeifend davon.

***

Merle stand auf dem leeren Schulhof. Ein paar weiße Schäfchenwolken zogen am blauen Himmel vorbei. Die Bäume warfen Schatten auf den Asphalt. Es war still, alle Schüler waren längst in die Ferien gestürmt, die meisten Kollegen auch. Und jetzt war auch Merle fertig.

Es roch nach Sommer. Ein lauer Wind wehte über den leeren Hof und ließ Merles geblümtes Kleid um ihre Beine tanzen. Sie überquerte den Hof und wollte gerade nach rechts abbiegen, als sie Philipp entdeckte. Er saß auf der Bank neben dem Schultor im Schatten und lächelte sie an. Er trug ein Poloshirt, unter dem sie seine Brustmuskeln erahnen konnte.

»Hi«, sagte sie verwundert.

Er räusperte sich, eine kleine Locke fiel ihm in die Stirn. »Hi.«

Sie setzte sich zu ihm. Sie freute sich, ihn zu sehen, aber sie wusste nicht, was sie sagen sollte. Ihre Handtasche glitt von ihrer Schulter auf die Bank. Sie knetete ihre Finger.

Sie sah auf. »Wolltest du was Bestimmtes?«

Er nickte. Ehe sie wusste, wie ihr geschah, legte er eine Hand auf ihre Wange und zog ihr Gesicht zu sich heran. Er küsste sie, sie schloss die Augen.

Es war eine süße Ewigkeit, irgendwo zwitscherten Vögel, keiner störte sie. Als ihre Lippen sich voneinander lösten, strahlte er.

»Eigentlich wollte ich bloß fragen, ob du einen Kaffee mit mir trinken willst, aber dann hab ich dich gesehen und …« Er zuckte mit den Achseln. »… und wollte mehr.«

»Heißt das, ich bekomme keinen Kaffee?«, fragte sie, als gäbe es keine anderen Fragen mehr. Nichts mehr zu besprechen. Und so fühlte es sich auch an. Es war auf einmal alles klar und sommerhell und schäfchenwolkenschön.

Er lachte. »Doch.«

Sie lachte und küsste seine Nasenspitze. »Du willst mich also treffen?«

»Oft. Ja.« Er sah sie ernst an. »Ich hab überreagiert. Ich kenn dich kaum, und was du gemacht hast, bevor wir uns kannten, geht mich nichts an. Aber viel wichtiger ist: Ich kenn dich kaum – und kann nicht mehr aufhören, an dich zu denken.«

Sie streichelte durch seine dunklen Locken. »Das klingt anstrengend.«

Er grinste. »Es geht eigentlich. Es ist fast so schön, wie dich zu küssen.«

Er stand auf und hielt ihr die Hand hin. »Komm, ich zeig dir mein Lieblingscafé. Da gibt es den besten Eiskaffee der Welt.«

Sie hob ihre Sachen auf und seine Hand und lachte. »Ich liebe Eiskaffee. Fast so sehr, wie dich zu küssen.«

Und dann brauchten sie sehr lange für den kurzen Weg, weil sie immer wieder stehen bleiben mussten, um genau das zu tun.

23. Kapitel

»Wenn du sie alle auspustest, dann darfst du dir was wünschen«, sagte Tinia.

»Für immer neunundzwanzig sein?«, fragte Simon. Sein Gesicht war hell erleuchtet von den dreißig kleinen Kerzen auf der Torte.

»Nicht verraten«, schimpfte Tinia. »Dann geht es nicht in Erfüllung.«

»Ich dachte, du hast dich mit dem Älterwerden arrangiert?«, fragte Merle und verteilte Sektgläser an alle.

»Was heißt arrangiert? Ich hab der Party zugestimmt, oder nicht? Außerdem bin ich beleidigt, weil Doktor Fabian nicht gekommen ist.«

»Du hast deinen Therapeuten eingeladen?«

»Macht man das nicht?«

»Mensch, auspusten!«, befahl Tinia und klopfte aufgeregt auf seine Schulter. »Sonst verbrennen die noch die Torte.«

Simon blies die Backen auf, schloss die Augen und pustete alle dreißig Kerzen auf einmal aus. Sie standen dicht gedrängt in seiner kleinen Küche und hoben die Gläser.

»Auf Simon«, sagte Dose.

»Auf Simon.«

»Herzlichen Glückwünsch.«

»Auf Simon.«

Sektgläser klirrten aneinander, und als Merle Simon umarmte, lächelte er sogar.

»Ist doch halb so wild, oder?«

»Ja, du hast recht. Dreißig ist okay.«

»Sag ich doch.«

»Wie schlimm ist vierzig?«, fragte er.

Sie trank gerade einen Schluck und konnte nicht antworten, also redete Simon einfach weiter: »Ich glaube, vierzig ist sehr schlimm. Und sehr nah.« Er stürzte das Sektglas und trank es in einem Zug leer.

Merle verdrehte die Augen. Bevor Simon sich weiter beschweren konnte, klingelte es.

»Ist das dein Loverboy?«, fragte er.

»Wahrscheinlich. Übrigens, er bringt seinen Bruder mit. Der ist gerade zu Besuch. Das ist doch okay, oder?«

»Ja, ja«, antwortete Simon und drückte sich an seinen Gästen vorbei in den kleinen Flur. »Die ganze Welt soll herkommen und mit mir meine Jugend begraben.«

Sie folgte ihm. »Angenommen die ganze Welt käme, Simon, wäre sie dann nicht zehn Jahre zu spät für deine Jugend?«

Er drückte auf den Knopf neben der Tür und sah sie finster an. »Aber mir vorwerfen, ich sei pessimistisch.«

Sie grinste und trank noch einen Schluck Sekt. »Es macht so viel mehr Spaß, dich zu ärgern, seit wir nicht mehr zusammenwohnen.«

»Ja«, spottete er und öffnete die Wohnungstür. »Es ist ein Fest.«

»Das will ich doch hoffen«, sagte Philipp, kam herein und drückte Simon. »Alles Gute zum Geburtstag.«

»Danke, ich kann's brauchen.«

»Haha.« Philipp knuffte ihm in die Schulter. »Das hier ist übrigens mein Bruder Flo.«

»Hallo«, sagte Simon mit leuchtenden Augen und reichte Flo die Hand. »Willkommen bei mir, willkommen in Berlin. Willst du Sekt? Torte? Komm, in der Küche ist alles, was das Herz begehrt.«

Merle sah nur noch den Rücken von dem jungen, gut aussehenden Typen.

»Das ist mein Bruder. Ich wollte ihn dir vorstellen«, sagte Philipp und kratzte sich am Kopf. »Aber er scheint beschäftigt.«

Merle seufzte. »Ich hoffe für uns alle, dass Flo nicht hetero ist. Denn dann wird Simon sich in die nächste Depression stürzen.«

Philipp grinste. »Schwul. Und Single.«

»Glück gehabt.«

Er zog sie an sich. »Haben wir das nicht alle?«

Dose baute sich neben ihnen auf. »Könnt ihr das nicht zu Hause machen?«

»Wir wohnen nicht zusammen«, sagte Merle. Sie hatte eine eigene Wohnung gefunden. Zum ersten Mal lebte sie allein, und es war herrlich. Philipp kam oft zu Besuch, aber vorerst waren die fünfzig Quadratmeter ihr Reich.

Philipp bezog gerade das Dachgeschoss seines Hauses, während Mieter die anderen Etagen einnahmen. Er hatte noch nicht viele Möbel, und wenn Merle dort war, saßen sie meistens auf Kisten.

»Ja, ja«, knurrte Dose. »Das sagt ihr jetzt, aber es wird kein Jahr dauern, dann zieht ihr zusammen, und zack wird geheiratet.«

»Keine Sorge«, sagte Philipp. »Wir müssen dich ja nicht einladen.«

»Hey!«, protestierte Merle. »Werd ich da auch noch gefragt?«

Er lächelte sie an. »Beizeiten.«

»Toll, ihr Turteltäubchen.« Dose verdrehte die Augen.

»Wie geht es denn deinen Ratten?«

Doses Augen leuchteten. »Karl Marx kann schon Kunststücke. Kotze II ist sehr faul, aber natürlich der hübschere von beiden.«

»Natürlich«, stimmte Merle ihm schmunzelnd zu.

»Philipp, kann ich dich noch kurz was zu dem Mietvertrag fragen?«

»Ja, klar, Dose. Wollen wir raus auf den Balkon? Und vorher möchte ich noch einen Kaffee.«

»Echt? Simon hat nur Espresso.«

»Perfekt«, sagte Philipp, zwängte sich in die Küche und kam wenig später mit einem Espresso zurück. Er küsste Merle im Vorbeigehen und folgte Dose dann durch das kleine Zimmer auf der anderen Seite des Flurs auf den Balkon.

Tinia stellte sich schmatzend neben Merle. »Super Torte.«

»Ja, ich muss mir auch noch ein Stück holen.«

Tinia warf den Kopf zurück, damit ihre pinke Haarsträhne ihr nicht mehr in den Augen hing, und zeigte mit der Gabel auf den Balkon. »Hält Philipp es für eine gute Idee, an Dose zu vermieten?«

Merle lachte. »Dose wird ja in dem Ladenlokal nicht wohnen. Er braucht einen Ort für seinen Mieterschutzverein. Und Philipp will was Gemeinnütziges unterstützen. Sie zahlen nur Nebenkosten.«

»Trotzdem ein Risiko.«

Simon steckte seinen Kopf in den Flur und strahlte sie beide an. »Das Leben ist ein einziges Risiko, ihr Häschen. Schreckt davor nicht zurück.« Und schon war er wieder in der Küche verschwunden.

Merle und Tinia tauschten einen Blick.

»Häschen?«, fragte Tinia. »Wir sind jetzt Häschen?«

»Besser als Glitzerfurz, oder?«

»Erstens nein, und zweitens nennt Dose mich ja nach wie vor so.«

»Tinia, was auch immer da gerade in der Küche passiert, mach das Simon nicht kaputt, ja?«

Tinia lachte und steckte sich den letzten Happen Kuchen in den Mund. »Quatsch. Flo ist 100 % schwul, da hätt ich nicht mal 'ne Chance, wenn ich wollte«, sagte sie kauend und schluckte. »Aber ich will eh nicht. Ich find das Singleleben gerade ganz gut. Du hast mich inspiriert.«

»Ich? Aber ich bin in einer Beziehung.«

»Ja, aber die Freiheiten, die du dir davor genommen hast … Das gefällt mir. Und in die Sache mit Elias hab ich mich echt reingesteigert. Ganz schön peinlich, wenn ich so darüber nachdenke.«

»Also, ich fand mich auch peinlich in den letzten WG-Wochen.«

»Ich fand dich immer super, Merle-Perle. Schnell. Hol dir Kuchen.«

Merle nickte und bahnte sich einen Weg in die Küche, um auch etwas von der Torte abzubekommen. Der Kuchen war über und über mit bunten Perlen bestreut, er glitzerte wie Tinias T-Shirts.

Merle nahm sich ein Stück und eine Gabel. Um sie herum plapperten ihre ehemalige WG und Simons Kollegen. Die kleine Wohnung war vollgestopft mit Leben und Geburtstagsfreude. Es fühlte sich gut an, zu wissen, dass man nicht zusammen wohnen musste und trotzdem befreundet sein konnte.

Sie aß etwas von der Torte. Sie schmeckte nicht halb so künstlich, wie sie aussah. Genau genommen war sie sehr lecker. Und das Leben war herrlich.

ENDE